Roman Kempf

Frankfurter Messe

Roman Kempf

Frankfurter Messe

Pater Abels
dritter Criminalfall

LOGO VERLAG Eric Erfurth
Obernburg am Main

I

»Wo bleibt er nur?«

Pater Abel warf die Arme in die Luft. Dann ließ er Lothar Gutekunst, seinen Freund, und dessen Tochter Marie am Ufer des Mains stehen und eilte das Fallreep des Schiffes hinauf. Doch auch von diesem erhöhten Standort sah er niemanden kommen. Abel schaute flussabwärts und suchte den Turm der Miltenberger Kirche *Maria uff den Staffeln*. Er konnte nur erahnen, wo diese lag. Nebel hatte sich in breiten Schwaden über den Fluss und die Stadt am Mainknie gelegt — ungewöhnlich für Ende August! Abel versprach der Gottesmutter, eine große Kerze anzuzünden, sobald er wohlbehalten aus Frankfurt zurück wäre.

Gleich müsste es zur Frühmesse läuten, und Gottfried Wolter war immer noch nicht da. Sie wollten doch früh auslaufen, vor den anderen. Abel lauschte. Tatsächlich, er hörte durch den Nebel schon Stimmen. Das waren eindeutig Anweisungen, die anzeigten, dass auch andere Schiffe mainabwärts ablegen wollten. Hatte er einen Fehler gemacht? Mehrfach war er gemahnt worden, sich ja nicht mit diesem Schiffer einzulassen. Unzuverlässig sei dieser Wolter, und hitzköpfig dazu. Auch pflege er die Seinen mit derben Scherzen zu erschrecken. Doch nichts von alledem hatte sich bisher bewahrheitet. Die Verhandlungen über die Schiffseignerschaft waren zwar lang und mühsam gewesen, aber sie hatten zu einem Abschluss geführt. Der gemeinsame Bau des Schiffes war dann ohne größere Schwierigkeiten vor sich gegangen.

Abel hatte auch gar keine andere Wahl gehabt, seine Idee mit dem Schiff umzusetzen. Niemand sonst unter den Miltenberger Schiffsleuten war bereit gewesen, sich der Benediktinerabtei Amorbach als Miteigner eines Lastschiffes anzubieten und ihr so die Möglichkeit zu verschaffen, sich in das Weingeschäft auf der Frankfurter Messe zu drängen. Es war dies der einzige Weg gewesen, den Statuten der Miltenberger Schifferzunft zu entsprechen. Und dass dieser Wolter zu den Schiffern zählte, die den Main zwischen Miltenberg und Frankfurt am besten kannten, das hatte niemand bestritten.

Abel ließ seinen Blick über das Schiff gleiten, das sacht im Wasser schaukelte. Mit leisem Schnalzen schlugen die Wellen an die Planken. Bei Gott und allen Heiligen, er wollte sich nicht versündigen, aber gab es irgendwo im Lande des Mainzer Kurfürsten noch einmal einen Cellerar, der, wie er, ein solches Unternehmen gewagt hätte? 120 Fuß lang und 18 Fuß breit, noch nie war ein so großes Schiff in Miltenberg vom Stapel gelaufen. Beste Eiche aus klostereigenem Wald war für den Rumpf verwendet worden. Die Tanne für den Mast hatte er selbst ausgesucht und schon im letzten Winter schlagen lassen. Für das Verdeck und die Auszimmerung hatte leichtes Lärchenholz genügt. Nur der Geruch störte Abels Hochgefühl. Den süßlichen Duft des Holzes roch er gerne, doch die neuen Seile stanken, so fand Abel, wie das Fell eines nassen Hundes. Dazu stiegen einem die rauchigen Ausdünstungen des pechgetränkten Wergs in die Nase, mit dem die Stöße der Schiffsplanken kalfatert worden waren. Eigentlich war das Leben am Wasser nicht Abels Welt. Zweimal hatte er bislang mit Lothar die Messe in Frankfurt besucht, ab jetzt würde er immer daran teilnehmen müssen. Zur Frühjahrsmesse war es noch erträglich, wenn das Schmelzwasser all den Schmutz, die Fäkalien, die toten Fische und den Abfall den Main hinuntergespült hatte. Jeder Haushalt in den Dörfern und Städten entlang des Mains benutzte den Fluss, um seinen Unrat loszuwerden.

Doch nicht alles trug das Wasser davon. Vieles wurde wieder an Land geschwemmt oder blieb im Ufergestrüpp und in den Altwässern hängen. Dort faulte es, moderte und stank vor sich hin, dass nur jemand, der von Kindesbeinen an nichts anderes gerochen hatte, sich nicht daran störte. Wenn dann im August der Wasserstand sank, der Fluss fast stehen blieb und seine bräunliche Brühe sich in der Sommerglut erwärmte, war der Gestank am Main für Abel kaum mehr zum Aushalten.

Abel wusste nicht mehr, wann ihm der Gedanke gekommen war, sich für den Messehandel mit einem Schiffer zusammenzutun. Entscheidend war, dass die Abtei nun künftig am Handel auf dem Main mitverdiente. Insgeheim hatte Abel schon überschlagen, welchen Erlös der Wein, der hier im Bauch des Schiffes lagerte, in Frankfurt bringen würde. Seine größte Sorge war gewesen, genügend Wein aufzutreiben, um all die Fässer zu füllen. *Sancta Maria* hatte Abel das Schiff taufen lassen, und Marie hatte die Taufpatin sein dürfen.

Mittschiffs stand Heinrich, der Schiffsknecht, und hantierte am Mast. Einige Seile schienen sich verheddert zu haben. Wunderlich waren für Abel die Begriffe, mit denen die Schiffer ihr Handwerkszeug benannten. Rahsegel sagten sie zu dem großen, rechteckigen Tuch, das an einer Spiere dort droben unter der Mastspitze hing. Das Gewirr von Seilen davor und daneben nannten sie Taue, solche, mit denen der Mast verspannt wurde, aber hießen Wanten. Mit dem laufenden Gut wurde bei der Fahrt das Rahsegel gesetzt und bei Windstille oder vor Anker wieder gerafft. Und die Vorrichtungen, an denen die Taue achtern, also hinter der Schiffsmitte, befestigt wurden, bezeichneten sie als Beschläge. Noch wunderlicher waren die Richtungsangaben. Backbord war links und steuerbord rechts, in Fahrtrichtung gesehen, während sie mit Bug die Spitze und mit Heck das Hinterteil des Schiffes bezeichneten. Gottfried hatte Abel mit knappen Worten in die Arbeit eines Schiffsknechtes eingeführt. Der Schiffer war der Meinung gewesen, er, Abel, sei jung, gesund und kräftig genug, während der Fahrt mit hinzulangen, Kutte hin, Kutte her. So würde mainabwärts ein zusätzlicher Helfer genügen. Und Abel war einverstanden gewesen.

Abel sprang vom Fallreep hinunter auf den Bordgang und eilte Heinrich zu Hilfe. Doch als er die Schiffsmitte erreichte, hatte dieser die Taue bereits entwirrt. Breitbeinig stand Heinrich neben dem Mast, hielt eines der Taue in der Hand und grinste. Heinrich war schlaksig und einen halben Kopf größer als Abel. Er sei schon öfters mit ihm gefahren und er sei ein guter Mann, hatte Gottfried versichert. Abel rümpfte die Nase. Sich waschen, rasieren und ein frisches Hemd anziehen, hätte der Bursche trotzdem gekonnt.

»Wolter sollte schon längst hier sein«, versuchte Abel ein Gespräch.

»Hm. Wird heut Nacht als Letzter des *Lamm* verlasse ham. Mecht der immer so. Is abergläubisch.« Heinrich klopfte mit dem Tauende an den Mast. »Do. Hot er geschtern noch higeschriwwe.«

Abel neigte den Kopf nach vorne, um die in den Mast eingeritzte Schrift zu entziffern: »*Alpha und Omega. Teufelsbrut und Höllenglut nicht Schiff und Schiffer schaden tut. Amen. Bartholomäi anno Domini 1786.*«

»Ich halte es mehr mit der Mutter Gottes«, sagte Abel, kletterte aus dem Schiff und stellte sich wieder neben Lothar und Marie.

»Ist das schon der Herbst?«, fragte er und zog den Umhang etwas enger.

»Die Schwalben sammeln sich schon seit Tagen«, antwortete Lothar.

Abel sah den Freund an. Lothar wird alt, dachte er. Sein weißes Haar wird immer lichter und sein Gang immer gebeugter. Bald wird er einen Stock brauchen. Aber Augen und Verstand sind klar wie eh und je. Abel würde Lothar gerne noch lange für die Abtei arbeiten lassen. »Wenn die Schwalben im August schon ziehen, sie vor naher Kälte fliehen«, murmelte er. Gleichviel, fügte er in Gedanken hinzu, das Jahr 1786 würde ein gutes Jahr werden — zumindest für die Benediktinerabtei Amorbach. Und er, als Verantwortlicher für deren Wirtschaft, hätte einen wesentlichen Anteil daran.

Abel war bereits gestern, am Sonntag, nach Miltenberg gekommen. Mit einem festlichen Mahl und viel Wein hatten sie gestern Abend Abschied genommen. Etwas freudlos, fand Abel, so als würde er zu einer langen Reise aufbrechen. Vor allem der mit ihnen befreundete Miltenberger Schultheiß Waldemar Wolf war sonderbar trübsinnig gestimmt gewesen und hatte damit ihr *Te Deum*, wie sie ihre Zusammenkünfte zu nennen pflegten, beinahe zu einem traurigen Ereignis werden lassen. Die Falten auf der Stirn hatte der Freund, seit Abel ihn kannte. Die grauen Haare an der Schläfe aber waren neu. Doch es war wohl nur die Sorge um die bevorstehende Weinernte gewesen, die Waldemar aufs Gemüt drückte.

Abel blickte zu Marie, und sie erwiderte sein Lächeln. Schon lange war Marie nicht mehr das Mädchen, als das er sie vor acht Jahren kennengelernt hatte. 14 Jahre war sie damals alt gewesen und gerade Halbwaise geworden. Sie ähnelt ihrer toten Mutter, sagte Lothar. Abel hatte schon oft deren Porträt in der guten Stube mit dem Erscheinen ihrer Tochter verglichen und meinte, Marie wäre noch schöner. Auch entging ihm nicht, wie sich die Männer nach Marie umdrehten, wenn er sich mit ihr außerhalb ihres Elternhauses blicken ließ. Er würde sich ihr Lächeln einprägen und mit nach Frankfurt nehmen. Es würde ihm dort Glück bringen bei seinen Geschäften. Gestern Abend hatten sie sich, unbemerkt von ihrem Vater und Waldemar, unter dem Tisch bei den Händen gefasst. Still hatten die ihren für eine Weile in den seinen gelegen, und ein wohliger Schauer hatte ihn durchflutet. Statt der üblichen Haube aus weißem Leinen trug sie ein grünes Hütchen mit einem Federbusch. Ein unter dem Kinn befestigtes Band hielt dieses auf ihrem hochgesteckten Haar. Bei seiner letzten Reise nach Frankfurt hatte Abel Frauen mit dieser Kopfbedeckung gesehen und ihr davon erzählt. »Warum hast du mir keines mitgebracht?«, hatte sie ihn gefragt.

Für seinen bevorstehenden Messebesuch hatte sich Abel nun einen Merkzettel geschrieben. Zum ersten Mal würde sein Schiff auf Fahrt gehen. Zwei Tage würden sie, wenn es gut lief, unterwegs sein und dann rechtzeitig zum Messebeginn in Frankfurt anlegen. Abel drehte sich um und blickte stolz auf die Flagge mit dem Emblem seiner Abtei.

»Frisch heute Morgen!«

Abel fuhr herum. Vor ihm stand Gottfried Wolter im Reisemantel und, wie immer, mit einem Lächeln im Gesicht. Gottfried nahm die Mütze vom Kopf, drückte sie an seine Brust und verbeugte sich vor Marie. »Meine Hübsche«, sagte er, spitzte die Lippen und schob die Mütze wieder auf den fast kahlen Schädel. An Gottfrieds rechter Hand fehlte der kleine Finger. Er hatte diesen auf seiner letzten Fahrt nach Frankfurt eingebüßt. Beim Löschen des Schiffes, so hatte er berichtet, hatte der Ladebaum den Finger abgequetscht.

»Da bist du ja!«, erwiderte Abel den Gruß. »Lasst uns ablegen!«

»Aha, den Herrn Cellerar zieht's zur Messe. Wohlan denn.«

Abel gab Lothar die Hand und umarmte Marie sacht, dann folgte er Gottfried auf das Schiff. Die Bohlen des Fallreeps bogen sich unter den Schritten Gottfrieds. Der Schiffer war nicht nur etwas größer als Abel, sondern auch deutlich schwerer — und er war wesentlich älter. Trotzdem sprang er jetzt übermütig ins Schiff, bückte sich unter einem Tau hindurch und hatte im Nu das Ruder am Heck erreicht.

Abel lehnte die helfende Hand Heinrichs ab und sprang ebenfalls ins Schiff. Mit seinen 34 Jahren wollte er dem Geschäftspartner nicht nachstehen. Schließlich verging kaum ein

Tag, an dem er sich nicht aufs Pferd schwang, um in den Ländereien der Abtei nach dem Rechten zu sehen. Das stärkte den Körper. Abel streckte sich und fuhr mit der Hand über seinen schwarzen Haarkranz. Außerdem durfte Marie ruhig sehen, wie leichtfüßig er sich noch immer bewegte.

»Die Leinen los!«, rief Gottfried Lothar zu. »Die Schiffslampe, warum brennt die nicht?«

Heinrich lief zum Bug und Abel holte die Leinen ein, die Lothar ihm zuwarf.

»Staken!«, befahl Gottfried. Er schaute Abel an und deutete auf die Schorbäume, lange Stangen mit Eisenspitzen, die an der Innenseite der Bordwand befestigt waren. Abel verstand, holte eine Stange aus der Halterung, schob sie über Bord und stieß sie ins seichte Uferwasser. Heinrich tat es ihm gleich. Langsam legte das Schiff vom Ufer ab und nahm mit der leichten Strömung des Mains Fahrt auf. Abel schaute ein letztes Mal nach Marie und erwiderte ihr Winken. Dann verschwand das Ufer im Nebel.

Abel legte die Stange in die Halterung zurück und fühlte nach seinem Geldgürtel, den er unter der Kutte verbarg. Kein Außenstehender konnte sich vorstellen, wie viel Geld nötig war, eine Schiffsladung Wein von Miltenberg nach Frankfurt zu schaffen. Es waren nicht nur die zahlreichen Zollstationen, die ihre Abgaben einforderten. Auch die Müller erhoben Lochgeld, wenn Schiffe ihre Stauwehre bei Klingenberg und Aschaffenburg passieren wollten. Stockstadt verlangte einen Geleitzoll, und für Weinfässer musste noch einmal zusätzlicher Bodenzoll bezahlt werden. Beschleunigen konnte man diese Prozeduren nur, wenn man dem zuständigen Zolldiener kleine Gefälligkeiten zukommen ließ.

Sie kamen gut voran, trotz des Nebels. Nur einmal wären sie beinahe auf eines der vielen Laien aufgefahren, wie die Schiffer die Felsbänke im Fluss nannten. Gottfried und auch Heinrich kannten diese gefährlichen Stellen, ebenso wie die

Raine, die schnell fließenden Flussstrecken, wo der Steuermann sich mächtig gegen das Ruder stemmen musste, wollte er das Schiff auf Kurs halten.

Als sie sich schon eine Stunde später Klingenberg näherten, wurde der Nebel licht. Erste Sonnenstrahlen durchdrangen das Grau, sodass Abel seinen Umhang ablegen konnte. Am rechten Ufer, über den spitzen Kirchturm hinweg, sah Abel für einen Augenblick die Mauern auf dem Burgberg. Dem alles überwuchernden Efeu nach musste die Ruine schon lange verlassen sein. Überall um das Gemäuer herum wuchs Wein. Nirgendwo entlang des Mains hatte Abel die Weinberge so steil und so nahe am Ufer gesehen wie hier. Von Sandsteinmauern abgefangen und in schmalen Streifen terrassiert, trotzten hier die Weinstöcke dem kargen Boden. Ordentlich bestellt und ausgebaut, brachten diese Trauben besten Wein. Abel hatte mit einigen Häckern hier schon erste Gespräche geführt. Sollte es in Miltenberg schwierig werden, genügend *vinum bonum*, also besten Wein, für weitere Schiffsladungen aufzukaufen, wollte er vorbereitet sein.

Nach der Stadt Klingenberg, wo der Zoll mit Nebengebühren 30 Kreuzer kostete, traten die Berge zurück, das Land wurde flacher und weit. Die Sicht war gut. Träge floss der Main dahin. Da etwas Wind wehte, wurde auch das Segel gesetzt. Nun war die *Sancta Maria* leicht auf Kurs zu halten. Gottfried ruhte sich etwas aus und Abel durfte das Ruder übernehmen. Heinrich half ihm dabei. Er stand am Bug, beobachtete den Fluss und rief ihm seine Anweisungen zu. Der Schiffsknecht schien jede Welle des Mains zu kennen. Noch ehe Abel ein Hindernis sichten konnte, rief Heinrich schon »Sandbank backbord!« oder »Fischfache steuerbord voraus!«. Manchmal griff er auch nach einem Schorbaum und half, die *Sancta Maria* durch einen Gefahrenbereich zu steuern. Ein andermal hielt er das Schiff in der Flussmitte, weil ihnen am Ufer ein Treidelzug entgegenkam.

Auf Höhe des Fleckens Wallstadt nahm Gottfried Abel das Ruder wieder aus der Hand. »Zwei Raine, kurz hintereinander«, sagte er, und schon nahm das Schiff Fahrt auf. Abel griff zu einem Schorbaum und wartete auf Anweisungen. Aber Gottfried gelang es auch ohne Hilfe, das Schiff durch die Stromschnellen zu manövrieren. Breitbeinig stand er am Ruder, ballte seine Rechte zur Faust, reckte den Daumen nach oben und rief Abel zu: »Geht leicht zur Hand, der Kahn. Willig wie eine Schnepfe.«

Die weitere Fahrt verlief ruhig. Mehrmals wurden sie von kleineren Streich- und Fahrschelchen überholt. Von kaum einem Schiff wurde zurückgegrüßt. Die *Sancta Maria* war noch unbekannt.

Über Mittag wich der Nebel für einige Stunden ganz, und Abel war überrascht, wie schnell sie Aschaffenburg erreicht hatten. Von Weitem schon sah er den Turm der Stiftskirche und das Schloss. Hoch über dem Main leuchtete dessen Mauerwerk rot in der Sonne. Doch Abel blieb keine Zeit, den mächtigen Bau zu bewundern. Sie hatten die Aschaffenburger Brücke zu unterfahren. Das Rahsegel musste eingeholt und der Mast umgelegt werden. Als der Mast wieder stand, waren sie an Aschaffenburg schon vorüber.

Am späten Nachmittag kam erneut Nebel auf. Es fing mit einigen Schleierfetzen über dem Wasser an, dann begann die Sonne zu sinken und gegen Abend war alles wieder düster und grau.

Bei Seligenstadt gingen sie vor Anker. Fünf Schiffe lagen bereits am Ufer vertäut. Abel fröstelte. Der Tag auf dem Wasser hatte ihn müde gemacht. Kurz überlegte er, ob er das Schiff verlassen und bei den Brüdern im hiesigen Kloster um ein Nachtlager nachfragen sollte. Der Abt würde sich sicherlich freuen. Abel blickte gegen Westen auf die Silhouette der Stadt. Weit ragte die Einhards-Basilika, die Abteikirche des am Mainufer gelegenen Benediktinerklosters, über die Bürgerhäuser hinaus. Bestimmt waren Abels Ordensbrüder im Kloster schon zur *complet* versammelt. Abel sah im Dämmerlicht einen Mann durch das Tor in der Stadtmauer zum Main verschwinden. Lange würde dieses nicht mehr offen sein. Doch dann entschied er sich, auf dem Schiff zu bleiben.

Abel zwängte sich zu Gottfried und Heinrich in die Kajüte. Es war eng in diesem Verschlag. Zwei Schlafstätten übereinander, die sie abwechselnd belegen würden, eine Bank, davor ein schmaler Tisch, das war alles. Nur wenn die Tür offen stand, kamen Licht und Luft herein. Gottfried hatte eine Laterne angezündet und auf den Tisch gestellt. Abel klappte den Sitz der Bank hoch und holte die Brotzeit hervor, die Marie ihm eingepackt hatte. Für einen Augenblick schloss er die Augen.

Abel öffnete das Essenspaket. Marie hatte es gut mit ihm gemeint. Sülze, fein geschnitten, Leberwurst und Schinken, dazu Weißbrot von seinem Lieblingsbäcker aus Miltenberg. Als Abel alles auf dem Tisch ausgebreitet hatte, bemerkte er die großen Augen von Gottfried und Heinrich. »Bitte«, sagte er und deutete auf das Essen. Für ihn alleine war es sowieso zu viel.

Dann entdeckte Abel auch das Gebäck. Marie war eine Meisterin im Herstellen von Konfekt und wusste, dass er diese Süßigkeiten besonders liebte. Nach zwei Bechern Wein kroch Abel auf den Strohsack seiner Pritsche und schlief sofort ein. Zuvor noch hatte ihn Gottfried zur letzten Nachtwache eingeteilt.

Abel stand am Bug der *Sancta Maria* und wartete auf das Ende seiner Wache. Bald müssten die Kirchenglocken den Tag einläuten. Der Nebel würde auch heute kaum weichen. Jetzt begann es sogar zu nieseln. Er schlug die Kapuze über den Kopf und schaute hinaus aufs Wasser. Ruhig strömte der Main dahin. Nur ab und zu vernahm er das Klatschen eines springenden Fisches. Vor einer Stunde schon waren die Fischer hinausgefahren, aber sie verrichteten ihre Arbeit so leise, dass

Abel nicht sagen konnte, wo sie sich befanden. Sein Blick ging zum Ufer. Seligenstadt war hinter dem Nebel verborgen. An der Stadtmauer glaubte Abel, zwei Schatten zu erkennen. Als er genauer hinschauen wollte, waren sie jedoch verschwunden.

In der Unterkunft rührte sich etwas und Gottfried kam gebückt durch die Tür. Er streckte sich und schaute zum Himmel. Dann fuhr er sich über die Glatze und grunzte: »Kein Wetter für gute Geschäfte!«

Abel lächelte. »Abwarten.« Er hatte es schon erlebt, dass es bei der Anreise vor Frankfurt noch geregnet hatte, bei der Ankunft aber bestes Messewetter herrschte.

»Alles in Ordnung?«

Abel fielen die beiden Schatten ein. Fischerfrauen, die nach ihren Männern Ausschau hielten, dachte er sich. »Ja. Alles ruhig.«

Gottfried stützte sich mit beiden Händen auf die Bordwand und starrte durch den Nebel. Dann nickte er. »Gut.«

Vom Turm der Basilika läutete es sechs Uhr. Kurz darauf fielen die anderen Glocken der Stadt in das Morgengeläut ein. Auch auf dem Nachbarschiff bimmelte es. »Brauchen wir nicht. Zu teuer«, hatte Gottfried gemeint, als Abel über eine Schiffsglocke nachgedacht hatte. Ihm war es recht gewesen. Sparsamkeit war eine der Seiten, die er an Gottfried schätzte.

Jetzt kam auch Heinrich aus der Unterkunft hervorgekrochen. Wortlos gingen sie an die Arbeit. Frühstück würde es später geben. Beim Ablegen kamen die ersten Fischer zurück.

II

Der Vormittag verlief ruhig. Wie am Tag zuvor lichtete sich der Nebel spät. Gegen Mittag ließ auch das Nieseln nach. Gottfried stand am Ruder und pfiff vor sich hin. Sie würden weit vor dem Abend Frankfurt erreichen. Gottfried unterbrach sein Pfeifen und deutete nach vorne. »Hanau!«, rief er. »Letzte Station. Der Zoll geht meistens schnell.«

Abel ging nach steuerbord und bückte sich unter dem Segel hindurch. Langsam sah er die Stadt näher kommen. Schon auf seiner ersten Fahrt hatte ihn das Bollwerk beeindruckt, das Hanau umgab. Hinter den Festungsmauern verschwanden die Häuser fast gänzlich. Nur das gewaltige Stadtschloss und zwei Kirchen ragten hervor. Die Stadt lag in einer weiten Ebene, viel weiter vom Ufer entfernt als Miltenberg. Von seinen Fahrten zuvor wusste Abel, dass sie zunächst an den Mauern vorbeisteuern und dann ein Stück die Kinzig hinauffahren mussten, die unterhalb Hanaus in den Main mündete.

An der Hanauer Zollstation dann wurden sie aufgehalten. Nach der *Sancta Maria* hatten auch die fünf anderen Schiffe in Seligenstadt abgelegt und waren kurz nach ihnen hier angekommen. Aber ausgerechnet ihr Schiff wollte niemand abfertigen. Erst ließ sich der Zolldiener Zeit, aufs Schiff zu kommen, dann begann er, so umständlich die Ladung zu taxieren, dass Abel glaubte, sie müssten hier die Nacht verbringen. Zunächst dachte Abel, dem Mann wäre die übliche Gebühr zu niedrig. Doch als er noch einige Kreuzer mehr hervorholte, drehte sich der Zöllner nur weg. Selbst Gottfried konnte sich nicht erinnern, jemals so unwillig abgefertigt worden zu sein. Abel musste auf Gottfried einreden, den Zöllner in Ruhe zu lassen.

Es war spät am Nachmittag, als sie ablegen durften. Sie waren nun das letzte Schiff mainabwärts. Das war umso ärgerlicher, als wieder Nebel aufkam und vor Frankfurt noch einige Stromschnellen zu überwinden waren. Zudem hatte der Wind nachgelassen und sie mussten das Segel einholen. Abel und Heinrich stakten, um wenigstens etwas Fahrt zu gewinnen.

Als sie Offenbach passierten, wurde es immer dunstiger. Sie fuhren so nahe an der Stadt vorbei, dass Abel glaubte, mit den Händen danach greifen zu können. Aber das großartige Schloss, die Stadtkirche im Hintergrund, die stolzen Bürgerhäuser entlang der Uferstraße, die er bei seiner letzten Fahrt bewundert hatte, alles lag wie von einem Schleier überzogen vor ihm. Dann kamen die Stromschnellen. Als sie wieder ruhigeres Fahrwasser erreicht hatten, legte Abel seinen Schorbaum zurück und ging den Bordgang entlang zum Hinterschiff. Er war müde. Die ungewohnte Arbeit strengte ihn an.

»Sind bald da.« Gottfried stand am Ruder und empfing Abel mit einem Lächeln. Hanau schien vergessen. Man merkte dem Schiffsmann seine vielen Jahre auf dem Wasser an. Während Gottfried frei und sicher neben dem Ruder stand, musste Abel sich ständig irgendwo festhalten. Auf einem Pferd fühlte er sich eindeutig wohler.

»Da wollen welche vor uns in Frankfurt sein.« Abel deutete auf einen Ruderschelch, der sich backbord hinter ihnen aus dem Nebel löste und schnell mainabwärts fuhr. Gottfried nickte. »Sollen sie.« Doch dann runzelte er die Stirn.

»Wollen die was von uns?«

Abel beobachtete das Boot eine Weile. »Sieht so aus.«

»Zöllner können es keine sein.«

»Sie winken! Wir sollen langsamer fahren!« Durch den Dunst machte Abel sechs Männer aus. Vier ruderten, einer stand im Heck, ein weiterer am Bug gab den Takt an. Abel war fasziniert, wie gleichmäßig sie die Ruder ins Wasser tauchten und den Schelch beinahe geräuschlos näher brachten.

Gottfried fuhr herum. »Zu den Stangen, schnell!«

Abel seufzte. Er hatte den Schorbaum doch erst weggelegt.

Gottfried gab ihm einen Stoß. »Los!«, brüllte er.

Die vier Männer an den Riemen legten sich ins Zeug. Der Schelch schoss durchs Wasser. Abel schüttelte den Kopf. Doch dann griff er zum Schorbaum und stakte. Aus den Augenwinkeln beobachtete er das Boot. Keine fünf Längen mehr war es entfernt. Abel hielt inne. Die Männer hatten sich Kapuzen über den Kopf gezogen und ihre Gesichter hinter Masken versteckt. Nanu? Karneval? Es wurde immer sonderbarer. Gottfried bückte sich nach dem Faulenzer, einem Holzprügel, der bei ruhiger Fahrt zum Fixieren des Ruders verwendet wurde.

In diesem Augenblick rammte der Schelch die *Sancta Maria* und die sechs Maskierten schwangen sich in das Schiff. Zwei warfen sich auf Gottfried, zwei sprangen über das Deck und verfolgten Heinrich, zwei liefen auf Abel zu. Ehe er sich versah, lag er am Boden. Die Arme wurden ihm auf den Rücken gedreht und zusammengebunden. Dann schob man ihm einen Knebel in den Mund und stülpte ihm einen Sack über den Kopf.

»Bist du Wolter?« Die Stimme klang gedämpft. Gottfried schwieg. Dann hörte Abel ihn stöhnen.

»Du weißt, warum wir hier sin?«

»Dreckee…« Auch Gottfried war geknebelt. Er fluchte. Den Geräuschen nach schien man ihn zu treten.

»Was is? Ich will dich nicke sehe!«

Wieder gab Gottfried Laute von sich.

»Dann ebe net. Des Beil!«

Abel hörte, wie eine Luke geöffnet wurde, dann splitterte Holz. Die werden doch nicht die Fässer …?

Er bewegte den Oberkörper hin und her, bis er mit dem

Kopf an eine Taurolle stieß. Nach mehrmaligen Versuchen hatte er den Sack so weit hochgeschoben, dass er darunter hervorschauen konnte. Er sah Gottfried gefesselt am Boden. Dessen Kopf war ebenfalls unter einem Sack verborgen. Daneben sah Abel Stiefel. Sie mussten zu dem Anführer gehören.

»E Boot!«, wurde mittschiffs gerufen.

»Dreht euch weg un tut, als würd ihr was schaffe!«

Abel vernahm Getrampel auf den Planken.

»Staken! Des geht a schneller! Doch net so, du Hornochs!«

Der Anführer bei Gottfried bellte seine Befehle über das Schiff. Abel hörte Gelächter, das sich entfernte. Dann war es wieder ruhig.

»Also, was is?« Der Anführer gab Gottfried einen Tritt. »Wie viel Fässer soll ich noch eischlache lasse?«

Gottfried zerrte an seinen Fesseln. Der Anführer trat ihm erneut in die Seite.

»Hierher!«, rief er dann über das Schiff. »Der Kerl is stur.« Der Schiffsboden dröhnte in Abels Ohr. »Hier, de Strick! Wolle doch mal sehe.«

Gottfried wehrte sich. Doch drei Maskierte hoben ihn an und warfen ihn über die Bordwand. Klatschend fiel Gottfried ins Wasser. Die Männer standen jetzt beieinander. Abel versuchte, den Sack weiter nach oben zu schieben — vergebens. Einer der Männer hatte das Seil in der Hand, an das Gottfried angebunden war. Das Ende baumelte über dem Boden. Jetzt wurde es eingeholt und türmte sich zu einem kleinen Haufen. Der Anführer beugte sich nach vorne.

»Du hast die Wahl«, sagte er ins Wasser. »Nicke oder …! — Hoppla, net so schnell!« Der Anführer griff nach dem Seil und holte es noch ein Stück ein. Vom Wasser her hörte Abel gedämpftes Husten.

»Ein zäher Hund«, sagte eine Stimme hinter Abel. Hier war also noch einer. Abels Bewacher trat über ihn hinweg und blieb vor ihm stehen.

»Dann ebe noch emal«, sagte der Anführer. Abel sah durch die Beine seines Bewachers, wie das Seil in die Höhe schoss. Schwaches Gurgeln drang an sein Ohr. Er schloss die Augen. »Heilige Maria, Mutter Gottes, hilf!«, murmelte er leise.

Eine Weile verging. »Komm, holt ihn widder raus«, sagte Abels Bewacher. Abel öffnete die Augen.

»Ach was. Der hot noch Luft«, gab der Anführer zurück.

Abel begann zu zählen. Als Kinder hatten sie beim Baden oft gewettet, wer es am längsten unter Wasser aushielt. Bis 120 hatte er es manchmal geschafft, nie länger!

»Jetzt reicht's.« Abel sah, wie das Seil wieder auf den Schiffsboden glitt.

Doch plötzlich sauste es erneut in die Höhe. Rasend schnell fuhr es zurück, sein Ende zuckte, schlug noch einmal gegen die Bordwand und verschwand.

»Verdammt!« Abel sah, wie der Anführer auf die Bordwand stieg.

»Schnell, die Stange!«, rief dieser, sprang zurück, löste den Schorbaum selbst von der Bordwand und stieß damit ins Wasser. Abels Bewacher stürzte nach vorne. Abel sah jetzt nur noch Beine durcheinanderlaufen.

»Verdammt, wo isser?« Die Stimme des Anführers hatte ihren schneidigen Ton verloren.

»Vielleicht an ebbes hänge gebliebe?«

»Auf! Sucht! Verdammter Nebel.«

»Nemme mer doch unser Boot.«

»Halts Maul!« Einen Augenblick war es still, dann bellte der Anführer: »Los, ab!«

Das Schiff schaukelte unter den schnellen Schritten der Maskierten. Dann hörte Abel Ruderschläge. Zweimal noch vernahm er Kommandos, dann war es ruhig.

Abel versuchte aufzustehen. Noch immer schwankte der Schiffsboden. Dann besann er sich, drehte sich auf die Knie und versuchte, den Sack abzustreifen. Immer wieder hob er den Kopf, drückte ihn an die Bordwand und schob ihn nach unten. Endlich waren die Augen frei.

Er schaute sich um. Steuerlos trieb die *Sancta Maria* dahin.

Abel starrte in den Nebel. »Mein Gott!« Das Schiff trieb langsam auf das Ufer zu. Unschlüssig sah er sich um. Auf den Knien rutschte er zum Ruder und drückte mit der Schulter dagegen. Nur langsam sprach das Schiff auf den Kurswechsel an. Die Strömung im seichten Wasser war zu schwach. Doch endlich schob sich der Bug zur Flussmitte. Abel atmete auf.

»Heinrich, wo bist du?«

Abel sah, wie der Schiffsknecht mittschiffs auf die Beine kam. Auch er hatte einen Sack über dem Kopf.

»Bleib stehen! Ich komme!«

Es dauerte eine Weile, bis Abel und Heinrich, Rücken an Rücken stehend, ihre Fesseln lösen konnten. Als sie sich endlich befreit hatten, fuhr ein Schelch an ihrem Schiff vorbei.

»Is was?«, rief ein Mann herüber.

»Mann über Bord«, antwortete Abel.

»Heiliger Nikolaus!«, kam die Antwort. Dann, der Schelch war schon fast vorüber: »Viel Glück!«

Abel fuhr herum. »Der Anker. Wirf den Anker!« Warum war er erst jetzt darauf gekommen?

Heinrich eilte zum Vorderschiff und warf den Stockanker über Bord. Die *Sancta Maria,* die mittlerweile quer im Wasser lag, wurde langsamer, blieb stehen und stellte sich gegen die Flussrichtung.

»Wo ist Wolter?«

Abel blickte Heinrich an. Erst jetzt begriff er, dass dieser nicht mitbekommen hatte, was mit Gottfried geschehen war.

»Die Kerle haben ihn über Bord geworfen.«

»Was? Warum?«

»Später! Wir müssen ihn suchen!«

Abel versuchte zu schätzen, wie weit sie inzwischen von der Stelle des Überfalls flussabwärts getrieben waren.

»In den Ankernachen! Los! Nimm die Stangen mit!«

Sie stießen die Schorbäume ins Wasser. Kraftvoll schoben sie den Nachen flussaufwärts. Nach allen Seiten suchten sie das Wasser ab. »Mehr zur Flussmitte!«, befahl Abel. Ihm zitterten die Knie. Wenn es kein Wunder gab, war Gottfried tot. Abel hatte keine Zweifel. An den Händen gefesselt und geknebelt, wie hätte Gottfried sich da retten sollen? Wenn nicht gerade Hochwasser war, floss der Main breit und träge dahin. An vielen Stellen konnte der Fluss durchritten oder durchwatet werden, nur in einigen Abschnitten war er vier oder fünf Fuß tief. War es doch denkbar, dass Gottfried auf die Füße gekommen war? Vielleicht hatte er dem Anführer das Seil entrissen und war im Schutz des Nebels auf eine der Sandbänke entkommen, die sich ständig irgendwo im Wasser neu bildeten?

Abel prüfte, wie tief sein Schorbaum in das Wasser reichte. Fast sechs Fuß. Zumindest an dieser Stelle hätte Gottfried nicht stehen können.

»Wenn man wenigstens etwas sehen würde.« Abel schaute in den Nebel und formte die Hände zu einem Trichter: »Gottfried! Wo bist du?«

Keine Antwort.

»Gottfried!«

Der Nebel riss auseinander und gab den Blick auf das Wasser frei. Nirgends eine Sandbank, auf die sich Gottfried hätte gerettet haben können.

Immer wieder rief Abel nach Gottfried. Es kam keine Antwort. Sie mussten inzwischen längst die Stelle des Überfalls erreicht haben. Abel gab Heinrich ein Zeichen, den Schelch treiben zu lassen. Er wollte nun mainabwärts weitersuchen.

»Arme Fraa«, sagte Heinrich.

Abel drehte sich um. »Wie viele Kinder hat er eigentlich?« Er kannte nur Valentin, Gottfrieds Ältesten, der, wie sein Vater, Schiffer werden sollte.

»Vier oder fünf. Hot spät geheiert.«

Abel sah sich schon vor Gottfrieds Haus stehen. Was sollte er der Witwe sagen? Wenn Gottfried sich unter Wasser irgendwo verfangen hatte, würde sich nicht einmal die Leiche finden. Abel fühlte nach dem Geldgürtel unter seiner Kutte. Alles war sonderbar: der Angriff auf das Schiff, blitzschnell und leise, als wäre man darin geübt. Und trotzdem, die Männer hatten sich nicht wie gewöhnliche Räuber verhalten. Sie hatten nicht nach Geld gesucht, hatten mit keinem Wort danach gefragt! Abel kratzte sich am Haarkranz. Ein solch dreister Überfall, auf offenem Wasser, dazu ohne ersichtlichen Zweck, davon hatte er noch nie gehört.

Doch die Maskierten schienen es nicht auf die Ladung abgesehen zu haben. Auch Gottfrieds Tod war sicherlich nicht beabsichtigt. Sie wollten Gottfried zu etwas zwingen, und er hatte sich dagegen gewehrt. Gottfried war ein Sturkopf. Wenn er nicht wollte, wollte er nicht. Doch was war es, was man von ihm verlangte? Abel betrachtete Heinrich. Der Schiffsknecht war zwar schlank, aber trotzdem kräftig. Die Kerle mit den Masken hatten ihre Arbeit nicht zum ersten Mal getan. Wie sonst hätte es ihnen gelingen können, sie alle drei fast geräuschlos zu überwältigen?

Abel blickte in den Nebel. War Gottfried nach den Schwierigkeiten mit dem Zoll in Hanau nicht auffällig nachdenklich geworden? Hatte er etwas geahnt? Abel erinnerte sich an dessen erste Worte am Morgen: »Alles in Ordnung?«. Dann fielen Abel die beiden Schatten ein, die er kurz vor Gottfrieds Erwachen am Ufer bemerkt hatte. Andererseits, hatte man ihn in Miltenberg nicht gewarnt, Gottfried sei ein Freund derber Scherze? Hatte der Schiffer ihnen nur einen Schreck einjagen wollen? Dann wäre es an der Zeit, sich wieder sehen zu lassen. Abel schüttelte den Kopf. Mit Fantasien kam er nicht weiter.

»Konnte Gottfried schwimmen?«, fragte er Heinrich.

»Denk scho. Is am Wasser uffgewachse.«

»Was soll der Überfall?«

Auch Heinrich blickte ratlos an seinem Schorbaum vorbei in den Nebel. »Vielleichd habbe die Kerle Geld gesucht?«

Abel winkte ab. Er hatte Heinrich doch gesagt, dass sie es nur auf Gottfried abgesehen hatten.

Langsam näherten sie sich dem linken Ufer. Es roch nach Jauche. Zwei Fischer auf der Suche nach Regenwürmern wurden auf sie aufmerksam. Abel bat sie um Hilfe. Sie stiegen in ihre Nachen und halfen bei der Suche. Abwechselnd riefen sie nach Gottfried. Doch es kam keine Antwort.

Jetzt wurde auch der Nebel wieder dichter.

»Der is fort«, sagte einer der Fischer.

»Konn sein, dass der erscht widder nach Frankfurt ufftaucht«, sagte der andere.

»Wo sind wir hier eigentlich?«, fragte Abel.

Der erste Fischer zeigte die Uferböschung hoch. »Da hinne is Oberrad.«

»Hanauer Gebiet?«

»Nää. Gehört scho zu Frankfurt. E Schtück de Maa nabb is die Gerbermühl. Wenn der Nebbel net wär, könnt mer se sehe.«

Gerbermühle? Abel rieb sich das Kinn. Wo hatte er davon schon einmal gehört? Richtig, als er das letzte Mal mit Lothar in Frankfurt gewesen war. Ein Bankier, mit dem der Freund geschäftlich verbunden war, hatte sie kurz zuvor als Sommersitz erworben und Lothar und ihn zu einem Besuch eingeladen. Doch daraus war aus Zeitmangel nichts geworden.

Abel schaute noch einmal über das Wasser. »Danke für eure Hilfe«, sagte er zu den Fischern. Dann bekreuzigte er sich und kehrte mit Heinrich zum Schiff zurück.

Bevor sie den Anker lichteten, kontrollierten sie die Ladung. Es war lediglich ein Fass eingeschlagen, und das auch nur oben. Das Loch ließe sich notdürftig schließen.

III

Bei Einbruch der Dunkelheit erreichten sie Frankfurt. Freie Reichsstadt, Krönungsstadt der Kaiser des Heiligen Römischen Reiches Deutscher Nation, von keinem Geringeren als Karl dem Großen gegründet, Messeplatz — kein Frankfurter vergaß, dieses einem Fremden gegenüber hervorzuheben.

»Wohin?« Abel stand am Ruder und blickte auf die Silhouette der Stadt. Kaum erkannte er auf der rechten Uferseite den Dom. Die Zinnen und Türme der Stadtmauer würde er erst morgen bei Tag zu Gesicht bekommen. Heinrich stand am Bug und hatte die Schiffslampe entzündet. Noch nie war Abel so spät hier angekommen. Nachts sah der Main vor Frankfurt ganz verändert aus. Wie ein Schwarm Glühwürmchen tanzten die Lichter der anderen Schiffe auf dem Wasser. Und noch nie hatte Abel hier ein Schiff angelegt. Die Mainlände würden sie ansteuern müssen, irgendwo zwischen Fahrtor und Leonhardskirche, soviel war klar.

»Wir müsse unner der Brücke durch un dann ans Ufer«, rief Heinrich. »An Land dürfe mer erscht, wenn der Zoll uff em Schiff war.«

Unter der Brücke durch, natürlich. Doch wo? Ziemlich in der Mitte, soweit konnte Abel sich noch erinnern. Aber durch welchen der vielen Brückenbögen genau musste man fahren?

»Mehr backbord«, rief auch schon Heinrich, »unnerm Brickegiggel durch!«

Leichter gesagt als getan, dachte sich Abel. Zwar war der Nebel lichter geworden, je mehr sie sich Frankfurt genähert hatten, aber er konnte vom Schiff aus unmöglich sehen, wo auf der Brücke genau der legendäre Hahn thronte.

Irgendwo backbord musste auch die schmale Insel sein, die der Brücke vorgelagert war. Daran konnte man sich bei Tageslicht orientieren. Aber jetzt sah Abel weder die Insel noch die Mühle, die darauf stand.

Die *Sancta Maria* wurde immer schneller. Abel blickte angestrengt über den Bug. Erst nur schemenhaft, dann immer deutlicher spannte sich ein dunkler Streifen über den Fluss. Dann sah Abel die Lichter. Unterschiedlich hell tanzten sie auf und nieder und bewegten sich von der Stadt hinüber nach Sachsenhausen oder auch in die entgegengesetzte Richtung. Die Leute sind schon mit Laternen unterwegs, dachte Abel. Laternen mit drei Kerzen hatte ein Adliger mit sich zu führen, wenn er in Frankfurt nach Einbruch der Dunkelheit unterwegs war, zwei Kerzen waren einem gewöhnlichen Bürger vorgeschrieben, eine den Bediensteten. Ich darf die Laterne nicht vergessen, fiel Abel ein.

»Mehr backbord!«, schrie Heinrich. »Noch mehr!«

Abel riss am Ruder. Die Lichter kamen immer näher. Dann, plötzlich, wurde es fast dunkel. Der Schatten eines Pfeilers zog vorüber. Wäre Abel an der Bordwand gestanden, er hätte danach greifen können. Dann sah er Lichter am Ufer, das war die Mainlände.

»War knapp.« Heinrich stand plötzlich vor Abel. »Jetzt übernehm besser ich.«

»Ich muss den Überfall melden!«, sagte Abel.

Heinrich nickte und zeigte auf die rechte Uferseite. »Fahrtor«, sagte er. »Da müsse mer hi. Ich fahr ganz dicht dran. Mir müsse uns an em annern Schiff festmache.«

Abel hatte keine Ahnung, wohin er sich in Frankfurt wenden sollte. Dafür kannte er die Stadt doch zu wenig, und mit der Obrigkeit hier hatte er noch nie etwas zu tun gehabt. Auch zweifelte er, ob er zu dieser Zeit überhaupt noch jemanden für sein Anliegen finden würde. Und wenn, was sollte er eigentlich sagen? Es war ein Überfall, eindeutig, und mit Heinrich hatte er auch einen Zeugen. Die Übeltäter mussten Einheimische gewesen sein. Ohne genaue Ortskenntnis wäre so ein Überfall nicht durchzuführen gewesen, und die Flucht der Täter mainabwärts deutete ebenfalls darauf hin. Für ihn, Abel, war klar, dass die *Sancta Maria* erwartet worden war. Bereits in Seligenstadt hatte man nach ihnen Ausschau gehalten. Abel überlegte. War das Theater in Hanau auch schon Teil des Planes gewesen? Hatte der Zöllner sie mit Absicht so zögerlich abgefertigt, sodass sie zum richtigen Zeitpunkt am Ort des Überfalls eintrafen? Aber es war nichts gestohlen worden, und der Schaden am Weinfass war kaum der Rede wert. Was schwer wog, war Gottfrieds Verschwinden. Aber ob dieser wirklich ertrunken war, konnte er nicht beweisen. Wie stünde er da, wenn Gottfried wieder auftauchte? Gleichviel, beschloss Abel. Darauf konnte er nicht warten.

Heinrich warf das Ruder herum. Langsam drehte die *Sancta Maria* bei und glitt auf die Schiffe am Ufer zu. Abel erkannte, dass diese bereits in doppelter und teilweise dreifacher Reihe hintereinander lagen. Dann sah er das Heck eines Schiffes vor sich.

»Den Schorbaum, Pater!«, rief Heinrich.

Abel verstand. Er griff nach der Stange und stieß sie in den schlammigen Grund. Die *Sancta Maria* konnte so nicht mehr abdriften. Heinrich hatte inzwischen das Ruder losgelassen und nach einem Seil gegriffen. Er wartete noch einen Augenblick, bis das Schaukeln nachließ, dann warf er die Schlinge des Seiles über einen Beschlag an der Bordwand des nächsten Schiffes, straffte es, so fest er konnte, und machte es mit zwei schnellen Doppelschlägen auf der *Sancta Maria* fest.

»Feierabend«, sagte Heinrich und ließ das lose Ende des Taus zu Boden fallen.

Nachdem Abel seine Sachen in der Kajüte zusammengesucht hatte, fragte er Heinrich: »Was meinst du, ob ich im Rathaus noch jemanden antreffe?«

»Hauptwache«, antwortete dieser, »ich würd zur Hauptwache gehn. Abber viel Glück werd Ihr net ham.«

Abel nickte. Die Stadttore durften noch offen sein. Die Hauptwache am Paradeplatz kannte er. Im vergangenen Jahr hatte er dort Auftritte von Kunstreitern bewundert. Auch erinnerte er sich an den Weg dorthin. Am besten, er ging durch das Fahrtor, die Saalgasse hinunter und über den Römerberg und die Neue Kräme hoch zur Zeil. Abel griff unter seine Kutte, holte einige Gulden hervor und drückte sie Heinrich in die Hand. »Für den Zoll morgen früh. Müsste reichen. Werde mich bei den Karmelitern einquartieren. Wenn Weinhändler auftauchen, lass sie warten, bis ich wieder hier bin.«

Dann holte Abel sein Bündel aus der Kajüte und ging zum Vorderschiff. Die Laterne am Bug schaukelte sacht hin und her. Ihr Licht sollte reichen.

»Bis morgen«, rief Abel und sprang. Das Nachbarschiff war wesentlich kleiner als die *Sancta Maria* und kaum beladen. Beinahe wäre Abel gekentert, so sehr schaukelte es. Es schien niemand an Bord zu sein. Abel tastete sich vor zum Bug und prüfte den Abstand zum nächsten Schiff. Ohne Schwierigkeit stieg er um und stand kurz darauf auf festem Boden. Schiffsknechte lungerten auf einem Stapel Bretter herum. Die Weinkrüge in der Hand, führten sie laut ihre Gespräche. Abel beachteten sie nicht.

Das Fahrtor stand offen. Gelangweilt musterten die Wachen Abel und ließen ihn unbehelligt vorbei. Die Messe hatte noch nicht begonnen, aber die Stadt war jetzt schon voll. Händler, erkennbar an ihrer bunten Tracht, Bedienstete mit steifem Gang, Herren in vornehmem Rock und mit Perücke, Galgengesichter und Schiffsknechte mit ihren Dirnen bevölkerten die Straßen. Abel wich einem Pulk Hafenarbeiter aus. »Maabengel« wurden diese in Frankfurt genannt, und so benahmen sie sich meist auch. Abel blieb für einen Augenblick stehen. Jetzt hatte er doch vergessen, eine Laterne mitzunehmen. Aber zurück konnte er nicht mehr. Wird schon gut gehen, dachte er. Schließlich hatte ihn die Stadtwache auch ohne Licht passieren lassen.

Als Abel die Zeil betrat, hätte er beinahe sein Bündel fallen gelassen. War dieser Mann im Gewühl vor ihm nicht Gottfried? Er drängte sich durch die Menge, ohne der Gestalt mit der Mütze näher zu kommen. Plötzlich blieb er in der Eile mit seinem Bündel an einem Karren hängen und wurde herumgerissen. Abel schrie auf, als der Schulterriemen ihm ins Fleisch schnitt. Als er sich wieder gefangen hatte, war die Gestalt verschwunden. Hatte sich Gottfried also doch einen makabren Scherz erlaubt? Abel wollte es nicht glauben. Er stellte sich auf die Zehenspitzen. Nichts! Oder doch? Dort an der Bude, war das nicht wieder Gottfrieds Mütze? Abel schob sich nach vorne. Von allen Seiten wurde hier gedrängt. Es schien eine Ewigkeit zu dauern, bis er die Bude erreicht hatte. Ein Quacksalber pries dort seine Salben und Tinkturen an. Endlich stand Abel auf Armlänge hinter der fremden Gestalt. Doch hier, wo es etwas heller war, sah er, dass der Mann ein Hemd aus grobem Leinen trug. Auch war die Weste darüber nicht, wie bei Gottfried, aus brauner Wolle, sondern ein ärmelloser blauer Kittel. Trotzdem beugte sich Abel vor, um das Gesicht des Mannes zu sehen. Halb enttäuscht, halb erleichtert wandte er sich ab. Wie hatte er glauben können, sein Partner würde ihn so an der Nase herumführen? Abel drehte sich um und ging mit gesenktem Kopf davon.

Bald stand er vor der Wache. Er kannte das Gebäude von seinen früheren Aufenthalten, hatte es aber noch nie betreten — ein freistehender Bau aus massivem Sandstein. Auffällig daran waren vor allem die Arkaden an der Vorderseite und das große, schiefergedeckte Mansardendach. Über einem der beiden Eingänge brannte eine Laterne. Die Tür stand offen. Abel ging darauf zu und trat ein. An einem schäbigen Tisch saßen drei Soldaten und würfelten. Kurz blickten sie auf, dann widmeten sie sich wieder ihrem Spiel.

Abel räusperte sich. »Den wachhabenden Offizier, wo finde ich den?«

Einer der Soldaten, ein rothaariger Kerl, blickte auf. »Was gibt's?«

»Ich habe einen Überfall zu melden«, sagte Abel.

Der Soldat stellte den Würfelbecher ab. »Überfall?«, fragte er und zog die Augenbrauen hoch.

»Vielleicht auch einen Mord!«

Jetzt merkten auch die beiden anderen auf.

»En Mord? Vielleichd?«

Abel nickte und nahm sein Bündel ab. Die Schulter tat immer noch weh.

»Auf Höhe der Gerbermühle.«

»Gerbermühl? Devor oder denach?«

Abel überlegte. »Davor. Mainabwärts gesehen.«

»Geht uns nix an«, sagte der Rothaarige und griff wieder nach seinem Becher.

»Wie bitte?« Abel trat einen Schritt nach vorne.

»Mir sin hier in Frankfurt.«

»Es war kurz vor der Gerbermühle, auf dem Main!«

»Net unser Gebiet. Sach ich doch.«

Abel ließ sein Bündel auf den Tisch fallen. »Es ist Euer Gebiet!«

Eine Tür ging auf und ein junger Leutnant trat ein: ein Mann von angenehmem Äußeren und, wie es schien, mit guter Kinderstube. Den Rücken durchgedrückt, schaute er geradeaus auf seine Männer. Schlank und hoch aufgewachsen, mit einem etwas zu blassen Gesicht, überragte er Abel um einen halben Kopf. Er trug eine Perücke mit Zopf. Abel fiel auf, dass nicht ein Pulverstäubchen dessen Uniform befleckte. Er schätzte den Leutnant auf höchstens zwanzig oder zweiundzwanzig Jahre. Wohl um älter zu wirken, hatte dieser sich einen Schnurrbart wachsen lassen. In der Rechten hielt der Leutnant eine Pfeife aus Meerschaum, die Linke hatte er zur Hälfte unter die Knopfleiste seines blauen Rockes gesteckt.

Die Soldaten sprangen auf und schlugen die Hacken aneinander.

»Was will Er?«, fragte der Leutnant.

»Der Mann, ich maan, der Herr Pater, der will uns en Überfall melde, der uns nix angeht«, sagte der Rothaarige.

Abel hob den Kopf. »Und vielleicht einen Mord.«

»Rühren!«, sagte der Leutnant, und die Soldaten stellten sich bequemer hin. Dann musterte er Abel.

»Dominikaner?«, fragte er und zog die Nase hoch.

»Benediktiner.« Abel trat einen Schritt nach vorne und streckte die Hand aus. »Pater Abel, Cellerar der Abtei Amorbach.«

»Amor… wie?«

»Amorbach.«

»Liebesbach. So, so. Komme Se mal mit!«

Die Soldaten grinsten. Der Leutnant übersah Abels ausgestreckte Hand, drehte sich um und schritt in sein Zimmer zurück. Abel folgte. Doch keine so gute Kinderstube, dachte er. Die jungen Leute heutzutage sind doch alle gleich. Was soll's, Hauptsache, der Leutnant würde ihm weiterhelfen.

Der Raum war nicht größer als eine gewöhnliche Zelle in Abels Kloster und nur spärlich beleuchtet. Abel krauste die Nase. Es roch nach mittelmäßigem Tabak. Der Leutnant nahm hinter einem Tisch Platz, legte die Füße auf die Platte und sog an seiner Pfeife. Eine Wolke verdeckte sein Gesicht. Er blies sie auseinander und schaute Abel an. Vergebens suchte dieser einen Stuhl. Eine Laterne auf dem Tisch, daneben ein Säbel und ein Bund mit Schlüsseln und, etwas davon entfernt, ein Spanisches Rohr, das war alles, was Abel sah.

»Also, dann erzähle Se mal!«

Abel wartete noch eine Weile, ob ihm nicht doch ein Stuhl gebracht werden würde. Doch als der Leutnant keine Anstalten machte, öffnete er sein Bündel, holte den Sack hervor, der ihm auf dem Schiff übergezogen worden war, und legte diesen vor sich auf den Tisch. Dann begann er zu berichten. Während der ganzen Ausführungen behielt der Leutnant die Augen halb geschlossen und rührte sich nicht. Hätte er nicht hin und wieder an seiner Pfeife gesogen, Abel hätte glauben können, der Leutnant schliefe. Erst als Abel geendet hatte, öffnete der Schnösel wieder die Augen und schaute Abel eine Weile schweigend an.

»Dumme Sache«, sagte er dann. »Und Euer Partner?«

»Wir haben gesucht, bis es dunkel wurde.«

»Hm.« Der Leutnant nahm die Füße vom Tisch, stand auf, legte seine Pfeife ab, dorthin, wo die Tischplatte schon mehrere verbrannte Stellen aufwies, und griff nach der Laterne und dem Spanischen Rohr. Dann ging er zur seitlichen Wand, wo Abel jetzt eine Landkarte entdeckte.

Der Leutnant blieb vor der Landkarte stehen. »Frankfurt«, sagte er und klopfte mit der Spitze des Spanischen Rohres auf den Dom. Abel erkannte auch den Main und die Brücke, die hinüber nach Sachsenhausen führte.

»Und hier …«, der Leutnant klopfte mit dem Rohrstock an den Rand der Karte, »… hier is Oberrad. Und da is scho Hanauer Gebiet.« Er zeichnete mit dem Stecken einen großen Kreis außerhalb der Karte an die Wand. Dann fuhr er mit dem Rohr zurück und klopfte dorthin, wo der Main am rechten Rand der Karte endete. »Da is die Gerbermühl. Davor, sagt Ihr, is es passiert?«

Abel nickte.

»Wie weit davor?«

»Kann ich nicht genau sagen. Die Fischer dort sagten, es sei Frankfurter Gebiet.«

»Die Fischer!« Der Leutnant hob die Arme. »Wisse Se, Pater,

für die is Frankfurt dort, wo se ihr Fisch fange. Hauptsach, sie zahle kein Zoll.«

»Wir könnten hinreiten«, bot Abel an. »Gleich morgen früh. Dann könntet Ihr Euch selbst davon überzeugen. Es war Frankfurter Gebiet, wo wir überfallen worden sind.«

»Ich? Hinreiten? Morgen?« Der Leutnant lächelte. »Hörn Se, Pater. Moje beginnt die Geleitswoch. Da is alles unterwegs bei de Geleitszüch. Da hat niemand Zeit.«

Abel ballte die Fäuste. So ein Rotzjunge. Der sollte ihn kennenlernen. »Euren Vorgesetzten, wo finde ich ihn?« Abels Stimme durchschnitt die verräucherte Luft.

Der Leutnant wurde ernst. »Hörn Se, Pater. Ich würd Ihne ja helfe. Abber glaube Se mir, während der Mess brauch ich jeden Mann.« Der Leutnant steckte Abel die überkreuzten Arme hin. »Mir sin die Händ gebunne, Pater.«

»Ihr Vorgesetzter! Wo?«

»Pater, des hat wenich Sinn.« Der Leutnant schaute an Abel hinunter. »Die Katholische, die maach er sowieso net.«

Abel gab nicht auf. »Protokoll«, sagte er. »Ich möchte, dass Ihr ein Protokoll aufnehmt, dass ich hier war und Euch von dem Überfall berichtet habe.«

Der Leutnant blickte Abel ins Gesicht. »Selbst wenns Frankfurter Gebiet war, was soll ich Eurer Meinung nach mache?«

»Euch der Sache ernsthaft annehmen. Die Kerle sind mainabwärts geflüchtet, wahrscheinlich hierher.«

»Beschreibung?«

»Beschreibung? Ich sagte doch, sie waren getarnt. Schwarze Kleidung und das Gesicht hinter einer Maske versteckt.«

»Farbe?«

»Wie Farbe?«

»Na, wie die Maske ausgesehe ham? Grün? Schwarz? Buntisch?«

Abel dachte einen Augenblick nach. »Blau, glaube ich. Ja, sie waren blau und haben das Gesicht fast ganz verdeckt.«

»Sonst noch irgendwas uffgfalle?«

Abel überlegte. Dann schüttelte er den Kopf.

»Unn nach solche Leut soll ich suche lasse? Hier in Frankfurt? Während de Mess? Hörn Se, Pater, wenn Ihr se net erkannt habt, wie solle dann mei Leut wisse, nach wem se suche solle?«

Abel dachte einen Augenblick nach. Im Grunde hatte der Leutnant ja recht. Auch ihm fiel nichts Greifbares ein, wonach er hätte suchen lassen können. Aber so unwillig wie der Leutnant musste man sich auch nicht zeigen.

Abel wollte nicht aufgeben. »Es war Frankfurter Gebiet. Und Ihr seid für Recht und Ordnung zuständig.«

»Solang die Mess is, kann ich nix verspreche.«

»Dann das Protokoll.«

»Moje. Wenn en Schreiber da is.«

Abel schaute den Leutnant an und verstand. Grußlos verließ er den Raum. Doch dann kehrte er noch einmal zurück und wollte den Sack vom Tisch des Leutnants mitnehmen. Doch dieser hielt ihn fest. »Der bleibt da! Für alle Fäll.«

Abel machte kehrt und warf die Tür hinter sich zu.

Vor der Wache blieb er kurz stehen und atmete tief durch. Dann schlug er den Weg zum Karmeliterkloster ein.

IV

Abel wäre jetzt am liebsten alleine gewesen. Doch ohne das Licht der immer noch zahlreichen Passanten hätte er sich schwerlich zurechtgefunden. Abel glaubte, deren Unwillen zu spüren, als er versuchte, im Schein ihrer Laternen vorwärtszukommen. Ohne eigenes Licht war es besser, er verzichtete auf den kürzeren Weg zum Kloster durch die Gassen. So blieb er auf der Zeil, der breitesten Straße der Stadt. Außerdem würde er hier ohne Laterne am wenigsten auffallen. Abel ballte die Fäuste. Ihn so abzufertigen! Diesem Leutnantslümmel, dem würde er helfen. Immerhin, dessen Namen hatte er noch erfahren: Sigismund von Weidenweber — Spross eines heruntergekommenen Adelsgeschlechtes, da war sich Abel sicher. Gleich morgen früh würde er das Rathaus aufsuchen und sich beschweren. Irgendein Amtsträger der Stadt musste etwas unternehmen — Messe hin, Messe her. Die Abtei Amorbach war schließlich nicht irgendwer.

Am Rossmarkt wich Abel einem Pärchen aus und bog in den Großen Hirschgraben ein. Zum Karmeliterkloster in der Münzgasse war es jetzt nicht mehr weit. Seit der Reformation war das Kloster der Brüder der Jungfrau vom Berge Karmel nur noch eine Enklave in der lutherisch gewordenen Stadt. Eine bessere Bleibe hätte Abel in ganz Frankfurt nicht finden können. Während der Messe dürfte dies der einzige ruhige Ort in der Stadt sein. Bei seinem vorletzten Besuch mit Lothar hatte er dieses Kloster als Herberge entdeckt, nachdem sie in den Gasthäusern vergebens nach Quartier gefragt hatten.

In der Münzgasse blieb Abel stehen und versuchte, das im Dunkeln liegende Gemäuer des Klosters zu erfassen. Die Regeln der Karmeliter verlangten hinreichend große Klostergebäude, und die Klosterbrüder hier waren stolz auf ihr Anwesen. Die der Heiligen Jungfrau Maria geweihte Kirche im südlichen Teil der Anlage, der Kreuzgang, die *officinae*, die allgemeinen Klosterbauten, die sich im rechten Winkel daran anschlossen, sowie der östlich zur Karmelitergasse hin gelegene klostereigene Friedhof umfassten ein Areal, das in seiner Ausdehnung in Frankfurt einzigartig war. Ein reicher Bettelorden, dachte Abel. Dabei musste er ein wenig lächeln. Denn zu dessen Bettelbezirken zählten auch Miltenberg und Amorbach.

Abel klopfte an die Pforte. Nach einer Weile öffnete Bruder Gangolf die Klappe. Er hatte nicht mehr die besten Augen.

»Wer da?«

»Was glaubt Ihr, Bruder Gangolf?«

»Jesus Maria! Der Herr Cellerar!«

Niemand sonst sprach Abel ausnahmslos mit »Herr Cellerar« an.

»Ich rufe den Herrn Prior!«

»Wartet, Bruder. Wollt Ihr mich nicht zuerst hereinlassen?«

»Jesus Maria, verzeiht, Herr Cellerar. Einlassen, natürlich.«

Gangolf schob zwei Riegel zurück und öffnete die Tür. Als Abel eintrat, verbeugte er sich tief vor ihm. Dann schloss Gangolf wieder die Tür und überprüfte umständlich die Riegel. »Die Stadt ist voller Gesindel. Aber jetzt hole ich den Herrn Prior.«

Abel war gespannt. Er sah den Prior schon herbeieilen, ihn an beiden Händen fassen und willkommen heißen. Er sah sich ihm im *refectorium* gegenübersitzen und Neuigkeiten austauschen. Darauf verstand sich der Prior bestens. Wollte man wissen, mit wem der Patrizier Sowieso seine älteste Tochter zu verheiraten gedachte, wer als nächster Schöffe von Frankfurt werden würde, oder wer die besten Aussichten hatte, die freigewordene Stelle eines Rates zu besetzen, von Prior Rüdiger von Breitstein erhielt man die besten Auskünfte — wenn dieser wollte.

Aber Rüdiger von Breitstein war auch ein guter Wirtschafter, wenn er es auch gerne zu verbergen versuchte und bei jeder sich bietenden Gelegenheit die angebliche Armut des Klosters hervorkehrte. Das ging so weit, dass es schon Tage gegeben haben sollte, an denen der Prior seinen Mitbrüdern nur eine Mahlzeit hatte reichen lassen.

Irgendwann, zu vorgerückter Stunde, würde der Prior dann beginnen, über die schlechten Zeiten zu sprechen. Er würde klagen, dass es sein Orden in der lutherischen Stadt besonders schwer hätte, dass nicht nur die Einnahmen, sondern auch die Gläubigen und vor allem die Zahl der Novizen immer mehr abnähmen und dass die Reichsstadt Frankfurt immer mehr verkomme. Und er würde die Ankergasse gleich nebenan als Beispiel aufführen, wo in den letzten Jahren zwielichtige Schenken ihre Türen geöffnet hätten. Und Abel würde zustimmend nicken, sorgenvoll den Kopf hin und her wiegen und entrüstet aufschauen, wenn von den Dirnen in der Stadt die Rede wäre.

Trotz aller Bescheidenheit des Priors — das Kloster der Karmeliter war sehr wohlhabend. Es besaß mit der Klosterkirche, dem prächtigen Kreuzgang, dem Kapitelsaal und *refectorium* sowie den Wirtschaftsgebäuden nicht nur bedeutende Baulichkeiten, sondern es befanden sich auch wahre Schätze darin. Die Wandmalerei im *refectorium* und Kreuzgang sollte die größte ihrer Art nördlich der Alpen sein. Eine Szene, die Beschneidung Christi, hatte Abel besonders beeindruckt, als der Prior ihm und Lothar bei ihrem ersten Aufenthalt im Kloster die Bilderfolge erklärt hatte. Der Maler, Jörg Ratgeb, sei in einem Zuge zu nennen mit den besten Italienern seiner Zeit, hatte der Prior stolz erklärt.

Von Weitem hörte Abel eine Tür schlagen, dann, nach einer

Weile, vernahm er Schritte auf dem steinernen Boden. Abel blickte den Gang entlang. Hinter der schwankenden Laterne des Pförtners erschien die hagere, hoch aufgeschossene Gestalt des Priors. Wie immer, wenn Rüdiger von Breitstein erregt war, zog er abwechselnd mit beiden Händen an seinem langen weißen Bart.

»Willkommen in unserem bescheidenen Heim«, sagte der Prior und griff nach Abels Händen.

»Ihr kommt spät. Sicherlich habt Ihr Hunger. Bruder Gangolf, sagt der Küche Bescheid!«

Der Pförtner verbeugte sich und wollte im Gang verschwinden.

»Halt, die Laterne!«, rief ihm der Prior nach. Dann hakte er sich bei Abel unter. »Wir sparen mit dem Licht, seit das Wachs so teuer geworden ist.«

Abel nickte und machte ein besorgtes Gesicht.

Sie verließen das Treppenhaus, das sich unmittelbar hinter dem Eingang befand, und gingen den Kreuzgang entlang. Abel versuchte, einen Blick auf das Wandgemälde zu werfen. Aber das spärliche Licht aus der Laterne des Priors reichte nur aus, die Steinplatten am Boden zu beleuchten. Vor einer großen, zweiflügeligen Tür blieben sie stehen.

»Ihr werdet mit einem bescheidenen Mahl vorliebnehmen müssen«, sagte der Prior, bevor er die Tür zum *refectorium* öffnete. »Bescheiden, aber von Herzen!« Bescheiden war Rüdiger von Breitsteins Lieblingswort.

»Vergelts Gott, ehrwürdiger Prior. Das wäre nicht nötig gewesen.«

»Immer so bescheiden, der Herr Cellerar. Das ist es, was ich an Euch so schätze — unter anderem.« Der Prior lächelte und zeigte auf das Kopfende einer langen Tafel. Ihr Ende verlor sich im Dunkeln. Parallel dazu, hinter einer Reihe von fünf Steinsäulen, die die Balken der etwa zwanzig Fuß hohen Decke trugen, befand sich eine weitere Tafel. Abel konnte das alles nur erahnen. Aber er hatte den Raum schon bei Tageslicht gesehen. Vierzig Brüder mindestens dürften hier Platz haben. Doch Jahr für Jahr blieben immer mehr Stühle leer, wie er sicherlich gleich vom Prior erfahren würde.

»Mehr Stühle als Konventualen, die darauf Platz nehmen«, sagte der Prior.

Abel nickte. »Bin froh, dass bei uns die Lutherischen in der Minderzahl sind.«

»Es ist nicht nur das. Die Stadt ist gewachsen. Man könnte meinen, mit jedem Neubürger entfernten sich die Menschen mehr von Gott. Aber lassen wir das. Wein?«

Abel dankte. Er wusste, dass im *refectorium* nur Wasser stand und der Küchenmeister den Wein erst noch bringen würde.

»Wie war Eure Reise?«

Abel begann zu berichten. Die ganze Zeit über hörte der Prior aufmerksam zu. Als Abel den Leutnant erwähnte, verzog der Prior den Mund. »Ihn und seinesgleichen wird das Feuer zuerst vernichten.«

Abel schaute auf. »Feuer?«

Rüdiger von Breitstein zog wild an seinem Bart. »Jawohl, Feuer. Wie weiland Sodom und Gomorrha im Feuerstrom verbrannten, so wird auch diese Stadt der gerechten Strafe nicht entgehen.«

Es klopfte und Theobald, der Bruder Culinarius, trat herein, ein Tablett auf dem rechten Arm. Abel sah ihm die Freude über das Wiedersehen an. Mehrere Nächte hatten sie und Lothar schon in der Küche zugebracht, bei guten Gesprächen und noch besserem Wein. Theobald stellte das Tablett ab, ging zu der Anrichte an der Wand, holte eine Damastdecke hervor und breitete sie vor Abel auf dem Tisch aus. Dann entzündete er eine Kerze, entfernte die Laterne des Pförtners und tischte auf: Gemüsepastete, gebratenes Fleisch, Eierstäbchen auf Pilzmus, Käse. Dazu stellte er Weißbrot und zwei Flaschen Wein.

Dann zog sich Theobald wieder zurück. »Greift zu«, sagte der Prior und schob Abel den Teller mit der Gemüsepastete hin. »Immer wieder ein Wunder, wie Bruder Theobald die ausgefallensten Köstlichkeiten auf den Tisch zaubern kann.«

»Warum gerade der Leutnant?«, fragte Abel nach dem ersten Bissen.

»Weil er in unserem Quartier die Aufsicht führt. Pah, Aufsicht! Die führt er eben nicht. Seit er das Sagen hat, breitet sich in unseren Straßen die Sünde besonders schnell aus. Bis hinunter zur Mainlände.«

»Mit Verlaub, Pater Prior, Ihr habt die besten Beziehungen.«

Rüdiger von Breitstein zog die Augenbrauen hoch. »Verbindungen, ja, aber keinen Einfluss. Vor allem in dieser Sache nicht. Zu viele im Rat meinen, man müsse die Sitten und Gebräuche lockern, weil die Zeit es verlange.« Der Prior rieb Daumen und Zeigefinger aneinander. »In Wahrheit geht es nur ums Geld. Ist ja auf alles Steuer zu entrichten, die der Stadt zugutekommt. Aber hier …«, der Prior pochte mit dem rechten Zeigefinger auf den Tisch, »… hier ist auch noch Protektion im Spiel. Aber lassen wir das. Fahrt fort.«

Doch Abel hatte alles Berichtenswerte erzählt.

Der Prior beugte sich über den Tisch und legte seine Hand auf Abels Unterarm. »Es tut mir leid, aber ich glaube nicht, dass Euer Gottfried noch einmal lebend auftaucht.«

Abel senkte den Kopf. Er selbst glaubte auch nicht mehr so richtig daran.

»Ihr braucht Hilfe«, sagte der Prior. »Alleine kommt Ihr nicht weiter.«

Abel blickte den Prior an. Auf diesen Augenblick hatte er gewartet.

»In aller Bescheidenheit«, sagte der Prior, »ich wüsste da vielleicht einen Weg.«

»Welchen?«

Der Prior wiegte den Kopf hin und her. »Versteht mich

nicht falsch, ich will Euch keine Hoffnung machen, jetzt, während der Messe. Aber ich könnte es versuchen. Ich kenne da jemanden.«

Nun war es Abel, der sich über den Tisch beugte und nach den Händen seines Gegenübers griff. »Wen, Prior Rüdiger?«

»Geduldet Euch, Bruder. Morgen weiß ich mehr.«

Eine Weile noch unterhielt sich Abel mit dem Prior, doch dann schleppte sich das Gespräch immer mehr dahin. Endlich hob Rüdiger von Breitstein die Tafel auf und führte Abel zu seiner Zelle. Eine Pritsche in der Ecke, ein kleiner Nachttisch, ein Stuhl, das Kruzifix an der Wand, mehr enthielt der Raum nicht.

Als der Prior gehen wollte, sprach Abel ihn doch noch einmal an.

»Meinen Brief, habt Ihr ihn erhalten?«

Der Prior hob drohend den Zeigefinger und schmunzelte. »Ihr wisst, was Ihr da von mir verlangt?«

Abel blickte den Prior freundlich an. »Nach einer seltenen mittelalterlichen Handschrift sollt Ihr forschen. Mehr nicht. Es ist schwierig, ich weiß. Hab's bei den letzten beiden Messen schon versucht. Obwohl hier viele Bücher gehandelt werden. Ich dachte, wenn Ihr …«

»Seltene Handschrift, fürwahr. Einen einzigen Buchhändler habe ich gefunden, der wenigstens schon einmal etwas davon gehört hat.« Der Prior hob erneut den Zeigefinger. »Ihr hättet seine Augen sehen sollen. Hättet mir ruhig sagen können, dass ich für Euch nach …«, der Prior hob seine Rechte und drehte sie hin und her, »… sagen wir, gewissen Elegien suchen soll.«

»Weiß nicht, was Ihr meint? Sind doch nur Trink- und Spottlieder. Ist außerdem nicht für mich, sondern für unseren Bibliothekar.«

Der Prior zog die Lippen hoch. »In mein Kloster jedenfalls käme so etwas nicht. Aber ihr Benediktiner seid da anders, ich weiß.«

Vor allem Felix, dachte sich Abel. Der Bibliothekar war schon immer auf der Suche nach den ausgefallensten Büchern gewesen. Und nun, seit die neue Bibliothek fertig geworden war, war es Felix zur Obsession geworden, den größten Bücherbestand im ganzen Mainzer Erzstift zusammenzutragen.

»Also, kein Glück gehabt?«, fragte Abel.

Der Prior wiegte den Kopf. »Kann ich noch nicht sagen. Der Händler wollte sich umhören. Ist nicht einfach, wenn man weder den Titel noch den Verfasser kennt.«

»Wie ich Euch geschrieben habe, Prior, es ist nur eine lose Sammlung verschiedener Texte von unterschiedlichen Verfassern. Deutsche Minnesänger, Österreicher und auch Franzosen. Ein paar Namen habe ich Euch genannt. Bei unseren Brüdern in Benediktbeuren soll so eine Handschrift existieren. Aber der dortige Abt will nichts davon wissen.«

Rüdiger von Breitstein legte Abel die Hand auf die Schulter. »Wenn jemand das Werk besorgen kann, dann mein Händler. Habt noch etwas Geduld. So, und jetzt gute Nacht.« Der Prior segnete Abel und schloss die Tür.

Abel öffnete das kleine Fenster, dann warf er sich auf die Pritsche. Er konnte nicht schlafen. Noch einmal stiegen die Bilder des Überfalls vor ihm auf. Der Anführer der Bande war groß und schlank gewesen. So, wie er sich bewegt hatte, wie er mit einem Satz über die Bordwand gesprungen war, müsste er noch sehr jung sein. Abel versuchte sich zu entsinnen, ob er nicht etwas gesehen hatte, das ihn den Täter wiedererkennen ließe. Aber außer dessen Stiefeln, die wie alles an ihm und dessen Kumpanen schwarz gewesen war, war Abel nichts mehr in Erinnerung. Oder doch? Abel richtete sich auf. Das Boot! Ein Schelch, der von vier Mann gerudert wurde, war selten. Zumindest er, Abel, hatte einen solchen bis zum Überfall noch nie gesehen. Ob er danach suchen sollte?

Auch Heinrich war nichts aufgefallen, was die Verfolgung der Täter erleichtert hätte. Doch so, wie die Bande vorgegangen war, war dies nicht deren erster Überfall. Könnte das vielleicht eine Spur sein? Hier in Frankfurt müsste man eigentlich davon wissen. Aber sie waren nicht ausgeraubt worden. Die Kerle hatten etwas anderes gewollt — und nur von Gottfried. Doch was? Und was sollte er Gottfrieds Frau sagen, was den Kindern? Dass ihr Mann, ihr Vater wahrscheinlich tot sei? Und Gottfrieds Anteil an dem Schiff, wie sollte er damit umgehen? Die Frau ausbezahlen oder warten? Doch wie lange? Der Älteste, Valentin, sollte Schiffer werden wie sein Vater.

Endlich schlief Abel ein. Erst das Geläut zum Morgengebet ließ ihn auffahren. Nach der Andacht löffelte Abel zusammen mit den anderen Brüdern seine Suppe und fragte sich, wie sie mit so einem kargen Frühstück den Vormittag überstanden.

Bevor Abel das Kloster verließ, erinnerte er den Prior an sein Anliegen.

»Ist nicht vergessen.« Dann drehte sich Rüdiger von Breitstein um, hob im Gehen noch einmal die Hand zum Gruß und verschwand hinter den Säulen des Kreuzganges.

Von seinem letzten Besuch in Frankfurt kannte Abel ein Haus, unweit der Kreuzung der Ankergasse mit der Alten Mainzer Gasse, vor dem der Hausherr während der Messetage einen Essensstand aufschlug. Darin bot die Hausfrau einen kräftigen Eintopf an. Auf diesen Stand steuerte Abel jetzt zu. Lisbeth, wie die Köchin von allen gerufen wurde, stand am Kessel und rührte. Auf einem Tisch daneben lagen etliche halbe ausgehöhlte Brote und am Boden türmten sich Reisigbündel und Buchenscheite. Das Ofenrohr des Kessels war notdürftig mit Stangen gesichert und führte durch eine Öffnung in der Tuchbespannung ins Freie. Trotzdem roch es unter dem Dach stark nach Qualm.

»Aha, der Pater Cellerar! Widder emol in der Stadt?« Lisbeth strahlte.

»Hatte Sehnsucht nach Eurem Fleischtopf.«

»Babberlababb, Ihr seid Besseres gewohnt. Trotzdem, Dankschö.«

Lisbeth schniefte, zog den riesigen Holzlöffel aus dem Topf und prüfte, ob neben der Brühe auch etwas Fleisch in der Kuhle lag. Dann führte sie den Löffel an den Mund, blies darüber hinweg und reichte ihn Abel. Arme wie ein Mann, dachte dieser.

»Seid mein erschter Kunde heut, Pater.«

Abel blickte die Straße entlang, wo die vom Prior beklagten Schenken und Spelunken lagen. Noch war dort alles ruhig. Dann bückte er sich, trat unter das Dach, griff nach dem Löffel und schnupperte. »Wie Ihr das nur immer wieder macht, gute Frau. Wäret Ihr nicht verheiratet, ich würde Euch mit nach Amorbach nehmen.«

Lisbeth lachte und winkte ab. Ihr Busen wogte unter der großen blauen Schürze. Abel unterdrückte ein Lächeln. »Braat wie die Messglock«, sagten die Frankfurter zu so einem Weib. Lisbeth griff mit der Linken nach einem der ausgehöhlten Brote. Dann holte sie mit der Rechten den Schöpflöffel herunter, der an einer der Dachstangen des Standes hing, und füllte das Brot reichlich mit Eintopf. Sie senkte ihren massigen Oberkörper und hielt Abel das Brot hin.

»Gut ankomme?«

Abel schob ihr ein paar Kreuzer zu und schüttelte den Kopf.

»Is doch nix passiert, Pater?«

»Mir nicht, Lisbeth, aber meinem Schiffer. Ist verschwunden, wahrscheinlich tot.«

»Mein Gott!« Lisbeth riss die Augen auf.

»Ein Überfall auf unser Schiff.«

»Jesus!« Beinahe hätte Lisbeth das Brot fallen lassen.

In wenigen Worten erzählte Abel, was ihm passiert war.

»Die Maskemänner!«, flüsterte Lisbeth. Ein Fremder kam heran und verlangte einen Eintopf. Lisbeth gab Abel rasch dessen Brot, wischte die Kelle an ihrer Schürze ab und bediente den Mann. Als dieser wieder außer Hörweite war, fragte Abel: »Maskenmänner?«

Lisbeth trat aus dem Stand auf Abel zu und schaute ihn von unten herauf an. Abel wich einen Schritt zurück. Der beißende Geruch von saurer Milch verdrängte den würzig heißen Duft seines Eintopfes.

»Nur e Gerücht«, sagte sie so leise, dass Abel doch wieder nach vorne trat. »Tauche uff, immer in der Nacht, drohe und haue widder ab.«

»Wem drohen sie?«

»De Schiffer!«

Abel rieb sich die Nase. »Warum?«

Lisbeth richtete sich wieder auf. »Wie gesachd, nur e Gerücht. Sie redde net drüber. Niemand red drüber!«

Zwei Männer traten an den Stand. »Es geht los«, sagte Lisbeth, ging zurück, bückte sich und legte Holz nach. Dann tauchte sie mit ihren kräftigen Armen die Schöpfkelle in den Kessel und begann zu rühren. Abel wusste, dass er vorerst nichts mehr erfahren würde.

»Wünsche Euch einen guten Tag. Und ein gutes Geschäft«, sagte er so laut, dass die Ankömmlinge es hören mussten. Dann verließ er kauend den Stand.

V

Abel blickte zwischen den Häusern nach oben. Auf den Giebeln lag die Sonne. Wie er es sich gedacht hatte: Die Messe begann und das Wetter wurde schön.

Je näher er der Leonhardskirche kam, umso langsamer ging es voran. Mägde strebten mit ihren Körben zu den Märkten, Bedienstete eilten an den Häusern entlang, da Karren und Fuhrwerke die Straßen für sich beanspruchten. Komödianten und Schausteller sprangen herum und warben für ihren Auftritt in der Allerheiligengasse oder sonst wo. Einem Bärentreiber sah Abel so gebannt hinterher, dass er vor einem Haus beinahe gegen einen Anbau gelaufen wäre. Ein Bub steckte seine Nase durch ein Holzgitter und betrachtete das Treiben auf der Straße. Diese wie große Vogelbauer wirkenden Käfige, die der Haustüre vorgebaut waren, sah man in Frankfurt häufig. Sie trennten die Flure der Häuser von der Straße und wurden von den Einheimischen »Geräms« genannt. Abel hatte nachfragen müssen, als er diesen Begriff zum ersten Mal hörte. Im Geräms spielten die Kinder, hier putzte die Köchin den Salat, hier drehte die Magd das Spinnrad und hier war bei schönem Wetter auch der bevorzugte Aufenthalt der Hausfrau. So nahm jedes Haus teil am öffentlichen Geschehen und war doch geschützt vor dem Gedränge auf der Straße. Abel gefiel diese Frankfurter Eigenart, weil alle Einwohner, bis hinunter zur niederen Magd, auf diese Weise am Gemeinleben teilnahmen und so der Stadt eine heitere, fast südländische Note verliehen. Abel schnitt dem Buben eine Grimasse und ging weiter.

Es war warm geworden und ein Fortkommen auf den Straßen kaum mehr möglich. Abel musste aufpassen, dass er von dem Treiben nicht in eine falsche Richtung geschoben wurde. Er blickte sich um. Dort, rechter Hand, waren die Türme der Leonhardskirche. Abel suchte in der Häuserzeile das Tor zum Main. Endlich fand er den Durchlass. Die Worte Lisbeths gingen ihm nicht aus dem Kopf. Er würde Heinrich beauftragen, sich ein wenig unter den Schiffern umzuhören. Dabei könnte dieser auch gleich Ausschau nach einem Schelch mit vier Rudern halten. Zugleich beschloss Abel, mit einer Nachricht an Gottfrieds Frau vorerst noch zu warten.

Abel verlangsamte den Schritt. Dann drehte er sich um. Seit dem Verlassen des Klosters hatte er das Gefühl, beobachtet zu werden. Ein Spielmann rempelte ihn an. Abel wich zurück und stieß an den Bauchladen eines Straßenverkäufers. Für einen Augenblick verlor er die Übersicht. Als er sich wieder umschaute, sah er nichts als Gedränge. Nirgends ein Mensch, der sich vor ihm zu verstecken suchte oder der stehen geblieben wäre, verlegen zu Boden schaute oder sich geschäftig stellte. Abel gab sich einen Ruck und ging weiter. Sah er jetzt schon Gespenster?

Endlich war er an der Mainlände angelangt. Abel blickte flussaufwärts zur Brücke. Ein nicht enden wollender Menschenstrom schob sich in die Stadt. Wo, um Gottes willen, wollten all diese Leute hin? Die Straßen und Plätze waren doch jetzt schon voll! Im vergangenen Jahr, als Abel auch zur Herbstmesse hier gewesen war, hatte er sich einmal die Zeit genommen und sich auf die Brüstungsmauer der Brücke gesetzt, um dieser Prozession von Händlern, Hausfrauen, Gauklern und Gaunern zuzusehen, die sich von Sachsenhausen herüber in die Stadt wälzte.

Dabei hatte er sich den Spaß gemacht und versucht zu erraten, welcher Landsmannschaft die Leute angehörten. Franzosen und Elsässer wie auch Augsburger und Nürnberger waren leicht herauszuhören, Holländer und Italiener erkannte man schon von Weitem. Auch die breiten österreichischen Laute waren ihm wohlbekannt. Nur die slawischen Volksstämme konnte er nicht auseinanderhalten. So musste es beim Turmbau zu Babel zugegangen sein, allein, dass hier in Frankfurt jeder zu wissen schien, wo er hinmusste, was er wollte und wie er dieses erhielt. Das, was alle verband, waren der Handel und der Wunsch nach einem guten Geschäft. Dazu standen an nahezu jeder Ecke die Geldwechsler und riefen ihre Kurse in die Menge. Nicht minder an der Zahl schienen Abel die Bettler zu sein. Überall in der Stadt waren sie zu finden. Sie saßen in Lumpen gewickelt am Boden, liefen auf Krücken die Straßen auf und ab oder lehnten an den Hauswänden, schauten mit blinden Augen in die Menge und hielten den Vorübergehenden die ausgestreckten Arme entgegen. Abel gab immer wieder Geld. Aber er hatte es sich zur Regel gemacht, täglich dafür nicht mehr als fünfzehn Kreuzer aufzuwenden.

Abel ging hinunter zum Fluss und schaute nach der *Sancta Maria*. Auf der Kaimauer blieb er stehen und suchte das Wasser ab. Da, keine hundert Schritte flussabwärts lag sie am Ufer. Heinrich hatte es also geschafft, sich nach vorne zu drängeln. Auch hier am Ufer traten sich die Menschen auf die Füße. Weinfässer wurden von Bord gerollt, Kisten mit Gewürzen und Spezereien an Land gestapelt und Tücher ballenweise auf Karren verladen.

Abel sah, dass die Lukendeckel der *Sancta Maria* entfernt worden waren. Heinrich stand am Ufer und verhandelte mit einem Uniformierten. »Zoll!«, flüsterte Abel. Hoffentlich waren sie nicht an den Falschen geraten, an einen, dem man neben der Gebühr noch übermäßig viel zuschieben musste. Abel wich einem Karren aus, umging einen Stapel Fässer, schob etwas weiter einen Mann mit einem Äffchen auf der Schulter zur Seite und eilte auf das Schiff zu.

»Gott zum Gruß!« Abel verbeugte sich vor dem Zolldiener.

Der Amtsträger musterte ihn. Dann zeigte er auf die *Sancta Maria*. »Schiff und Ladung, gehören die Euch?«

»Ei freilich. Gestern Abend angekommen. Ein paar Eimer Wein aus der Miltenberger Gegend.«

»Aufmachen! Drittes Fass von hinten!«

Abel gab Heinrich ein Zeichen. Dieser betrat das Schiff, holte aus der Unterkunft einen Weinheber und einen Glaskrug und ging zu dem ausgedeuteten Fass. Dort öffnete er den Spund, führte den Weinheber ein und holte ihn gefüllt wieder hervor.

»Aha, ein Roter«, sagte der Zolldiener.

Abel trat an diesen heran und neigte den Kopf: »Wenn Ihr mir sagt, wo Ihr wohnt, gehört ein Fässchen davon Euch.«

Der Zolldiener ließ sich nichts anmerken.

»Vorausgesetzt, wir werden uns schnell einig«, setzte Abel hinzu. »Alles natürlich in der gebotenen Ordnung.«

Der Zolldiener ließ sich von Heinrich den Krug reichen und trank. Sein Adamsapfel an dem mageren Hals hüpfte. Dann gab er den leeren Krug zurück und nickte. »Geht so«, sagte er, wischte sich mit dem Ärmel über den Mund und holte Stift und Kladde hervor. Er schaute noch einmal auf das Schiff, dann begann er zu schreiben. Laut sprach der Zolldiener jedes Wort mit. »Dreiunddreißig Fass zu je drei Fuder, das macht … neunundneunzig Fuder … zu je dreißig Kreuzer … sind summasummarum … neunundvierzig Gulden und dreißig Kreuzer!«

Abel erschrak. Das war viel Geld. Doch er durfte sich nicht beschweren. Der Zolldiener hatte nicht alle Fässer veranschlagt.

Abel griff unter die Kutte und zählte das Geld ab. Der Bedienstete bescheinigte die Summe und gab Abel das Papier.

»Antoniusgasse 16«, sagte er tonlos. »Bis heute Mittag.«

Abel nickte und winkte Heinrich heran. Der Zolldiener drehte sich grußlos um und ging davon, als hätte er Abel und die *Sancta Maria* nie gesehen.

Ein Bettler kam auf Krücken herangehumpelt. Vor Abel blieb er stehen und streckte ihm die Hand hin. Abel gab ihm fünf Kreuzer. Heute würde er eine Ausnahme machen und mehr als üblich spenden. Warum sollten die armen Schlucker nicht auch etwas davon haben, wenn die Geschäfte schon in aller Frühe so gut liefen?

»Würd ich net mache«, sagte Heinrich.

»Warum?«

»Den krieche mer jetzt nemmer los. Die sinn wie die Zecke, wenn se Geld rieche.«

Abel winkte ab. »Ein Fässchen Rotwein in die Antoniusgasse 16. Jetzt gleich!«

Heinrich brummte und machte sich an die Arbeit.

»Ist das Euer Schiff, Pater?« Ein untersetzter Mann mit rundem Gesicht stand vor Abel. Den dunkelblauen Rock mit den langen Schößen trug er offen. Freimütig zeigte er seinen spitzen Bauch und die mit einer grauen Kniehose bekleideten stämmigen kurzen Beine. Die linke Hand hielt sich an einem der Goldknöpfe seiner Weste fest, mit der rechten hob er seinen Zylinder ein wenig vom Kopf und deutete ein Nicken an.

»Wer will das wissen?«

»Gestatten, Johann Caspar Olbort.«

»Pater Abel, Benediktinerabtei Amorbach.«

»Ihr seid neu im Geschäft?« Olbort zeigte auf die *Sancta Maria*, deren Planken in der Morgensonne glänzten. »Schönes Schiff. Seit wann handeln die Benediktiner mit Wein?«

»Ihr wünscht?« Abel fand, dass die Geschäfte des Klosters den Herrn nichts angingen.

Olbort verzog ein wenig den Mund. »Ich bin Weinhändler. Darf ich kosten?«

Abels Miene wurde freundlicher. Er winkte Heinrich und verlangte noch einmal eine Weinprobe.

»Oh, Rotwein noch dazu!« Olbort zeigte auf den Krug in Heinrichs Hand.

»Ein Glas!«, mahnte Abel.

Heinrich lächelte, griff in die Tasche seines Kittels, holte ein Glas hervor und reichte es Abel. Der hielt es gegen die Sonne und nickte. Dann ließ er einschenken und reichte das Glas Olbort. Wie Abel hielt auch dieser das nun volle Glas gegen die Sonne, drehte es mehrmals in der Hand, schwenkte es leicht hin und her und führte es dann zur Nase. Langsam sog Olbort den Duft ein. Dann hielt er die Luft an, streckte die Nase in den Himmel, schloss für einen Augenblick die Augen — und atmete aus. Erst danach kostete er einen kleinen Schluck. Zunächst ließ er hierbei den Wein zwischen den Backen hin- und herrollen, dann warf er den Kopf in den Nacken, gurgelte, nahm den Kopf wieder gerade und ließ den Wein in winzigen Portionen in die Kehle rinnen.

Abel schaute auf die Füße des Mannes. Auch die Schuhe waren von bester Qualität. Abel sollte ähnliche für seinen Abt besorgen.

»Nicht übel, Pater«, sagte Olbort. Dann deutete er auf die *Sancta Maria* und fragte: »Alles Rotwein?«

Abel schüttelte den Kopf. »Halbe-halbe.«

»Ich würde gerne auch den Weißen probieren.«

»Heinrich, den Weißen!«

»Siebzehn Gulden«, sagte Olbort, nachdem er auch den Weißwein gekostet hatte.

»Der Eimer?« Abel zwang sich ruhig zu bleiben. So viel hatte er schon im Einkauf bezahlt.

Olbort nickte. »Ein leichter Stich, beide.«

Abel tat, als wollte er gehen. »Dann eben nicht«, sagte er. »Mein Wein einen Stich!« Er lachte und klopfte sich mit der flachen Hand an die Stirn.

»Halt, bleibt doch stehen. Warum gleich so beleidigt?«

Abel schwieg und ging weiter. Hinter sich hörte er den Dicken herankeuchen. Er verlangsamte den Schritt, und der Mann holte ihn ein. Sanft zupfte er Abel am Ärmel.

»Kann ja sein, dass ich mich getäuscht habe.«

»Getäuscht!« Abel fuhr herum. »Das ist alles *vinum bonum*. Nicht den Hauch einer Essignote, mein Herr. Nicht so viel!« Abel presste Daumen und Zeigefinger zusammen und hielt sie Olbort vors Gesicht.

»Achtzehn Gulden«, sagte dieser.

»Dreiundzwanzig!«

»Unmöglich!«

»Ihr seid der Erste heute, und die Messe hat noch gar nicht begonnen. Außerdem werdet Ihr lange suchen müssen, um einen besseren Wein zu finden.«

Der Händler lächelte. »Zwanzig Gulden, weil Ihr es seid, Pater. Frankfurter Gulden!«

»Zweiundzwanzig. Ist schließlich Frankenwein und kein Landauer, wie er hier in den billigen Schenken ausgegeben wird!«

Olbort warf seine kurzen Arme in die Luft. »Wollt Ihr mich ruinieren?«

Ein Fremder war stehen geblieben und musterte die *Sancta Maria*. Abel merkte, wie Olbort unruhig wurde. Erneut zupfte dieser Abel am Ärmel.

»Mein letztes Wort«, flüsterte Olbort. »Einundzwanzig!«

Abel überlegte. Zweiundzwanzig bis dreiundzwanzig Gulden hatte er sich vorgestellt. Andererseits, wenn er jetzt auf einen Schlag die ganze Ladung verkaufen konnte, hätte er Zeit gewonnen. Er könnte sich um den Überfall kümmern und jetzt schon mit den Einkäufen beginnen. Auch könnte er sich um neue Fracht bemühen. Schließlich sollte das Schiff voll beladen zurückfahren. Zudem hätte all dies den Vorteil, dass auch Heinrich verfügbar wurde, weil man die *Sancta Maria* zunächst nicht mehr bewachen lassen müsste.

Abel tat, als würde er noch mit sich ringen, schaute noch einmal auf seine Fässer und seufzte.

»In Gottes Namen. Einundzwanzig. Auf die Hand!«

Olbort machte ein erstauntes Gesicht. »In Frankfurt stellt man Wechsel aus. Zahltag bei Messende.«

Abel wurde rot. Hätte er doch Lothar bei dessen Geschäften öfters über die Schulter geschaut. »Einverstanden«, sagte er und schlug ein. »Jetzt habt Ihr mich ruiniert.«

Als der Weinhändler Abel verlassen hatte, erschien Bruder Culinarius am Kai. Abel erschrak. Was konnte Theobald von ihm wollen?

»Ihr sollt um die Mittagszeit am anderen Ende der Brücke sein.«

Abel schaute Theobald verständnislos an. Dieser schob seinen Mund an Abels Ohr. »Wegen der Sache mit dem Überfall. Eine Abordnung der Stadt reitet dem Geleitzug aus Seligenstadt entgegen. Ihr werdet mitgenommen und könnt zeigen, wo der Überfall war.«

»Auf wen genau soll ich warten?«

»Seid um die Mittagszeit an der Brücke. Alles andere wird sich ergeben. Mehr hat der Prior mir nicht aufgetragen.« Theobald hob die Hand und verschwand in der Menge.

Abel kratzte sich am Kopf. Alles ein wenig merkwürdig, dachte er. Andererseits stieg der Prior in seiner Achtung. Was dieser in so kurzer Zeit erreicht hatte, dazu musste man wirklich beste Beziehungen haben.

VI

Abel suchte nach einer Uhr. In diesem Augenblick schlug es von einem nahen Kirchturm neun Mal. Noch drei Stunden Zeit bis Mittag. Er musste sich sputen. Es galt, das Schiff zum Kranen zu bugsieren und ausladen zu lassen. Dies würde wieder Zeit und Geld kosten. Ob er Heinrich die Arbeit alleine überlassen konnte, falls sie bis Mittag nicht fertig wurden?

Die Arbeiter, die den Kran bedienten, waren eine Zumutung. Abel ballte die Fäuste. Erst hatte er sich in die Schlange der Wartenden einzureihen, dann musste er tatenlos zusehen, wie die Kerle nach jedem erledigten Auftrag erst mal eine Pause einlegten. Zu guter Letzt verlangte der Kranführer auch noch einen Preis, der Abel den Schweiß auf die Stirn trieb. Bei seiner nächsten Fahrt musste er diese Kosten mit einrechnen. Kurz war er versucht gewesen, den Kerl einfach stehen zu lassen und sich woanders nach Helfern umzusehen. Aber dann hatte er sich doch besonnen und gezahlt. Diesen und die nächsten Tage würde er in ganz Frankfurt keine anderen Kräfte finden. Er beschloss, die *Sancta Maria* mit einem Ladebaum nachrüsten zu lassen.

Kurz vor Mittag war das Schiff endlich entladen. Danach beauftragte Abel Heinrich, sich einen Helfer zu nehmen und mit diesem einen Liegeplatz für die *Sancta Maria* zu suchen. Zuvor noch berichtete er ihm von den Andeutungen Lisbeths und seinen eigenen Überlegungen zu dem beim Überfall verwendeten Ruderschelch. Er drückte Heinrich einige Kreuzer in die Hand und bat ihn, sich unter die Schiffer zu mischen und dort Augen und Ohren offenzuhalten. Dann schlug er den Weg zur Brücke ein.

Der Messebetrieb hatte offensichtlich schon vor der Eröffnung begonnen. Kaum jemand wollte Abel durchlassen. Er war gezwungen, sich mit den Ellenbogen Platz zu verschaffen.

Die Messen im Frühjahr wie auch die im Herbst wurden seit alters mit dem Einmarsch der Geleitzüge eröffnet — eingeläutet, wie ihm Lothar bei ihrer ersten gemeinsamen Messefahrt erklärt hatte. Vor allem aus Süd und Ost rollten in dieser Zeit die Wagen der Händler zur Messe und wurden an der Stadtgrenze von Abgeordneten Frankfurts empfangen.

Der Brauch stammte aus jenen Zeiten, als noch mehr Gesindel den Messereisenden auflauerte. Fürsten und Städte sahen sich damals gezwungen, die Kaufleute zu schützen und sie in bewachten Zügen nach Frankfurt zu geleiten.

Der Empfang der Händler durch die Stadt war nicht nur ein feierlicher Akt, sondern auch ein Spektakel für das Volk, in Frankfurt nur noch übertroffen von den Feierlichkeiten einer Kaiserkrönung. Der bedeutendste und längste Geleitzug war jener, der aus Nürnberg kommend den Weg über Seligenstadt nach Frankfurt nahm. Alle Fenster in der Fahrgasse waren dann besetzt und das Volk drängte sich auf der Brücke bis nach Sachsenhausen hinüber. Niemand schien die Ankunft dieses Geleitzuges verpassen zu wollen.

Endlich hatte Abel das südliche Ende der Brücke erreicht. Er blickte zurück auf die Stadt. Die Fahnen auf dem Brückenturm ließen ihn an den dort aufgesteckten Schädel eines Aufrührers denken. Daneben befanden sich noch drei weitere leere, eiserne Spieße, die ebenfalls einmal von den Köpfen dessen Mitstreiter gekrönt waren. Abel hatte Unterschiedliches über das Vergehen der Hingerichteten gehört. Vinzenz Fettmilch, wie ihr Anführer hieß, sollte vor über hundertfünfzig Jahren einen Aufstand gegen das Stadtregiment angezettelt haben.

Von der Stadt her näherten sich Fahnen. Einem Herold folgten drei mit Federhüten und bunten Mänteln geschmückte Patrizier: die Deputierten des Rates. Dann sah Abel auch die Garde, die Reitpferde mit roten Decken geschmückt, auf denen der silberne Adler der Stadt prangte. Die Brust erhoben, den Blick geradeaus, ritt der Hauptmann vorneweg.

Wie sollte sich Abel nun verhalten? Wie würde die vom Prior angekündigte Hilfe aussehen?

Der Zug kam näher. Der Herold sorgte dafür, dass die Menge eine Gasse bildete. Abel stand in vorderster Reihe und musterte den Zug. In seiner Mönchskleidung war er nicht zu übersehen. Plötzlich stutzte er.

Der letzte Reiter, das war doch Weidenweber, dieser junge Leutnant von gestern Abend! Führte der nicht einen unberittenen und gesattelten Schimmel hinter sich? Der Leutnant sah nun auch Abel und gab ihm ein Zeichen, dass er ihn erkannt hatte. Als Weidenweber dann auf gleicher Höhe war, beugte er sich zu Abel hinunter und zischte: »Aufsitzen, Pater!«

Ohne das Tempo zu verlangsamen, ritt Weidenweber weiter. Abel kratzte sich am Ohr und blickte dem Leutnant mit dem Schimmel hinterher. Dann, bevor sich die Gasse hinter den beiden wieder schloss, stürmte er los, lief zu dem Schimmel auf, griff mit der Rechten nach dem Sattelknauf und schwang sich aufs Pferd. Das Tier blähte die Nüstern, stieg mit den Vorderläufen in die Höhe und versuchte Abel abzuwerfen. Doch dieser hatte sich bereits nach vorne gebeugt, dem Leutnant die Zügel aus der Hand genommen und den Kopf des Pferdes zu sich gezogen. »Ruhig, mein Freund. Ich bin's doch nur, Pater Abel aus Amorbach.« Abel löste die linke Hand vom Zügel und tätschelte dem Schimmel den Hals. Die Menge applaudierte. Weidenweber drehte sich um und verzog den Mund. Dann ritt er weiter, als wäre nichts geschehen.

Als die Gaffer weniger wurden, schlossen die Soldaten zu einer Zweierreihe auf. Der Leutnant und Abel bildeten den

Schluss. Jetzt wendete dieser den Kopf und schaute Abel ins Gesicht. »Nicht schlecht, Pater. Ihr solltet zu uns kommen.«

Abel schwieg.

»Hörn Se, Pater, des mit gestern Abend, des war net so gemeint.«

»So? Wie denn?«

»Sehn Se, Pater, es kann net jeder komme und verlange, dass wir uns um ihn kümmern. Net während de Mess.«

»Nicht jeder?«

»Hörn Se, Pater, ich wusst net, wer Ihr seid.«

»Wer bin ich denn?«

»Habt scheinbar Verbindung nach ganz oben.« Weidenweber deutete mit dem Zeigefinger seiner behandschuhten Rechten zum Himmel.

Abel lächelte. »Und wie geht's weiter?«

»Der Zuch reitet zum Schlag nach Oberrad. Dort in der Nähe is auch die Gerbermühl. Da war's doch, wo Ihr überfalle worn seid?« Der Leutnant griff unter seinen Rock und holte eine zusammengefaltete Karte hervor. »Wenn die Mannschaft auf des Geleit aus Seligenstadt wartet, zeigt Ihr mir die Stell.«

Eine Weile ritten sie schweigend weiter. Plötzlich fragte Weidenweber: »Hat eigentlich jemand gesehe, wie Ihr überfalle worn seid?«

Abel stutzte. Warum hatte er sich selbst diese Frage noch nicht gestellt? Aber es hatte ja Nebel geherrscht. Doch, da waren ja diese beiden Männer gewesen!

»Zwei Fischer haben uns bei der Suche geholfen.«

Weidenweber schaute Abel an. »Fischer? Abends?«

»Sie haben uns vom Ufer aus bemerkt. Hatten Jauche auf der Wiese ausgebracht und waren gerade dabei, Regenwürmer einzusammeln.«

»Hm. Und? Ham se auch den Überfall gesehe?«

»Ich habe sie nicht danach gefragt.«

»Namen?«

Abel schüttelte den Kopf. Nein, auch nach ihren Namen hatte er nicht gefragt.

»Aussehen?«

Abel hob die Schultern. »Wie Fischer aussehen. Kappe, blauer Kittel, Schürze. Und jeder ein Boot.«

»Des is net viel, Pater.«

»Ich werde nachdenken.«

Weidenweber nickte. Dann schwiegen sie wieder.

Abel grübelte noch über etwas anderes. Wo genau war eigentlich die Stelle, an der sie überfallen worden waren? Die Sichtweite war ja nicht viel weiter als bis zum Ufer gewesen. Am besten, sie ritten zunächst einmal zur Gerbermühle.

»Achtung!«

Abel schaute nach vorne. Der Hauptmann hatte seinen Säbel zum Himmel gereckt.

»Abteilung, halt!«

»Wir sind da«, raunte Weidenweber.

Auch Abel hatte sein Pferd pariert.

»Absitzen!«

Abel und die Soldaten stiegen vom Pferd. Die Deputierten des Rates taten es ihnen gleich. Erst jetzt nahmen sie Abel wahr. Kurz blickten sie zu ihm hin, musterten ihn und wandten sich dann wieder ab.

»Wie immer, des Geleit is noch net da.« Weidenweber deutete nach vorne, wo ein Schlagbaum den Weg versperrte. Vor dem Wachhaus daneben standen zwei Soldaten stramm. Schon auf der letzten Meile hatten Leute am Wegrand gewartet oder waren ebenfalls in Richtung Schlag unterwegs. Hier am Schlagbaum, wo das Gebiet der Reichsstadt Frankfurt endete, hatte sich bereits eine größere Ansammlung eingefunden.

»Jedes Mal des Gleiche«, sagte Weidenweber. »Alle wolle des Geleit sehn. Also, wo is die Stell?«

»Wir müssen zum Main.«

Weidenweber nickte. Er bedeutete Abel zu warten und ging

zu seinem Hauptmann. Dort salutierte er und schien etwas zu fragen. Der Hauptmann schaute kurz zu Abel und nickte. Weidenweber salutierte erneut und kehrte zu Abel zurück.

»Müsse uns beeile«, sagte er zu Abel, griff nach den Zügeln des Pferdes und führte es von der Gruppe weg. Dann stieg er auf. Abel folgte seinem Beispiel.

Sie ritten einen Pfad entlang hinab zum Main. Linker Hand lag Oberrad, rechts breitete sich die Flur aus. Die Felder waren abgeerntet. Ein Schäfer lehnte an einem Apfelbaum und bewachte seine Herde. Nichts kam Abel hier bekannt vor.

Plötzlich fiel es ihm ein. Er sah sich auf der *Sancta Maria* stehen und Heinrich befehlen, den Anker zu werfen. Er spürte, wie die Flunken des Ankers am Boden kratzten und sich im Flussgrund verhakten. Dann hatte das Schiff gestoppt und begonnen, sich langsam querzustellen. In diesem Augenblick hatte Abel ans Ufer geschaut und gut fünfzig Schritte landeinwärts ein Gehölz erblickt. Ein Baum, oder auch mehrere, schemenhaft im Nebel. Was waren das für Bäume gewesen? Erlen, Weiden oder Linden? Abel versuchte, das Bild festzuhalten. Die Äste hingen bis zum Boden. Dichte, lange Schleppen, die den Stamm verbargen. Wie ein großer Strohhaufen hatte es ausgesehen. Eine Weide oder eine Weidengruppe mussten es gewesen sein. Kein anderer Baum bildete eine solche Silhouette.

»Also, wo genau müsse mer hi?«, fragte Weidenweber. Er holte seinen Plan hervor und schlug ihn auf.

»Eine Weidengruppe, gut fünfzig Schritte vom Ufer.«

»Weide? So, so.«

Abel sah über die Flur. Obstbäume nahmen ihm die Sicht. Endlich gingen die Felder in Wiesen über und die Zahl der Apfelbäume nahm ab. Dann sah Abel den Main. Träge floss dieser dahin. Ein Schiff fuhr vorüber und die Leute darauf winkten ihnen zu. Als sie den Treidelpfad erreicht hatten, lenkte Weidenweber sein Pferd flussaufwärts. Eine Weile folgte Abel, doch dann parierte er seinen Schimmel. Sie kamen immer mehr von Oberrad weg, waren womöglich schon über der Grenze.

Weidenweber wandte sich Abel zu. »Was is? Es is nimmer viel Zeit!«

»Wo ist eigentlich die Gerbermühle?«

Weidenweber schaute sich um. Dann deutete er mainabwärts.

»Wir müssen umkehren!«, sagte Abel.

»Warum?«

»Es war in der Nähe der Gerbermühle. Außerdem sehe ich hier keine Bäume.«

»Weiter abwärts sin aach kaa.«

»Irgendwo hier muss es aber gewesen sein.«

»Ihr täuscht Euch. Lasst uns umdrehn. Des Geleit wird scho da sein.«

»Versuchen können wir es doch.«

Weidenweber seufzte. Wortlos wendete er sein Pferd. Abel ritt vorneweg.

»Dort vielleicht?« Abel deutete nach vorne.

»Ich seh nix.«

»Eine Baumgruppe. Das könnte es sein.«

Abel ließ den Schimmel weiter ausgreifen. Jetzt konnte er am Mainufer auch ein Anwesen erkennen. So nahe, wie eines der Gebäude am Ufer stand, musste es eine Mühle sein.

Noch bevor sie das Gehölz erreicht hatten, roch Abel auch die Jauche auf den Feldern. Er zügelte das Pferd und machte Weidenweber darauf aufmerksam.

Weidenweber sah auf seine Karte. Dann ließ er den Blick die Böschung hinauf zu der Baumgruppe gleiten.

»Sicher?«, fragte er.

»Absolut.«

Der Leutnant schaute den Main entlang und wieder auf die Karte. »Gerade noch«, sagte er, zeichnete die Bäume in die

Karte ein und machte ein Kreuz an die Stelle, an der sie standen.

»Noch was eigefalle zu de Fischer?«, fragte er.

Abel schüttelte den Kopf.

»Dann auf zu de annere.«

Auf Höhe des Dorfes hielt Abel an. »Ich komme nach!«, rief er Weidenweber zu.

Der Leutnant drehte sich auf seinem Pferd um.

Abel deutete auf Oberrad. »Will mich mal umhören, ob nicht jemand weiß, wer die Fischer gewesen sein könnten.«

Weidenweber nickte. »Abber beeilt Euch!«

Abel wendete den Schimmel und ritt den Hag entlang, der das Dorf umgab, bis er auf einen Weg stieß, der nach Oberrad hineinführte. Still lag der Ort in der warmen Herbstsonne. Abel ritt auf die Dorfmitte zu und hielt Ausschau nach einem Wirtshaus. Bei der Kirche fand er das Gesuchte.

Abel trat in die Gaststube. Der niedrige Raum roch nach kaltem Tabakrauch. Abel musste warten, bis sich seine Augen an das Dämmerlicht gewöhnt hatten. Die Stube war leer. Abel schlug nach den Fliegen vor seiner Nase und rief: »Ist da wer?«

Er hörte Holzpantoffeln über den Steinboden schlurfen. Dennoch erschrak er, als plötzlich ein alter Mann vor ihm stand.

»Was is?«

»Seid Ihr der Wirt?«

Der Alte gab keine Antwort.

»Wie ausgestorben, das Dorf.«

»Sin all beim Zuch.«

Abel räusperte sich. »Ich suche zwei Fischer.«

Der Alte schaute ihn an.

»Hier gibt's doch Fischer, oder?«

Der Alte öffnete seinen Mund zu einem Grinsen. Oben und unten besaß er nur noch einen Schneidezahn.

»Der Becke Niklaus, der Heinisch, der Glose Adam … Wo soll ich afange?«

Abel grübelte. Hatten sich die beiden Fischer, die bei der Suche nach Gottfried halfen, nicht ähnlich gesehen?

»Dürften Brüder sein. Nicht ganz so groß wie ich. Hohe Stirn und schmale Schultern.«

Der Alte wackelte mit dem Kopf. »Ham se was ausgefresse?«

»Sie waren mir gestern behilflich, auf dem Wasser. Will mich nur bedanken.«

»Die Hannes-Brüder. Hat jeder sei Boot. Dadevor hat der alte Hannes scho gesorschd. Abber zum Fische fahrn se immer zsamme naus.«

»Namen?«

Der Alte kratzte sich am Kopf. »Mir sache nur die Hannes-Brüder.«

»Und wo finde ich sie?«

»Jetzt, um die Zeit?« Der Alte lachte. »Die kenne nix als ihr Fisch, die zwaa. Abber wann des Geleit kommd, hält se nix. Sin in Selichestadt. Vor moje wern die net ufftauche.«

Abel bedankte sich und ritt zurück zum Schlagbaum. Es hatte sich noch mehr Volk eingefunden. Mainaufwärts sah Abel, wie sich eine Staubwolke näherte. Er suchte Weidenweber und ritt auf ihn zu.

»Ich glaube, ich habe die beiden Fischer gefunden«, sagte er.

»Ihr glaubt?«

»Bin mir ziemlich sicher. Es sind Brüder. Man nennt sie nur die Hannes-Brüder.«

»Und?«

»Sind heute in Seligenstadt.«

Weidenweber holte sein Schreibzeug hervor. »Namen!«

»Die Hannes-Brüder. Sagte ich doch.«

»Und weiter?«

»Mehr weiß ich nicht.«

Weidenweber schaute Abel an.

Abel hielt seinem Blick stand. »Wäre das nicht Eure Aufgabe, das herauszufinden?«

Weidenweber schniefte und steckte alles wieder ein. »Besser als nix«, sagte er. Dann deutete er auf den herannahenden Zug. »Hab jetzt kei Zeit mehr für Euch, Pater. Am beste, Ihr reiht Euch irgendwo dort ein und reitet bis Frankfurt mit. An de Brück will ich den Gaul widder ham.«

In diesem Augenblick ertönte auch schon die Fanfare des Herolds, und der Hauptmann befahl den Soldaten, Platz zu schaffen. Die Menge wurde geteilt und zurückgedrängt, sodass eine Gasse entstand. Hoch zu Ross konnte Abel über die Köpfe hinwegblicken. Als Erstes sah er die Fahnen, dann die Soldaten. Auch sie wurden von einem Hauptmann angeführt. Vor der Schranke hielten sie an. Die beiden Hauptmänner salutierten und riefen sich gegenseitig etwas zu. Dann wendeten sie ihre Pferde, befahlen ihren Soldaten »Kehrt marsch« und ritten in entgegengesetzter Richtung davon. Jetzt erst sah Abel die Kaufmannswagen. In einem langen Zug rollten sie auf ihn zu und holperten dann mühsam vorüber. Manche Wagen waren so groß und so schwer, dass sie von vier Ochsen gezogen werden mussten. Dazwischen sah Abel einzelne Reiter, Männer zu Fuß, auch Frauen, mit Packpferden am Zügel oder mit Weidenkörben auf den Schultern. Unter den Planen lugten Kinder hervor oder liefen neben den Gespannen her. In regelmäßigem Abstand flankierten berittene Soldaten den Zug. Die Menge jubelte und riss die Arme hoch, auch von den Wagen herunter wurde gewunken. Die Bärte der Fuhrknechte, die Gesichter der Kinder, die Planen der Wagen, alles war mit einer feinen Staubschicht überdeckt. Abel setzte den Schimmel ein wenig zurück. Er wartete, bis der letzte Wagen vorüber war. Es kamen noch einige Reiter und Reisende zu Fuß. Dann war das Zugende erreicht. Abel drückte dem Schimmel die Absätze in die Flanken und ließ ihn dem Zug folgen.

VII

Abel wollte noch an die Spitze des Zuges zu Weidenweber, bevor sie Sachsenhausen erreichten. Doch es war kein Durchkommen. Unzählige Menschen standen am Straßenrand. Eingekeilt zwischen zwei Fuhrwerken hielt er mit dem Zug Schritt. Auf der Sachsenhäuser Seite der Mainbrücke wartete bereits Weidenweber und winkte aufgeregt.

»Auf, des Pferd!« Noch während Weidenweber dies rief, beugte er sich nach vorne und riss Abel die Zügel aus der Hand. Abel sprang vom Schimmel, gab ihm einen Klaps auf die Hinterhand und blickte hoch zu Weidenweber.

»Wie geht es weiter?«

Der Leutnant schien ihn nicht zu hören und ritt, den Schimmel an sein Pferd angebunden, schon weiter.

»He, Mann, wie es jetzt weitergeht, will ich wissen.«

Weidenweber drehte sich noch einmal um. »Ich denk, man wird sich melde.«

Doch dann, in einiger Entfernung, wurde der Leutnant aufgehalten. Ein Mann, der Kleidung nach ein Müller, hatte sich vor Weidenwebers Pferd gestellt und redete auf den Leutnant ein. Mehrmals deutete er über die Brückenbrüstung hinab zum Wasser. Weidenweber drehte sich um und warf einen Blick auf Abel. Dann stieg er vom Pferd und war plötzlich verschwunden.

Abel wich einem Sackpfeifer aus und reckte sich. Doch Weidenweber war nicht mehr zu sehen. Was hatte dessen Blick zu bedeuten gehabt? Gottfried, durchfuhr es Abel. Sie haben

Gottfried gefunden! »Platz! Macht Platz!« Abel schien es, als würde man ihm absichtlich den Weg versperren.

Der Müller hatte mainaufwärts gezeigt. Die Mühleninsel! Haben sie Gottfried dort …? Abel zitterten die Knie. So sehr er sich bislang gewünscht hatte, Gottfried lieber tot zu finden, als noch länger die Ungewissheit über dessen Verbleib zu ertragen, so sehr hatte er nun Angst vor der Wahrheit.

Abel schob sich bis zur Brüstung und schaute nach unten. Er sah Weidenweber, den Müller und einen Jungen auf der Insel beieinanderstehen. Abel hastete die Brüstung entlang, bis er einen Durchlass entdeckte, von dem aus eine schmale Treppe hinabführte. Vielleicht hat es gar nichts mit Gottfried zu tun, dachte er. Unten angekommen, sah Abel, wie Weidenweber sich über etwas bückte. Der Junge bemerkte ihn. Er hielt ein Tuch vor dem Mund und tippte dem Müller auf die Schulter. Dieser schaute zu Abel hin und flüsterte Weidenweber etwas zu. Nun richtete sich Weidenweber auf. Als er Abel erblickte, trat er einen Schritt zurück.

Abel sah einen Körper am Boden liegen. Er atmete durch. Gott sei Dank, das war nicht Gottfried. Der Tote dort war viel zu dick. Abel grüßte die Männer mit einem Nicken und trat an die Leiche. Wenigstens den Segen würde er spenden.

Als Abel sich über die Leiche beugte, schrak er zurück. »Heiliger Benedikt!« Abel bekreuzigte sich. In dem aufgedunsenen Gesicht war kaum etwas zu erkennen. Abel drehte sich weg.

»Hat sich im Gatter verfange«, sagte der Müller. »Is uns beim Raushole ausgewischt und ins Rad komme.«

Abel zwang sich, den Toten erneut anzusehen.

War das doch Gottfried? Abel wurde unsicher. Der Tote lag auf dem Rücken, die Hände unter sich. Natürlich, sie hatten Gottfried doch gefesselt.

»Is er des?«, fragte Weidenweber.

Abel schreckte auf. Er schaute den Müller an. »Helft mir, ihn umzudrehen.«

Noch ehe sich Abel besann, hatte der Müller die Leiche an der Schulter gepackt und umgedreht. Abel sah die Fessel und die Hand mit dem fehlenden Finger.

Alles schien sich zu drehen. Abel schluckte. »Bei Gott und allen Heiligen«, flüsterte er.

Er gab sich einen Ruck und richtete sich auf.

»Ich werde die Kerle finden, die dir das angetan haben.«

Dann machte er über dem Toten das Kreuzzeichen. »*Requiescas in pace. In nomine patris et filii, et spiritus sancti.*«

»*Amen*«, sagte der Müllersjunge leise.

»Also is er's. Name?«

Abel schaute Weidenweber an. »Wolter. Gottfried Wolter. Ist doch alles schon protokolliert.«

Weidenweber schniefte. »Nur der Ordnung halber.«

Dann schaute er auf den Müller und den Jungen.

»Euer Bursche?«, fragte er.

Die beiden nickten.

»Schafft ihn weg!«

»Wir?«

»Ja, verdammt noch mal. Ihr!«

»Wohin?«

Weidenweber schaute Abel an. »Er muss beerdigt werden!«

Abel unterdrückte die Tränen. »Und wo, bitte schön?«

Weidenweber dachte einen Augenblick nach, dann schaute er den Müllerjungen an. »He du! Lauf und hol en Pfarrer!«

Abel trat einen Schritt nach vorne. »Lass!«, sagte er dem Jungen und gab ihm drei Kreuzer. »Besorg ein Tuch und decke ihn zu. Dann warte bei ihm, bis ich wiederkomme!« Abel dachte an Prior Rüdiger. Dieser musste ihm helfen, für ein angemessenes Begräbnis zu sorgen. Abel warf noch einmal einen Blick auf den Toten. Dann drehte er sich um und ging.

Abel fand Prior Rüdiger im Kreuzgarten. Er versprach diesem eine größere Spende, wenn Gottfried auf dem Klosterfriedhof bestattet werden durfte. Etwas abseits von den Gräbern der Patres und Brüder, verstand sich. Damit hätte Gottfried eine würdige Ruhestätte. Die Brüder des Klosters würden Gottfrieds Leiche auch von der Mühle holen, diese aufbahren und die entsprechenden Rosenkränze beten.

Nach dem Gespräch mit dem Prior zog sich Abel in seine Zelle zurück und schrieb Gottfrieds Witwe ein paar Zeilen. Dann warf er sich auf die Pritsche und starrte an die Decke. Wie sollte es jetzt weitergehen? Er durfte die Einkäufe für das Kloster nicht vergessen. Salz und Zucker standen auf der Liste. Weiterhin wünschte sich die Küche Rosinen, Erbsen und jede Menge Gewürze, dazu Löffel und Pfannen aus Eisen. Tinte und Pergament benötigte die Schreibstube, und der Buchbinder wollte Schweinsleder für seine Folianten. Für die Kirche brauchte er Weihrauch und für die Zimmerei Nägel. Und die Sporen! Abt Külsheimer hatte ihn mehrmals ermahnt, diese ja nicht zu vergessen. Sie waren ein beliebtes Geschenk für Leute, auf deren Gefälligkeit man angewiesen war. Aber die Liste war noch länger. Abel beschloss, sich diese erst morgen vorzunehmen. Er musste sich aber auch noch um weitere Fracht kümmern. Es galt, Ware für die Rückfahrt zu ordern, die diese erst einträglich machte. Doch fast alle Schiffer buhlten um solche Aufträge. Vielleicht könnte er Heinrich damit betrauen. Dieser schien dafür die nötige Bauernschläue zu haben.

Plötzlich richtete sich Abel auf. »Der Zunftmeister«, flüsterte er. Warum war er nicht schon früher darauf gekommen? Der Zunftmeister der Schiffer und Fischer könnte ihm vielleicht weiterhelfen. Womöglich hatte dieser eine Vermutung, was die Maskierten von Gottfried gewollt hatten. Bestimmt wusste er auch etwas zu dem Gerücht von den Übergriffen auf die Schiffer. Der Zunftmeister musste helfen, die Verantwortlichen der Stadt zu veranlassen, nach den Übeltätern zu forschen. Jetzt stand ja fest, dass Gottfried bei einem offensichtlichen Erpressungsversuch umgekommen war.

Abel ließ sich von Bruder Gangolf den Weg zum Zunfthaus erklären. Als er auf die Straße trat, spürte er Hunger. Es war später Nachmittag, und er hatte seit dem Frühstück nichts mehr gegessen. Er dachte an Lisbeth und ihren Eintopf. Aber dafür war jetzt keine Zeit. »Brezzel, Eierweck«, schrie ein Verkäufer. Abel kaufte sich zwei Brezeln und eilte weiter.

Geldwechsler riefen ihre Kurse aus. Dirnen mit grell geschminkten Gesichtern priesen ihre Dienste an, und Korbmacher zeigten ihre Waren. Immer wieder wurde Abel angerempelt oder stieß selbst jemanden zur Seite. Sich zu entschuldigen hatte man weder Zeit noch Lust.

Abel musste in die Große Fischergasse. Gangolf hatte ihm geraten, zunächst bis zum Dom zu gehen. Von dort aus führte die Gasse Richtung Main zum Zunfthaus der Fischer und Schiffer. Wieder hatte Abel das Gefühl, verfolgt zu werden. Hinter einer Hausecke in der wenig belebten Karpfengasse blieb er stehen. Seine Halsadern pochten. Zwei Angetrunkene, vermutlich Fuhrknechte, schwankten vorüber. Ein Junge folgte, dann kam ein Bauer mit einer Karre. Keiner bemerkte ihn. Zwei Marktweiber bogen um die Ecke. Sie stutzten, als sie ihn stehen sahen, setzten aber ihren Weg fort. Abel wartete noch eine Weile. Dann atmete er tief durch und ging weiter. »Das ist die Anspannung«, sagte er sich.

Die Abendsonne lag auf dem Turm des Domes, doch Abel hatte kein Auge dafür. Er schob sich über den Weckmarkt zur Großen Fischergasse. Das Eckhaus mit dem Holzfisch über dem Eingang war nicht zu übersehen. Er klopfte, doch niemand antwortete. Also trat er ein. Abel prallte zurück. Der Lärm in der Zunftstube übertraf noch das Messetreiben. Tabakqualm nahm ihm die Sicht. Das wenige Licht, das von der Straße her durch die Fenster fiel, reichte nur bis zu den ersten Tischen.

»Tür zu!«, bellte es von dem Tisch vor ihm.

Abel drückte das Kreuz durch und schloss die Tür. Die Männer an den Tischen verstummten und schauten ihn an. Jetzt sah Abel tiefer in den Raum. Der gewaltige Kopf eines Welses sprang ihm in die Augen. Sauber präpariert hing er auf einer Holztafel, daneben erkannte er weitere Fischköpfe und Bilder mit Mainschiffen. An der Wand gegenüber hing ein drei Ellen hohes Kruzifix, umrahmt von zwei Fahnen. Dazwischen konnte Abel etwa zwanzig Tische ausmachen.

»Grüß Gott.«

Niemand antwortete.

»Ich bin Pater Abel aus Amorbach. Ich suche den Zunftmeister.«

Immer noch war es still. Abel blickte den Gast an, der ihm am nächsten saß. Dieser begann, seinen Krug zu drehen. Doch dann ließ er davon ab und deutete mit der Rechten zur Decke.

»Is in seim Zimmer.«

Abel schreckte zurück. Wie bei Gottfried fehlte dem Mann der rechte kleine Finger.

»Platz da!«

Plötzlich stand ein Hüne vor Abel. Er stellte dem Gast mit dem fehlenden Finger einen frischen Krug hin und wischte sich die Hände an seiner Schürze ab.

»Seid Ihr der Wirt?«

Der Mann knurrte.

»Ich möchte zum Zunftmeister.«

»Kommt mit!« Hinkend ging der Wirt zwischen den Tischen voran. Neugierige Blicke begleiteten Abel. Plötzlich zischte es neben ihm. Abel sah zur Seite und wäre fast gestolpert. »Heinrich!«, wollte er rufen, doch dieser legte den Zeigefinger auf den Mund. Abel nickte. Heinrich hatte recht. Es musste niemand wissen, dass sie zusammengehörten.

Am hinteren Ende des Raumes öffnete der Wirt eine Tür, zog den Kopf ein und trat mit Abel in einen Gang. Dort war es noch düsterer als in der Stube. Abel folgte dem Wirt zu einer schmalen Treppe. Eine Laterne wäre nicht schlecht, dachte er. Trittsicher stieg der Hüne nach oben. Abel tastete sich hinterher. Vor einer Tür blieb der Wirt stehen und klopfte.

»Wer da?«, rief eine dünne Stimme.

»Ein Pater. Will Euch spreche.«

Einen Augenblick war es still. Dann hörte Abel ein Räuspern. »Soll hereinkommen.«

Etwas Schweres wurde zurückgeschoben. Der Hüne öffnete die Tür und ließ Abel eintreten. Dann schloss er sie wieder.

Ein Mann mit schmalen Schultern und wirrem, weißem Haar ging auf Abel zu. »Weigand«, sagte er, »ich bin der Zunftmeister.« Weigand streckte Abel die Hand entgegen. Seine Stimme klang jetzt fester.

»Abel, Benediktinerabtei Amorbach.«

Weigand nickte und umrundete einen frei im Zimmer stehenden Tisch. Mit dem Rücken zum einzigen Fenster nahm er in einem Ohrensessel Platz.

»Setzt Euch. Was kann ich für Euch tun?«

Abel blickte sich um. In der Ecke hinter ihm stand ein Stuhl. Er nahm das Netz von der Lehne und legte es auf die Truhe daneben. Mehr Mobiliar war nicht zu sehen. Seitlich lagen zwei Reusen, daneben stand eine Tonne. Der Zunftmeister hatte beide Arme auf den Tisch gelegt. Die Hände spielten mit einem Blatt Papier. Abels Blick blieb an einem kleinen Schiffchen hängen, das auf dem Tisch stand. In dessen Bug war ein Tintenglas eingelassen. Das Heck enthielt eine Streubüchse, mehrere Gänsefedern waren die Ladung. Abel beschloss, sollte er etwas Ähnliches auf der Messe sehen, es zu kaufen und Gottfrieds ältestem Sohn mitzubringen.

»Ich höre!«

Abel löste den Blick von dem Schiffchen und schaute den Zunftmeister an. »Wenn man auf dem Wasser überfallen wird, an wen muss man sich da wenden?«, begann er.

Weigand beugte sich vor. »Wasser? Überfallen?«

Abel begann zu berichten. Je weiter er fortfuhr, umso mehr

schien der Zunftmeister in seinem Sessel zu verschwinden. »Das ist ja furchtbar, das ist ja furchtbar«, murmelte er immer wieder. Nachdem Abel geendet hatte, schwieg auch er.

»Furchtbar«, sagte er dann nach einer Weile.

Abel schaute den Zunftmeister an und wusste, dass der Mann ihm keine Hilfe sein würde. Trotzdem wiederholte er seine Frage: »Wohin kann ich mich wenden?«

»Wenden? Wohin? Ach so!« Der Zunftmeister richtete sich in seinem Sessel auf, schob das Papier zur Seite und begann mit dem Schiffchen zu spielen. »Wissen Sie, Pater, jetzt während der Messe …«

»… soll es kein Aufsehen geben, ich weiß.« Abel stützte sich mit den Händen auf dem Schreibtisch ab und schaute Weigand direkt in die Augen. »In der Wache würfeln sie aus Langeweile.«

Weigand wich Abels Blick aus. »Und deswegen kommt Ihr zu mir?«

»Ihr seid der Zunftmeister der Fischer und Schiffer. Wollt Ihr nicht wissen, was in Eurer Zunft hier vor sich geht? Und vor allem … wollt Ihr nicht helfen?«

Weigand drückte sich aus seinem Sessel hoch. »Strafverfolgung ist nicht meine Aufgabe, und zu helfen habe ich zuerst meinen eigenen Zunftbrüdern.«

Abel lauschte zur Tür. Er glaubte ein Knarzen vernommen zu haben. Aber es blieb ruhig. Er wandte sich wieder Weigand zu. »Und wenn es einem von den Euren passiert wäre?«

»Ist es aber nicht.« Der Zunftmeister zupfte an seinen Ärmeln und schaute Abel ausdruckslos an.

Abel stieg die Zornesröte ins Gesicht. »Da habe ich aber anderes gehört!«

Weigand wich zurück. Abel ließ ihn nicht aus den Augen. »Es gibt Repressalien auch gegen Eure Schiffer.«

»Wer sagt das?«

»Ich hab's gehört. Und Ihr wisst es auch.«

Weigand versank wieder in seinem Sessel. »Geschwätz«, sagte er. »Nichts als dummes Geschwätz.«

»Soll ich die Leute unten befragen?« Abel deutete zur Tür.

Der Zunftmeister fuhr hoch. »Untersteht Euch!«

»Warum nicht?« Abel richtete sich ebenfalls auf.

Weigand begann mit den Armen herumzuwedeln. »Weil Ihr kein Hiesiger seid. Weil Ihr nicht einfach so hereinkommen und meine Leute befragen könnt. Wer sagt mir überhaupt, dass Eure Geschichte stimmt? Und wo ist eigentlich Eure Urkunde? Ein Pater als Schiffsmann. Wo hat man das schon einmal gehört?«

»Ich bin kein Schiffsmann. Ich bin Miteigentümer eines Schiffes und mein Kloster ist Mitglied der Zunft. Wenn auch nicht hier, sondern in Miltenberg. Trotzdem erwarte ich Hilfe von Euch.«

Weigand stand mit hängenden Schultern da und schaute Abel aus müden Augen an. Das Feuer, das soeben kurz in ihm aufgelodert war, schien wieder erloschen. »Ich kann nicht, und ich wüsste auch nicht, wie«, sagte er.

Abel blickte dem Zunftmeister ins Gesicht. »Habe verstanden«, gab er zurück und drehte sich zur Tür.

»Pater …!«

Doch Abel hörte nicht mehr hin. Er ließ die Tür ins Schloss fallen und ging.

Als er die Zunftstube betrat, richteten sich erneut alle Blicke auf ihn. Einen Augenblick blieb Abel unschlüssig stehen, dann wandte er sich an den Wirt. »Eine Runde für alle«, sagte er laut. Die Männer trommelten mit ihren Krügen auf den Tisch. Der Hüne knurrte und winkte einem Jungen. »Lazarus, komm her und hilf!«

Abel blickte sich um. Bei dem Mann mit dem fehlenden Finger waren noch Plätze frei. Dorthin setzte sich Abel. Der Junge ging herum und schenkte nach. Als er Abel einen Krug brachte, musterte ihn dieser von der Seite. Hatte er dieses Gesicht nicht schon einmal gesehen? Ein Schiffsjunge, wie es so viele gibt, dachte Abel. Immer wieder strich sich Lazarus sein flachsblondes, strähniges Haar aus der Stirn. Als der Junge auch dem Letzten im Raum eingeschenkt hatte, hob Abel seinen Krug.

»Auf die Messe«, rief er über die Köpfe.

»Un gude Geschäfte«, hallte es zurück.

Abel nahm einen kräftigen Schluck. Doch mitten im Trinken brach er ab und stellte den Krug mit einem Ruck auf den Tisch. »Was ist denn das?« Abel verzog den Mund und wischte sich mit dem Handrücken darüber.

»Gell, der Äppelwoi is schlecht?«, fragte sein Gegenüber.

»Apfelwein? Ach so. Nein, nein.« Abel schob den Krug von sich weg. »Fischer?«

»Nää. Schiffer.«

Abel deutete auf die rechte Hand des Mannes.

»Wie ist das passiert?«

Der Schiffer blickte kurz auf Abel, dann auf seine Hand mit dem fehlenden Finger. Dann zog er diese vom Tisch und legte sie auf seinem Oberschenkel ab. »Tölpelfleisch«, brummte er.

Abel nickte. »Wie bei meinem Partner.«

Der Schiffer kniff die Augenbrauen zusammen. Aber er schwieg.

»Am Ladebaum eingequetscht«, sagte Abel.

Plötzlich stand der Hüne am Tisch. Er angelte sich einen freien Stuhl und setzte sich rittlings auf ihn, Abel direkt gegenüber. »Mei Gäst möche des net, wenn se ausgefracht wern«, sagte er.

Abel streckte sich. »Will mich nur ein wenig unterhalten.«

»Wo seid Ihr eigentlich her?«

»Amorbach. Im Odenwald.«

»Kenn ich.«

Abel schaute den Mann an.

»Bin früher bis nach Würzburch gefahrn, bevor des mit

dem Baa passiert is.« Er klopfte mit der flachen Hand auf sein steifes Bein. »Hadde oft Ladung fürs Kloster.«

»Gefährlicher Beruf, die Schifffahrt.«

»Ach was, Pater. Des hot nix mit der Schifffahrt zu tun.«

»Is von de Laadern gefalle«, sagte laut einer hinten in der Gaststube. Der Saal lachte.

»Wollt em annere Hörner uffsetze«, rief ein anderer dazwischen. Die Männer trampelten mit ihren genagelten Schuhen auf den Boden.

Der Hüne stand auf. Wie eine Waffe hielt er Abels Krug in der Rechten.

»Es wor die Tochter, ned die Mutter, ihr Ochse«, brüllte er.

Plötzlich stand Weigand im Raum. Das Gelächter verstummte. Der Hüne stellte Abels Krug wieder ab und schlurfte zur Theke zurück. Da entdeckte der Zunftmeister Abel. Er streckte sich.

»Ihr? Immer noch hier? Ich habe Euch doch verboten …«

Abel stand auf und hielt abwehrend beide Hände hoch. »Nur ein Trunk gegen den Durst, Meister. Bin schon weg.« Er griff in die Tasche, holte ein paar Kreuzer hervor und warf sie auf den Tisch.

»Stimmt so«, sagte er und verschwand durch die Tür. Zuvor gab er Heinrich noch ein Zeichen, ihm zu folgen.

Auf der Straße blieb Abel stehen und wartete. Es musste schon acht Uhr vorbei sein, denn es war inzwischen dunkel geworden. Einige Passanten führten bereits Laternen mit sich. Hinter Abel öffnete sich die Tür und Heinrich erschien. Abel zog ihn mit sich fort.

»Und, etwas herausgefunden?«

»Die Schiffer wisse nix, auch net von dem Schelch. Oder wolle nix wisse. Abber ich wor im Wertheym, dem Zechhaus der Stadtgarde. Do hot eener geredt. Do könnt wos dro sein, Pater. Der hot wos von heimliche Treffe erzehlt, drübbe in Sachsehause. Sie nenne es Maskeball.«

»Wer? Sie?«

»Die Torwache. Es sin immer widder die gleiche Leut, die nach Torschluss noch aus der Stadt wolle. Em iss emol e Maske runnergfalle. Seidem heests, die wolle zum Maskeball. Der Soldot hot gemeent …«

»Psst!« Abel hielt inne. Für einen Augenblick war der Lärm aus der Zunftstube zu hören. Jemand hatte die Eingangstür geöffnet. Abel zog Heinrich an die Hauswand und schaute zurück. Die Straße war immer noch belebt. Doch in der Dämmerung konnte Abel nur einige Häuser weit sehen. Die Lichter der beiden Männer, die an ihnen vorübergingen, tanzten über das Pflaster. Sonst sah Abel nichts Auffälliges. Er schlug mit der flachen Hand gegen die Hauswand. »Irgendwie habe ich das Gefühl, ich werde verfolgt«, sagte er zu Heinrich. »Bleib du hier stehen, ich gehe alleine weiter.«

Abel verließ die Fischergasse und bog in ein Seitengässchen. Dort drückte er sich in das Dunkel eines Torbogens und wartete. Schritte näherten sich. Abel hörte unterdrücktes Atmen. Also doch, dachte er. Wenn er jetzt nur etwas in der Hand hätte, eine Latte oder einen Holzprügel. Er sah, wie sich ein Schatten an den gegenüberliegenden Häusern entlangtastete. Abel löste sich aus dem Bogen und folgte. Der Schatten schien bemerkt zu haben, dass er Abel verloren hatte. Abel trat zwei Schritte in die Mitte der Gasse hinein.

»Sucht Ihr mich?«

Der Schatten fuhr herum und hob den rechten Arm schützend über den Kopf.

»Nichts tun! Bitte!«, sagte eine helle Stimme.

Abel machte einen weiteren Schritt nach vorne. »Du?«

Die Gestalt ließ den Arm sinken und schob eine Haarsträhne aus dem Gesicht.

»Du bist doch der Lazarus, oder?«

Der Junge nickte.

»Was willst du von mir?«

»N… nichts.«

»Nichts? Du bist mir doch gestern schon gefolgt, oder?«

Keine Antwort. Inzwischen war auch Heinrich erschienen.

»Was ist? Heraus mit der Sprache! Oder soll ich dich bei der Wache abliefern?«

»Bitte net, Pater.«

»Also dann. Ich höre!«

Der Junge schien zu überlegen.

»Wie wäre es, wenn du mir einfach nur verrätst, wer dich geschickt hat?«

Lazarus war überrascht. »Woher wisst …?«

»Du willst mir doch nicht erzählen, es wäre deine Idee gewesen, mich zu verfolgen?«

Der Junge schien zu begreifen. »Ich waas net«, sagte er.

»Führ mich einfach zu ihm. Er erfährt es doch, dass ich dich erwischt habe.«

»Es is scho spät, Pater.«

»Und wenn?«

Der Junge wand sich. »Net vielleicht doch libber moje?«

»Das würde dir so passen, Bengel. Wer garantiert mir, dass du morgen noch in der Stadt bist?«

»Ich?«

Abel lachte. »Ich weiß nicht einmal, wie du mit Nachnamen heißt und wo du wohnst.«

»Hans Wohlrab is mein Vadder. Aus Bornheim.«

»Und wer hat dich geschickt? Der Zunftmeister?«

Der Junge schwieg.

»Was ist? Ich habe Hunger. Und ins Bett will ich auch.«

»Kommd mid!«

»Wir unterhalten uns morgen weiter«, sagte Abel zu Heinrich. »Das hier mache ich alleine.« Dann folgte er dem Jungen.

VIII

Lazarus führte Abel zur Großen Fischergasse zurück. Dort hielt ihn Abel an der Schulter fest. »Sollten wir uns nicht Laternen besorgen?«

Der Junge nickte. »Bin glei widder da.«

»Halt!«, rief Abel, doch Lazarus war schon im Zunfthaus verschwunden. Abel zögerte. Sollte er ihm folgen? Er entschied sich zu warten. Wenn der Junge fliehen wollte, könnte er es sowieso nicht verhindern. In diesem Gewirr von dunklen Gassen wäre es leicht zu verschwinden. Ein Windstoß wehte Dunstschwaden vom Garküchenplatz herüber. Abels Magen knurrte. Aber dieses Gemisch aus fetter Wurst, Kohl und Kartoffeln, das man dort anbot, würde er nicht anrühren.

Es dauerte nicht lange und Lazarus tauchte wieder auf, eine Laterne in der Hand.

»Wir müsse nübber, nach Sachsehause«, sagte der Junge und schlug den Weg zur Saalgasse ein. Abel runzelte die Stirn. Zur Brücke ging es in die entgegengesetzte Richtung. Vorbei am Saalhof und der Leonhardskirche ging es weiter nach Westen. Bald wären sie wieder am Karmeliterkloster. Ob er schnell bei Lisbeth vorbeischauen sollte? Immer weniger Leute begegneten ihnen. Schon wollte Abel nachfragen, als der Junge links abbog und zwischen den Häusern verschwand. Abel war alleine und tastete sich an einer Hauswand entlang. Er ärgerte sich. Er hätte Lazarus die Laterne abnehmen sollen. Doch dieser kam zurück. »Wo bleibt Ihr, Pater?«

Plötzlich standen sie vor einem Tor. Abel hatte nicht gewusst, dass es auch hier zum Main ging. Er sah zwei Wachen in einem Unterstand. »Woanders lasse se Bube wie mich net durch«, sagte Lazarus und bat Abel um vier Kreuzer.

»Wozu?«, fragte Abel.

»Sperrbatze«, antwortete Lazarus. »Sonst bleibts Tor zu.«

Abel verzog den Mund. Hier wusste man aus allem Profit zu schlagen. Unter dem Vorwand, für die Sicherheit der Bürger zu sorgen, schloss man nachts die Tore. Aber gegen einen Obolus konnte dann doch jeder nach Belieben passieren.

Lazarus ging auf die beiden Wachen zu. Er redete kurz mit ihnen, dann gab er Abel ein Zeichen. Ein Wachsoldat kam aus dem Unterstand, schob den Balken am Tor zurück und zog es etwas auf. Lazarus und Abel schlüpften hindurch.

Das Mondlicht spiegelte sich auf dem Wasser. Von den Messschiffen am Sachsenhäuser Ufer schimmerte Licht herüber. Das waren Schiffe, die eigens zur Messe aus Miltenberg, Klingenberg, Aschaffenburg oder Mainz nach Frankfurt kamen. Zum Leidwesen der einheimischen Wirte hatten sie die Erlaubnis, dort während der Messe zollfrei Wein ausschenken zu dürfen. Auch Abel hatte schon mit dem Gedanken gespielt, sich um dieses Privileg zu bemühen. Doch Gottfried hatte abgewinkt. Dafür sei die *Sancta Maria* nicht geeignet, hatte er gemeint — ohne sich näher zu erklären.

Am diesseitigen Ufer standen ein paar Schiffer. Als sich Abel mit dem Jungen näherte, löste sich einer von ihnen aus der Gruppe und hielt auf einen Nachen zu. Auch Lazarus und Abel gingen dorthin. »Nochmals für jeden einen Kreuzer«, sagte Lazarus über die Schulter hinweg zu Abel. Wortlos stiegen sie ein und der Schiffer brachte sie über den Fluss.

Je näher sie dem anderen Ufer kamen, umso deutlicher wurden die Geräusche. Zuerst waren es nur Fetzen von Musik, dann vernahm Abel auch Singen und Grölen. Mitunter glaubte er sogar, Frauenstimmen zu hören. Zwischen zwei Messschiffen ließ der Fährmann sie an Land. Lazarus stieg die

Uferböschung hoch und hielt auf die Häuserzeile zu, die Sachsenhausen zum Main hin abgrenzte. Abel gefiel es immer weniger, ständig dem Jungen hinterherzulaufen. Doch was sollte er machen, er eilte ihm nach. Zielsicher fand der Junge eine Stelle, an der die Stadtmauer abgetragen war. Sie zwängten sich zwischen zwei Häusern hindurch und kamen auf eine breitere Straße. Hier war Abel noch nie gewesen. Trotz der Dunkelheit erkannte er, dass die Gebäude niedriger und schlichter waren als drüben in Frankfurt.

Gemeinsam folgten sie der Straße Richtung Brückenauffahrt. Doch keine fünfzig Schritte weiter blieb Lazarus stehen und zeigte auf das Haus vor ihnen. »Wolfgang Fecher, der Kerzemeister unserer Zunft«, sagte er, trat an die Tür und klopfte.

Sieh an, dachte Abel. Der zweitwichtigste Mann der Zunft interessierte sich für ihn mehr als der Zunftmeister selbst. Schritte näherten sich. Die Tür wurde einen Spaltbreit geöffnet und ein Frauengesicht unter einer Haube wurde sichtbar.

»Entschuldigt die Störung, Frau Fecher, aber hier is ein Pater, der Euern Mann spreche will.«

Zwei Augen versuchten, an dem Jungen vorbei Abel zu erspähen. Dieser trat einen Schritt nach vorne und neigte den Kopf zum Gruß.

Die Frau blickte wieder auf den Jungen. »Lazarus«, sagte sie, »weißt du, wie spät es ist?«

»Der Junge kann nichts dafür. Ist meine Schuld. Pater Abel aus Amorbach.«

Doch die Frau des Kerzenmeisters schien sich für Abel nicht mehr zu interessieren.

»Er is, wo er immer is«, sagte sie und schlug die Tür zu.

Abel sah Lazarus an. »Im Zunfthaus war er nicht, oder?«

Der Junge dachte kurz nach.

»Kann mir denke, wo er is.«

»Aber nicht wieder durch die halbe Stadt zurück!«

Lazarus schüttelte den Kopf.

Sie gingen den Weg, den sie gekommen waren, hinunter zum Main. Auf den Schiffen schien es hoch herzugehen. An einem glaubte Abel die Flagge Miltenbergs zu erkennen. Lazarus ging am Ufer entlang und musterte die Schiffe. Beim vierten blieb er stehen. »Hier müsst es sein«, sagte er.

»Du meinst, der Kerzenmeister ist auf dem Schiff?«

»Wollt Ihr hier warte?«

Abel schüttelte den Kopf. »Ich komme mit.«

Hinter dem Jungen betrat er das Fallreep. Ein Mann, dicht gefolgt von einer Frau, drängte an ihnen vorbei. Für einen Augenblick glaubte er, bei der Frau nackte Schultern zu sehen. Er schaute hinterher, aber das Pärchen war in der Dunkelheit verschwunden. Als Abel sich wieder umdrehte, war Lazarus nicht mehr zu sehen. Das Schiff war mit Stoffbahnen überspannt. Laternenschein schimmerte hindurch. Soeben setzte wieder die Musik ein — oder das, was der Musikant dafür hielt. Ein Gefiedel und Gequietsche, dass Abel sich die Ohren zuhalten wollte. Er bückte sich, um unter den Planen nach Lazarus zu sehen, und wich zurück. Ein Dunst aus Schweiß, saurem Wein und Kerzenruß schlug ihm entgegen. Abel verzog die Nase und stieg die Stufen hinab. Lieber Himmel, Abel traute seinen Augen nicht. Ein Spielmann tanzte mit seiner Fiedel um spärlich bekleidete Frauen, die sich mit ihren Liebhabern im Takt der Musik wiegten. Ein Mann mit bärtigem Gesicht, eine halbnackte Dirne auf dem Schoß, streckte Abel einen Becher entgegen. »Willkommen im Himmel auf Erden, Mönchlein.« Die Frau kreischte. Abel drehte sich weg. Wo war nur der Junge? Ein Tritt an seinen rechten Knöchel ließ ihn nach unten sehen. Zwei unbekleidete Beinpaare schauten unter einem Tisch hervor und strampelten und stießen, als wären sie im Kampf. Da schoben sich von hinten die Arme einer Frau unter die seinen und ein Kopf legte sich auf seine Schultern. Für einen Augenblick genoss Abel die Wärme des fremden Körpers. Als er sich umdrehte, erschrak er. Ein grell geschminktes Gesicht lachte ihn an. Abel schüttelte die Frau ab und wollte gehen, doch der Spielmann versperrte ihm den Weg. »E Liedsche für den Herrn Kaplan!«, rief er und begann seine Fiedel zu spielen.

Denn es haben ihre Regel
Auch die schlimmsten Sorten Flegel.
Schieber, Gauner, Scharlatan
genauso wie der Herr Kaplan.
Betrügen damit alle Welt,
nach Lust und Laune wie's …

Abel raffte die Kutte und eilte hinaus. Gelächter begleitete ihn. Zwei Frauen kamen vom Ufer zurück. Abel machte ihnen Platz. »He, Pater, hat mer Euch vertriebe?«

»Wird nix im Sack ham.«

Abel tat, als hätte er nichts gehört. Die Frauen kicherten.

»Pater, wo seid Ihr?« Es war die helle Stimme des Jungen.

Abel stand am Ufer und blickte zurück aufs Schiff. Lazarus winkte ihm und kam offensichtlich mit dem Kerzenmeister das Fallreep herunter. Dieser schien zu schwanken. Erst, als sie am Ufer stehen blieben, bemerkte Abel, wie groß der Kerzenmeister war. Ohne Jacke, das Hemd bis zum Bauch offen, zeigte er Abel ungeniert seine behaarte Brust.

»Was ist so wichtig, Pater, dass Ihr …«

»Ihr überwacht mich«, fiel ihm Abel ins Wort. »Warum?«

Der Kerzenmeister blickte sich um. Dann gab er Lazarus einen Schubs. »Kannst heim!«

Abel zog die Augenbrauen zusammen. Der Mann hatte eine schwere Zunge. Lazarus senkte den Kopf und wollte verschwinden.

»Halt, die Laterne!«, rief Abel.

Der Kerzenmeister winkte den Jungen zurück. Wortlos übergab Lazarus die Laterne.

Dann nahm der Kerzenmeister Abel am Arm und begann,

mit ihm am Ufer entlangzugehen. »Ihr sucht die Leute, die Euch überfallen haben?«

»Und die meinen Partner ermordet haben.«

»Ermordet? Ich habe gehört, er sei ertrunken.« Der Kerzenmeister rülpste.

»Advokatenklauberei!« Die Kerze in Abels Laterne flackerte. »Nennt es, wie Ihr wollt. Jedenfalls sind die Kerle schuld an seinem Tod.« Abel schaute den Kerzenmeister von der Seite an. »Eure Aufgabe ist es, die Einnahmen und Ausgaben der Zunft zu überwachen. Aber in dieser Sache seid Ihr besser informiert als Euer Meister. Wie kommt das?«

»Ihr habt den Weigand doch erlebt.«

Abel nickte. Das konnte er verstehen. War sein Abt nicht manchmal ähnlich teilnahmslos? Trotzdem fragte er nach. »Dennoch, Euer Interesse an mir ist ungewöhnlich.«

»Versteht es nicht falsch, Pater, aber Ihr habt ein neues, großes Schiff und macht Geschäfte auf dem Main. Der Zunft kann das nicht egal sein. Den Gottfried Wolter haben wir gekannt, doch Ihr seid uns fremd.«

»Ihr traut mir nicht? Einem Benediktiner?«

»Seht, Pater!« Der Kerzenmeister neigte den Kopf. »Die Zeiten sind schwierig geworden. Missgunst und Argwohn, wohin man schaut.« Sein Atem nahm Abel die Luft.

»Ist Gottfried erpresst worden?«

Der Kerzenmeister ließ sich mit der Antwort Zeit. »Könnt Ihr schweigen?«, fragte er, nachdem sie ein gutes Stück mainabwärts gegangen waren.

Abel nickte.

»Es scheint so zu sein, dass seit geraumer Zeit von den auswärtigen Schiffern Geld gefordert wird, zusätzlich zu den üblichen Abgaben.«

»Es scheint?«

Fecher ließ Abels Arm los. »Niemand weiß etwas Genaues.«

»Und keiner kümmert sich darum.«

Der Kerzenmeister hob die Hände. »Das Geschäft auf dem Main ist hart. Sehr hart. Es gibt mehr Schiffe als Fracht. Sind ja keine Frankfurter, die es trifft.«

»Es ist also mehr als nur ein Gerücht?«

»Niemand redet darüber. Deshalb interessiert mich Euer Schicksal. Deshalb habe ich Euch beobachten lassen.«

»Gottfried fehlte ein kleiner Finger an der rechten Hand. Im Zunfthaus habe ich einen Schiffer gesehen, dem fehlte dieser auch. Hat Gottfried sich gewehrt und es wurde ihm zur Strafe der Finger abgehackt?«

»Psst! Nicht so laut!«

Abel blickte sich um. Niemand folgte ihnen.

»Ich weiß es nicht«, fuhr Fecher fort. »Aber ich gebe Euch einen guten Rat, seid vorsichtig!«

»Ich werde nicht zahlen. Wie Gottfried. Niemals!«

Der Kerzenmeister legte seinen Arm auf Abels Schulter und sagte leise: »Wir sollten zusammenarbeiten.«

»Zusammenarbeiten?« Abel wand sich aus dessen Griff. »Was schlagt Ihr vor?«

»Ich habe Euch gesagt, was ich weiß, und Ihr sagt mir, was Ihr vorhabt.«

Abel schwieg. War es klug, sich diesem Fecher anzuvertrauen? Der Kerzenmeister hatte getrunken. Und viel war es nicht, was dieser ihm mitgeteilt hatte. Andererseits, was konnte es schaden. Es war ja sonst kaum jemand bereit, ihm zu helfen. Und er, Abel, müsste ja auch nicht alles erzählen.

»Die Männer vom Überfall trugen Masken. Vielleicht ist das eine Spur.«

Der Kerzenmeister nahm den Arm von Abels Schulter und versuchte sich das Hemd zuzuknöpfen. »Wie meint Ihr das?«

»Sagt Euch der Begriff Maskenball etwas?«

»Maskenball? Nö.«

Abel berichtete, was er von Heinrich erfahren hatte. Schweigend gingen sie weiter.

»Ihr meint, das sind die Übeltäter?«, sagte Fecher nach einer Weile.

»Man müsste herausfinden, wann und wo sie sich treffen.«

»Vielleicht kann ich Euch helfen.«

»Ihr wisst also doch davon?«

»Nein. Aber lasst mir etwas Zeit.«

»Wie lange?«

»Ich höre mich ein wenig um und werde mich bei Euch melden, sobald ich etwas weiß.«

Der Kerzenmeister schlug die Arme vor die Brust. »So, jetzt ist es mir aber kalt, Pater.«

»Und ich habe Hunger.«

Abel ging mit dem Kerzenmeister zu dem Messschiff zurück, wo er ihn aufgetrieben hatte.

»Passt auf Euch auf, Pater. Und …!« Der Kerzenmeister legte den Zeigefinger auf seine Lippen. Dann verschwand er rasch auf dem Schiff.

Abel überlegte. Sollte er über die Mainbrücke zurück in die Stadt? Doch dann entschied er sich, den kürzeren Weg übers Wasser zu nehmen. Er ging ein Stück das Ufer entlang. Bald stieß er auf einen Fährmann, der ihn übersetzte. Abel stand im Boot und schaute auf Frankfurt. Obwohl Wolken aufgekommen waren, konnte er die Umrisse der Stadt gut erkennen. Flussaufwärts spannte sich die Brücke als lang gestreckter Schatten über den Main. Jetzt gaben die Wolken den Mond frei. Die bei Tageslicht braune Brühe des Mains glänzte silbern, und Abel sah die hin- und herschaukelnden Schiffslampen der Kähne und Boote. Zur Messezeit schien Frankfurt nicht zu schlafen. Wie eine große Vogelscheuche ragte vor der Stadtmauer der Kran empor und reckte sich in die Nacht. Am Kai brannten Feuer. Die Laternen der Passanten blinkten auf, verschwanden wieder, um an anderer Stelle weiterzuflimmern. Ein Wald von Masten ragte in den Himmel. Irgendwo dazwischen lag die *Sancta Maria*. Für einen Augenblick wurde es dunkler, doch bald schon leuchtete der Mond wieder auf und Abel sah sein Schiff. Heinrich übernachtete in der Kajüte. Da das Schiff fast am Weg lag, beschloss Abel, noch einmal dort vorbeizugehen.

Am Schiff war alles ruhig. Neben den beiden Zweimastern rechts und links sah die *Sancta Maria* viel kleiner aus. »Sind bestimmt aus Mainz«, sagte sich Abel. Nur aus der Residenz des Kurfürsten konnten so große Schiffe kommen.

Wenn nur das mit Gottfried nicht passiert wäre, dachte Abel und stieß mit dem Fuß einen Kiesel ins Wasser.

Mainaufwärts näherten sich mehrere Männer. Abel blickte sich um. Er hatte keine Lust, ihnen zu begegnen. Keine fünf Schritte vom Ufer entfernt lag ein Fischerboot kieloben. Abel beschloss, sich dahinter zu verbergen, bis die Männer vorüber wären. Doch kurz vor dem Boot blieb einer von ihnen stehen.

»Ich muss zu meim Schiff«, sagte er.

»Willst doch net scho ins Bett?«

»Mir reicht's für heut.«

»Komm. Die Flasche mache mer noch leer.«

»Aber dann is Schluss.«

Abel ärgerte sich, nicht gleich verschwunden zu sein.

»Hat jemand von euch 10 000 Gulden?«, fragte der Schiffer, der eigentlich in seine Kajüte wollte.

»10 000 Gulden! Für was?«

»Nur geliehen.«

Ein anderer lachte. »Du spinnst. Die Zinse fresse dich uff.«

»Is nur für kurze Zeit.«

»Un was willste demit?«

»Getreide kaufe.«

Abel schob sich über das Boot.

»Wieso Getreide?«

»Von Mainz geht ab moje kaa Schiff mehr ab. Die Preise wern steische.«

»Der Urban. Hört widder emal des Gras wachse.«

»Wenn ich's Euch saach. Mein Schwager, der hat en Vetter beim Mainzer Zoll …«

»… und der hot erfohrn, dass der Meenzer Bischof widder mol die Frankfurter zwicke will und desweje den Maa dicht macht.«

»Ne, net der Bischof. Die Schiffer dort habbe ihr Preise erhöht.«

»Des mache se bei jeder Mess.«

»Aber desmol habbe se übertriebe. Die Händler mache net mit.«

»Wird ihne nix anneres übrich bleibe.«

»Vorerst jedenfalls kommt kaa Schiff den Maa ruff.«

»Es gibt noch den Landwech.«

»Stimmt. Abber sie schaffes net rechtzeitisch. Un schon gor net die Menge.«

»Hör uff, du Simbel! Bei der Frühjahrsmess hast du uns gerate, kaan Woi zu kaafe, weil im Herbst die Preise sinke. Und jetzt muss mer mehr bezahle als vorher.«

»Bis Ende Mai sollt ihr warte, hab ich gesacht. Ich hab vorgesorchd. Wenn ihr so dumm seid un …«

Abel hörte einen Schlag. Der Schiffer, der nach dem Geld gefragt hatte, brüllte auf. Auch die anderen schrien. Abel streckte sich. Er sah, dass die Schiffer einen Kreis gebildet hatten. In ihrer Mitte rangen die zwei Kontrahenten. Abel duckte sich und verschwand in Richtung Stadt.

Als er das Karmeliterkloster erreichte, hatte Lisbeth ihren Stand schon geschlossen. Nun musste er sich mit einem kargen Mahl aus der Klosterküche begnügen. Noch vor dem Einschlafen dachte er an Marie und ihr Abendessen vor seiner Abfahrt: Entenbrust mit Gierschkompott. Und es fiel ihm ein, dass er noch Reis besorgen musste. Seit einem Jahr wollte sein Abt nur noch dieses neuartige Getreide aus den englischen Kolonien essen.

IX

Nach dem Frühstück im *refectorium* fragte Abel den Prior, was dieser bei der Verfolgung des Verbrechens erreicht hatte. Seine Begegnung mit dem Kerzenmeister wollte Abel vorerst für sich behalten.

»Man wird sich im Magistrat darum kümmern«, meinte der Prior. »Habt ein wenig Geduld.«

Abel schwieg. Dann, nach einer Weile, blickte er Rüdiger von Breitstein in die Augen. »Ich hätte da noch eine Bitte.«

Der Prior lächelte. »Nur zu, mein Freund.«

Abel schaute zu Boden und musterte die Fugen der Sandsteinplatten. Dann hob er wieder den Kopf.

»Ich bräuchte eine größere Menge Geld.«

»Größere Menge?«

»Mehrere Tausend Gulden.«

Der Prior zupfte an seinem Bart. »Keine bescheidene Summe.«

»Nicht von Euch, ehrwürdiger Vater. Von einem Geldverleiher, dem man trauen kann.«

Das Gesicht des Priors hellte sich auf. »Für was, wenn man fragen darf?«

»Es geht um ein Geschäft. Etwas riskant vielleicht, aber …«

»Ihr Benediktiner. Immer auf Geschäfte aus. Aber vielleicht kann ich Euch helfen.«

Der Prior ging mit Abel zur Pforte und ließ sich von Gangolf Papier und Feder reichen. Dann notierte er einen Namen und eine Anschrift. Abel schaute den Prior an. »Ein Jude?«

Der Prior lächelte. »Er wird Euch Geld leihen, ohne viel zu fragen und ohne Euch über den Tisch zu ziehen.«

Abel bedankte sich und verließ das Kloster. Wieder so ein schöner Tag. Den Eintopf bei Lisbeth würde er später nachholen. Sein Ziel war die Judengasse. Er wollte das Geschäft machen, bevor sich herumgesprochen hatte, dass von Mainz vorerst keine Schiffe mehr den Main heraufkämen. Abel hatte es durchgerechnet. Wenn der Getreidepreis auch nur um ein Viertel anstiege, bliebe ihm, selbst nach Abzug der Zinsen für das geliehene Geld, immer noch ein schöner Gewinn. Dazu kam noch ein weiterer Aufschlag für den Transport nach Miltenberg. Dort war der Getreidepreis schon immer hoch, weil jeder nur Wein anbaute. Abel rieb sich die Hände. Man würde ihm in Miltenberg die Fracht aus den Händen reißen, gleich zu welchem Preis. Und er könnte es sich sparen, andere Händler anzusprechen, die ihm die *Sancta Maria* füllen und zäh um jeden Kreuzer Frachtkosten feilschen würden.

Es war nicht schwer, die Judengasse zu finden. Der Bereich, in dem die Juden in Frankfurt leben durften, begann am Bornheimer Tor und zog sich an der östlichen Stadtmauer entlang, die die Altstadt zur Neustadt abschloss. In einem großen, halbrunden Bogen führte die Gasse in südlicher Richtung bis hinunter zum Brückentor. Bald stand Abel vor dem nördlichsten der drei Tore, die die Gasse von der übrigen Stadt trennten. Er erinnerte sich an das Schandbild von der Judensau an der Bogenwand unter dem Brückenturm. Zwar war das Gemälde schon etwas verblasst, aber es führte dem Betrachter immer noch die Verunglimpfung der Juden vor Augen. Abel suchte nicht die Bekanntschaft mit Juden, aber er hatte auch nichts gegen sie. Immerhin, auch Jesus Christus war Jude gewesen. Allerdings, Geschäfte konnte man mit Juden gut machen. Die Frankfurter Judengasse aber war ihm noch nicht bekannt.

»Geld wechseln?« Ein kleiner, schwarz gekleideter Mann mit grauem Bart und schwarzem Hut sprach Abel an. Abel schüttelte den Kopf und ging weiter. Die enge Straße, das Gewimmel der meist schwarz gekleideten Menschen beunruhigten ihn. Immer wieder drehte er sich um, weil er sich verfolgt fühlte. Ein älterer Mann mit einem Bauchladen voller Fläschchen und Salbentiegeln sprach ihn an. Abel erschrak, da er den Händler nicht bemerkt hatte.

»Etwas gegens Magenleiden?« Der Mann griff in seinen Kasten und holte ein grünes Flakon hervor.

Abel blieb stehen. »Magenleiden? Wieso?«

Der Verkäufer deutete auf Abels Arme, die dieser vor seinem Bauch verschränkt hielt. Abel lief rot an. Es war ihm nicht bewusst gewesen, wie ängstlich er seinen Geldgürtel hütete.

»Nein, nein«, sagte er schnell. »Alles in Ordnung. Aber wo der Bankier Isaak Michael Speyer wohnt, könnt Ihr mir bestimmt sagen?«

»Itzek Michel Speyer?«, fragte der Händler.

Abel nickte.

»Seid schon daran vorbei.« Der Mann deutete in die Straße zurück auf eines der vielen schmalen Häuser.

»Vergelts Gott«, murmelte Abel und verbesserte sich sogleich: »Vielen Dank!«

»*Scholem alechem* — Friede mit Euch!«, sagte der Mann und deutete eine Verbeugung an.

Abel blickte um sich. Wo wollten all die Menschen nur hin in dieser engen Gasse? Einige schauten zum Himmel. Suchten sie die Sonne zwischen diesen schmalen Fachwerkhäusern, die in jedem Stockwerk ein Stück in die Straße hinein auskragten und kaum Licht in die Gasse ließen?

Vor dem Haus des Bankiers blieb er stehen. Ein schwarzer Bär als Hauszeichen war neben der Tür aufgemalt, die hebräische Inschrift auf dem Türbogen konnte Abel nicht entziffern. Die Haustür stand offen, Abel blickte in einen düsteren Flur. Er hörte Stimmen und klopfte. Im Hausgang fiel eine Tür ins Schloss und Schritte eilten ihm entgegen. Ein Mädchen kam auf ihn zu, rief freundlich »*Scholem alechem*«, und, ehe sich Abel versah, war es an ihm vorbeigehuscht und auf der Straße verschwunden. Dann hörte er schwere Schritte.

»Hallo, ist da wer?«

Ein schwarz gekleideter, kräftiger Mann kam aus dem dunklen Flur. Abel war überrascht. Er hatte einen schmächtigen Alten mit Bart erwartet. Doch der Hausherr, der hier vor ihm stand, war kaum älter als er selbst. Sein bartloses Gesicht allerdings hatte die Blässe eines Mannes, der wenig an die Sonne kam. Die schwarzen, gleichmäßig nach hinten gekämmten Haare verstärkten diesen Eindruck. Doch die dunklen Augen schauten Abel freundlich an.

»Pater Abel aus Amorbach.«

»*Boruch habbo* — willkommen in meinem Haus!«, sagte der Bankier und ging auf Abel zu.

Verdutzt ließ sich Abel umarmen.

»Ihr seid zum ersten Mal in Frankfurt?«

Abel verneinte.

»Verstehe«, sagte der Hausherr. »Oh, Pardon, ich habe vergessen mich vorzustellen: Isaak Speyer, Bankier.«

Abel löste sich aus der Umarmung.

»Was führt Euch zu mir?«

»Prior von Breitstein hat mir Euch empfohlen.«

»Die Freunde meines Freundes sind auch meine Freunde«, sagte Isaak Speyer. »Aber kommt doch herein!« Er nahm Abel am Arm und führte ihn über die Schwelle. Rechts und links entlang des Flures, unter der Treppe, die nach oben führte, in jeder Nische und jeder Ecke stapelten sich Kisten, Ballen und Säcke, manchmal bis unter die Decke. Auch in der Stube, in die Speyer Abel führte, sah es nicht anders aus. Zweifelsohne befanden sie sich im Kontor des Hausherrn.

»Etwas zu trinken?«

Abel überlegte. Sein Blick ruhte auf den schweren Schlössern einer Eisenkiste. Er hatte es eilig, aber Gastfreundschaft durfte er nicht ausschlagen. Da fiel ihm der Händler auf der Gasse ein. Er kreuzte die Arme vor seinem Bauch. »Danke, sehr freundlich. Aber ich bin zurzeit etwas unpässlich.«

»Da habe ich ebbes Guts für Euch.«

Isaak Speyer stieg über eine Kiste hinweg, ging zu einem Holzgestell und kam mit einem beladenen Tablett wieder. »Wasser aus Selters«, sagte er. »Trinkt man jetzt überall. Soll sehr gesund sein.« Er griff zu einer Karaffe, drehte den Stöpsel herunter und schenkte ein. »Wohl bekomm's!«

Abel nippte an dem Glas. Er konnte nicht sagen, nach was das Wasser schmeckte. Aus dem Augenwinkel sah er, dass Speyer sein Glas in einem Zug gelehrt hatte. Abel schloss die Lider und trank. Dann stellte er das Glas zurück. Er hatte schon üblere Medizin getrunken.

Dann führte der Bankier Abel zu einem Tisch. Dort schob er einen Packen Stoff zur Seite und bat Abel, Platz zu nehmen.

»Wie kann ich Euch helfen, Pater?«

»Ich brauche Geld.«

»Wie viel?«

»10 000 Gulden.«

Im Gesicht Isaak Speyers konnte Abel keine Regung erkennen. »Zehn Perezent«, sagte dieser.

Abel schluckte. »Fünf!«

Speyer lächelte. »Woanders zahlt Ihr zwölf und fünfzehn Perezent.«

»Der Prior versprach mir, Ihr würdet mich nicht über den Tisch ziehen.«

Speyer schob die Unterlippe nach vorne. »Neun.«

»Sechs! Ist nur für wenige Tage.«

»Welches Geschäft?«

Jetzt war es Abel, der lächelte.

»Für wenige Tage, sagt Ihr?«

»Bis zum Ende der Messe.«

»Und sofort?«

»Heute noch!«

»Sechseinhalb. Weil Ihr es seid, Pater!«

Abel tat, als zögere er noch. Dann schlug er ein.

Kurz besprachen sie das weitere Vorgehen, danach fragte Isaak Speyer unvermittelt: »Es ist doch Wein, was Ihr auf Eurem Schiff geladen habt, oder?« Abel war überrascht. Die Höhe der Geldsumme schien für Speyer kein Grund, sich länger damit aufzuhalten. Abel fragte sich, woher er das mit dem Wein wusste. Zu dem Bankier sagte er: »Wieso fragt Ihr?«

»Soll ich mich nach Abnehmern umhören?«

»Vielleicht ein andermal. Ist schon verkauft.« Abel deutete an, dass er gehen wollte.

Speyer begleitete ihn bis auf die Straße. Dort ergriff er, genau wie es der Prior zu tun pflegte, Abels Hände und schaute ihn mit seinen großen, dunklen Augen an. »*Massel un Broche*«, sagte er, »und grüßt den ehrwürdigen Prior von mir.« Abel versprach es und bahnte sich einen Weg durch die Gasse.

Am Nordtor der Judengasse blieb Abel stehen und atmete durch. Wie hielten die Menschen es in dieser Enge nur aus? Und dazu dieser Gestank nach fauligem Unrat und feuchten Mauern. Aber er musste jetzt rasch zum Großen Kornmarkt. Der Weg über den Liebfrauenberg schien ihm am kürzesten.

Die Händler dort waren früh aufgestanden. Entlang der breiten Straße waren ihre Stände bereits aufgebaut. Dinkel, Erbsen, Kartoffeln, Rüben — alles, was die Erde hergab, wurde hier gehandelt. »Reis«, sagte Abel leise. »Ich darf den Reis nicht vergessen!« Die großen Geschäfte wurden hier nur verhandelt. Abel wusste das. Die Ware selbst lag dann irgendwo in einem Keller, hier direkt in der Stadt, drüben in Sachsenhausen, etwas außerhalb in Bornheim oder sonst wo.

Abel schlenderte die Stände entlang. Wo er Getreide angeboten sah, blieb er stehen. Er wollte Weizen kaufen. Dinkel gab es auch im Odenwald. Aber entweder war ihm die Ware nicht gut genug oder die Menge war zu gering oder er konnte sich beim Preis nicht einigen. Abel hatte sich das Geschäft einfacher vorgestellt. Ob die Händler schon von den Vorfällen in Mainz wussten?

Eine junge Frau mit einem hübschen Gesicht lockte ihn in ihren Stand. Sofort kam ihr Mann hinter den Säcken hervor und pries seine Kartoffeln an. Die Knollen sahen gut aus, doch Abel erwartete auch in Amorbach eine gute Ernte.

»Nein, danke«, sagte er. »Aber Getreide würde mich interessieren.«

»Roggen, Hafer, Weizen?«

»Weizen.«

Der Händler drehte sich um, griff in einen Sack und zeigte Abel eine Handvoll Körner.

Abel nickte, griff selbst in den Sack und ließ die Körner durch seine Finger rieseln. Kein Mutterkorn, kaum einmal ein Steinchen oder Stroh.

»Gute Ware«, sagte Abel und schaute auf die anderen Säcke. »Aber ich brauche mehr.«

»Wie viel?«

»500 Malter, wenn der Preis stimmt.«

Der Händler schob seine Mütze hin und her. »Das ist viel. Wenn Ihr vielleicht morgen noch einmal vorbei…«

»So viel Zeit habe ich nicht«, unterbrach ihn Abel und wollte gehen.

»So wartet doch.« Der Händler hielt Abel am Arm zurück und wandte sich an seine Frau. »Else, einen Schoppen für den Pater. Bin gleich wieder da.« Dann eilte er davon. Die Händlersfrau richtete ihre Haube und lächelte. Sie hatte schlechte Zähne. Abel blickte zu Boden.

»Else heißt Ihr also«, begann Abel. Er wäre besser gleich weitergegangen. Wie lange würde sich das jetzt hinziehen?

Else bückte sich nach einer Korbflasche, schenkte einen Holzbecher voll mit Wein und reichte ihn Abel. Dieser wusste gleich, dass er ihn nicht trinken würde. Nicht der Staub störte ihn, der obenauf schwamm, sondern der Geruch. Die Firnse stach ihm in die Nase.

»Tüchtig, Euer Mann«, sagte er. »Schon lange im Geschäft?«

»Scho sein Großvadder war Händler.«

»Und das Getreide? Wo bekommt man eine so gute Ware?«

»Wees net. Gell der Wei schmeckt Euch net?«

»Äh! Doch, doch. Ist nur noch ein bisschen früh am Tag.«

Die Frau zog ihren Ärmel unter der Nase durch und schwieg.

»Wo ist er hin, Euer Mann?«, fragte Abel nach einer Weile.

»Wees net. Abber da kommt er scho.« Else zeigte an Abel vorbei die Straße hinunter.

Abel drehte sich um und sah den Händler in Begleitung eines beleibten Mannes. Abel kniff die Augen zusammen. Täuschte er sich, oder war das nicht …?

»So sieht man sich wieder!« Olbort nahm den Zylinder vom Kopf und streckte Abel beide Hände entgegen.

»Ihr handelt also nicht nur mit Wein!« Abel gab Olbort die Hand.

»Wein und Getreide, so wie Ihr. Wir sollten Partner werden, Pater!«

»Habe den einen erst verloren.«

»Wie, verloren?«

Abel winkte ab. »Das ist eine andere Geschichte.«

»Dann also zum Geschäft!«

Olbort war zäh. Wie beim Wein, so wäre auch hier das Geschäft beinahe geplatzt. Im letzten Moment lenkte er ein.

»Ich hätte da noch ein Geschäft, Pater«, sagte Olbort, als sich Abel verabschieden wollte.

»Und das wäre?«

»Ich handle auch mit Käse. Auch Butter und Fisch, wenn dabei etwas übrig bleibt.«

»Danke, Ihr kommt zu spät. Was ich brauche, ist schon bestellt.«

»Nicht für Euch, Pater. Für die Zisterzienser in Bronnbach. Ich habe noch kein Schiff gefunden.«

»Bronnbach? Ich fahre nur bis Miltenberg.«

»Macht nichts. In Miltenberg ist für den Weitertransport gesorgt. Ihr fahrt doch bald ab, oder?« Olbort legte den Kopf schief.

Abel dachte kurz nach. Auf der *Sancta Maria* sollte noch Platz sein. »Was zahlt Ihr?«

»Das Übliche!«

Wie viel war das? Abel hatte keine Vorstellung. »In Ordnung«, sagte er trotzdem und schlug ein. Der Tag hätte nicht besser beginnen können. Abel hatte jetzt Gelegenheit, die Einkäufe für das Kloster zu erledigen. Doch dann würde er sich gleich um den Überfall auf Gottfried kümmern. Sollte er im Laufe des Tages nichts von dem Kerzenmeister hören, würde er diesen selbst aufsuchen. Aber zunächst hatte er Hunger.

Lisbeths Eintopfstand war nicht weit entfernt. Abel holte sich eine Portion und ging danach hinunter zum Main. Dort besprach er mit Heinrich das Verladen des Weizens. Zuletzt kam er noch einmal auf das Gespräch vom Vorabend zurück.

»An der Sache mit den Masken scheint etwas dran zu sein. Was genau hat der Soldat zu Euch gesagt?«

»Net mehr, als ich geschtern gesacht hab. Hot sowieso erscht gebabbelt, nachdem ich em e paar Schoppe ausgebe hab.«

Abel griff in die Tasche und holte ein paar Kreuzer hervor. »Hier«, sagte er zu Heinrich. »Versuch es heute Abend noch einmal. Und falls der Junge von gestern oder ein anderer nach mir fragt, ich komme jede zweite Stunde hierher ans Schiff.«

Und ins Karmeliterkloster muss ich auch noch, dachte Abel bei sich. Rüdiger von Breitstein musste ihm endlich sagen, was genau der Magistrat vorhatte, um den Überfall aufzuklären.

Am späten Nachmittag, Abel hatte schon drei Mal bei der *Sancta Maria* vorbeigeschaut, wartete dort Lazarus auf ihn.

Doch als Abel auf den Jungen zuging und ihn begrüßen wollte, wich dieser aus. »Mer soll uns net zusamme sehe«, zischte er und drückte Abel einen Zettel in die Hand. »Nach dem Lese vernichte.« Dann verschwand er.

Abel drehte sich weg und öffnete die Hand mit dem Zettel erst, als er in der Kajüte der *Sancta Maria* angelangt war.

Der Kerzenmeister hatte eine schöne Schrift. »*Maskenball immer donnerstags in Sachsenhausen. Ein Haus in der Klappergasse, Nähe Brunnen.*« Dann auch hier noch einmal die Ermahnung: »*Zettel vernichten!*«

»Donnerstag«, flüsterte Abel. »Das ist heute. Ich werde da sein.«

Vielleicht brauchte er die Hilfe des Priors gar nicht mehr. Vielleicht erfuhr er heute Abend genug zu den Personen hinter den Masken. Dann musste man tätig werden.

Die nächsten Stunden verliefen quälend langsam. Abel ging noch einmal zum Kornmarkt. Für den Nachmittag war die Lieferung von Reis angesagt worden. Was Abel bisher zu Gesicht bekommen hatte, war das Verladen nicht wert.

Am Kornmarkt herrschte Trubel. Einige Händler standen in Grüppchen und redeten aufeinander ein. Andere wehrten Käufer ab und versuchten, ihre Ware in Sicherheit zu bringen. Abel musste schmunzeln. Jetzt hatte die Nachricht aus Mainz auch den Markt erreicht. Abel beschloss, heute keine Geschäfte mehr zu machen. Außerdem war es Zeit, den Prior aufzusuchen.

Rüdiger von Breitstein war auf dem Weg zur Kirche. Abel gab ihm ein Zeichen. Doch der Prior beschleunigte den Schritt. Am Portal holte ihn Abel ein.

»Was machen die Untersuchungen, ehrwürdiger Prior?«

Von Breitstein vermied es, Abel anzuschauen. »Nun, ich soll Euch sagen, dass man sich der Sache annehmen wird.«

»Der Sache annehmen? Warum geht das alles so langsam?«

»Abel, ich sagte doch, habt etwas Geduld. Euer Partner ist

noch nicht einmal beerdigt und Ihr wollt schon Ergebnisse sehen.«

Abel zuckte zurück. Der Prior hatte recht. Trotzdem fragte er noch einmal nach.

»Jetzt, wo unstrittig ist, dass der Überfall auf Frankfurter Gebiet stattfand und Gottfried dabei umgekommen ist …«

Der Prior blickte sich um, dann nahm er Abel am Ärmel. »Wir müssen bescheiden sein. Es ist eine heikle Sache. Ihr müsst verstehen, man will keinen Staub aufwirbeln. Es ist nicht gut für das Geschäft, wenn bekannt wird, dass man auf dem Weg nach Frankfurt seines Lebens nicht mehr sicher ist — wenn Ihr versteht, was ich meine.«

»Das heißt, es wird nichts weiter unternommen?«

»Das nicht. Aber man will vorsichtig vorgehen. Wie gesagt, keinen Staub aufwirbeln. Und das dauert.«

»Ich habe nicht mehr viel Zeit. Ich muss zurück nach Miltenberg. Was soll ich der Witwe sagen?«

»Auf Gott vertrauen, und den guten Willen der Stadt.«

Abel schwieg. Er hatte sich in der Tauglichkeit des Priors doch getäuscht. Wie gut, dass es da noch den Kerzenmeister gab.

»Tut mir leid, dass ich nicht mehr für Euch erreicht habe«, sagte der Prior nach einer Weile. Dann deutete er auf die Kirchentür. »Man wartet auf mich. Ich soll die Beichte abnehmen.«

»Ihr habt getan, was Ihr könnt. Ich danke Euch«, erwiderte Abel und verabschiedete sich. Er wollte nur noch zurück in seine Zelle und Ruhe haben.

»Gott segne Euch«, rief ihm der Prior nach.

X

Abel schrak hoch. Was war das für ein Schlag? Jetzt wieder! Poch! Poch!

Herr im Himmel, er war eingeschlafen. Warum war es so dunkel?

»Seid Ihr da, Herr Cellerar?« Das war Gangolfs Stimme.

»Ja, doch. Was gibt's?«

»Abendessen!«

Abel stieg von der Pritsche. »Muss noch einmal fort, Bruder Gangolf. Wird wahrscheinlich spät.«

Im Geiste sah Abel den Pförtner eine Verbeugung machen. Dann hörte er ihn davonschlurfen.

Am Brückentor zahlte Abel die zwei Kreuzer Auslass und eilte über die Brücke hinüber nach Sachsenhausen. Er wusste nicht, was es mit dem Haus in der Klappergasse auf sich hatte, und es konnte durchaus sein, dass er Verwunderung erregte, wenn er nachts wildfremde Leute nach dem Weg dorthin fragte.

Aber es blieb ihm nichts anderes übrig. Es waren weniger Menschen auf der Straße als in Frankfurt, aber auch hier waren die meisten Fremde. Erst beim dritten Mal bekam Abel die Antwort, die ihm weiterhalf.

Abel schaute nach oben. Ein paar Wolken verdeckten den Blick auf die Sterne. Die Häuser standen hier noch enger als drüben in der Stadt. Nur weil sie nicht so hoch waren, war es nicht ganz so dunkel. Und — Gott sei Dank — je mehr er sich in den Seitengassen verlor, umso weniger Menschen begegnete er. Das Leben spielte sich in diesen Nächten vor allem unten am Fluss ab, dort, wo die Messschiffe lagen.

Abel suchte nach dem Brunnen. Ein paar Mal hörte er Schritte hinter sich. Aber es waren nur einzelne Passanten, die nach einiger Zeit in einem Hauseingang oder in einer Seitengasse verschwanden. Hoffentlich war er nicht zu spät. Er ärgerte sich immer noch, eingeschlafen zu sein.

Die Straße wurde ein wenig breiter und heller. Dann öffnete sich linker Hand ein kleiner, unregelmäßiger Platz, während die Klappergasse selbst in gerader Richtung weiterführte. Abel sah die Umrisse eines Brunnens. Ein etwa fünfzehn Fuß hohes, säulenförmiges Gebilde ragte vor ihm in die Nacht. Davor befand sich ein hüfthoher Wassertrog. Abel schaute sich um. Auch die Häuser waren nur als Schatten zu erkennen. Doch hier musste er richtig sein. Nur, wie weiter?

Plötzlich hörte er Schritte. Er löschte die Laterne, hastete zum Trog und duckte sich dahinter. Die Schritte kamen von dort, wo auch Abel hergekommen war. Eine Gestalt ging an ihm vorüber, nach einiger Zeit verhallten deren Schritte. Abel wartete. Erneut kamen ihm Zweifel, ob er dem Kerzenmeister trauen konnte. Jedenfalls musste dieser gestern Abend schon einiges getrunken haben. Andererseits hatte dieser sein Versprechen eingelöst, sich für ihn umzuhören. Er hatte Wort gehalten, schneller, als Abel es erwartet hatte.

Aus dem Haus hinter sich hörte Abel lautes Schnarchen. Dann schlief ihm das rechte Bein ein. Er richtete sich auf und begann sich zu bewegen. Womöglich wartete er ja doch an der falschen Stelle? Der Platz hier war sehr klein. Vielleicht sollte er die Gasse weitergehen?

Da hörte Abel erneut Schritte. Kurz blieb eine Gestalt stehen, dann wechselte sie die Richtung. Abel ging wieder in die Hocke und spähte über den Brunnenrand. Er sah, wie die Gestalt den Platz überquerte. Sie verlangsamte den Schritt, dann verschwand sie im Dunkel. Abel zögerte. Sollte er folgen? Er hörte, wie eine Tür geöffnet und wieder geschlossen wurde. Dann war es ruhig. Abel erhob sich. Doch gerade, als er hinter dem Brunnen hervortreten wollte, kamen wieder Schritte. Abel duckte sich. Erneut kam eine dunkle Gestalt vorbei und verschwand in der Nacht. Er wartete weiter. Noch einmal öffnete und schloss sich die Tür. Dann war wieder Ruhe.

Abel stand auf und schlich über den Platz, dorthin, wo die beiden Gestalten verschwunden waren. Zwischen zwei Häusern sah er einen Gang, gerade so breit, dass er bequem hindurchschlüpfen konnte. Abel spähte hinein. Es war nichts zu erkennen. Er schlich ein Stück den Gang entlang. Dann hörte er Stimmen hinter einer Tür. Abel presste sein Ohr auf das Holz. Doch er konnte nur einige Worte aufschnappen. Dann vernahm er ein Kreischen, gefolgt von dröhnendem Gelächter. Abel wartete. Was sollte er tun? Er hatte geglaubt, hier den Treffpunkt der Bande vorzufinden.

Abel begann zu frösteln. Sein Magen knurrte. Er schaute hoch zu den Sternen. Es ging schon stark auf Mitternacht zu. Hoffentlich musste er nicht bis zum Morgengrauen hier ausharren?

Er ging zurück zum Brunnen. Dort würde er warten und versuchen, der nächsten Gestalt zu folgen. Wenigstens an einen Namen musste er kommen, dann wäre der Abend nicht umsonst gewesen. Er verschränkte die Arme vor der Brust und ließ sich wieder hinter dem Brunnen nieder. Ein Schauer lief ihm über den Rücken, als er sich an den kalten Stein des Brunnentrogs lehnte. Er schloss die Augen und dachte an Marie. Bestimmt schlief sie schon. Dann sah er sich im Hause seines Freundes Lothar Gutekunst am Kachelofen sitzen, neben sich Marie, den Kopf an seine Schulter gelehnt.

Abel schreckte hoch und lauschte in die Nacht. Da war ein Geräusch! Er drehte sich um und kniete sich hin. So konnte er gut über den Wassertrog hinwegschauen. Die Straße schien leer. Hatte er sich getäuscht?

Da! Schritte! Abels Augen huschten hin und her. Plötzlich sah er rechts vor sich drei Schatten. Sie kamen näher. Abel sah, wie sie sich etwas vom Kopf zogen. Eine Gestalt kam auf den Brunnen zu. Abel duckte sich. Er hörte, wie Hände in den Trog getaucht wurden. Wasser schwappte über den Rand und lief Abel ins Genick.

»Ah! Tut das gut!«

»Bist halt nicht mehr der Jüngste.« Eine zweite Person war an den Trog getreten. Die Männer sprachen leise.

»Noch hat sich keine der Damen beschwert.«

»Die wollen eh nur unser Geld.«

»Sag das nicht. Ich glaube, mein Mädchen liebt mich. Ein bisschen wenigstens.«

»Mein Mädchen! Wie sich das anhört. Als wäret ihr verheiratet. Kannst ja gleich bei deiner Frau bleiben. *Variatio delectat*, erst die Abwechslung macht Spaß, weißt du das nicht?«

Der Mann warf sich erneut Wasser ins Gesicht. »Neulich hat sie die Maske entdeckt«, sagte er.

»Wer?«

»Greta, meine Frau.«

»Was?«

»Psst! Nicht so laut.«

»Bist du toll?«, zischte der zweite Mann. »Erst kommst du zum Treffen in Uniform, jetzt findet deine Frau die Maske!«

»Reg dich ab! Die Uniform hat unter dem Umhang niemand gesehen und das mit der Maske habe ich wieder hingebogen. Von einem Händler aus Venedig und so.«

»Trotzdem. Wenn wir auffliegen!«

»Wo bleibt ihr?« Das war der dritte Mann.

»Wir kommen!«

Abel hörte, wie die drei sich entfernten. Er richtete sich auf. Gerade noch sah er, wie sie in der nächsten Gasse verschwanden. Was tun? Sie waren jetzt ohne Vermummung, aber ihre Gesichter hatte er trotzdem nicht gesehen. Und wenn, würde es ihm nur wenig nützen. Er musste ihre Namen erfahren. Oder zumindest herausfinden, wo sie wohnten.

Abel wischte sich die Nässe aus dem Genick. Dann nahm er seine Laterne, trat hinter dem Brunnen hervor und folgte den Männern. Wie gut, dass er Sandalen anhatte. Die drei gaben sich immer noch Mühe, leise zu sein. Abel konnte kaum etwas erkennen. Alle hatten dunkle Mäntel an und ihre Laternen waren, wie die seine, nicht beleuchtet. Einer der Unbekannten kam ihm sehr groß und kräftig vor. Schon bald stellte Abel fest, dass sie nach Frankfurt hinüberwollten. Über die Brücke würde er ihnen nur mit Glück unbemerkt folgen können. Sollte er sich einfach anschließen und gemeinsam mit ihnen das Tor passieren? Er hatte die Kutte gegen Jacke und Hose getauscht, und unter der Mütze war die Tonsur nicht zu erkennen. Abel verkürzte den Abstand.

Plötzlich fehlte ein Mann. Keine zwanzig Schritte weiter verschwand der nächste in einer Seitengasse. Abel war unschlüssig. Wem sollte er nachgehen? Er entschloss sich, bei der Gestalt auf der breiteren, helleren Straße zu bleiben. Hier waren noch vereinzelt Nachtschwärmer unterwegs, sodass Abel unauffälliger folgen konnte.

Der Mann näherte sich dem Sachsenhäuser Brückenaufgang. Abel schlich hinterher. Als er die Brücke vor sich sah, zögerte er. Der Unbekannte war die einzige Person auf der Brücke. Jetzt gab es nur zwei Möglichkeiten: entweder als Spätheimkehrer auftreten oder die Verfolgung aufgeben. Der Mann hatte bereits die Mitte der Brücke erreicht. Abel zog seine Mütze etwas tiefer ins Gesicht und schritt kräftig aus.

Auf der Frankfurter Seite, kurz vor dem Brückenturm, bemerkte ihn die Gestalt. Sie drehte sich kurz um, ging dann aber weiter. Ihr dunkler Umhang wehte im Wind. Als auch Abel das Brückentor erreicht hatte, schloss die Wache gerade das Tor. Der Unbekannte war bereits durchgeschlüpft.

»Halt!«, rief Abel. »Hier ist noch jemand!«

Das Tor ging wieder auf und die Wache schaute hervor. Dann wurde eine Hand herausgestreckt. Abel griff in seine Tasche. Verflixt, wo war das Geld? Er müsste doch noch ein paar Kreuzer haben. Aber er fand nur Gulden. Er legte das Geld auf die ausgestreckte Hand. Abel trat von einem Fuß auf den anderen. Gott, ließ der Kerl sich mit dem Wechselgeld Zeit. Endlich konnte Abel passieren. Doch die Wache hielt ihn zurück.

»Licht«, sagte er und deutete auf die Laterne in Abels Hand. Als Abel die Kerze endlich angebrannt hatte, war der Unbekannte verschwunden. Abel hastete die Fahrgasse entlang. In der Dunkelheit sahen die Menschen alle gleich aus. Da, die Gestalt dort, das könnte der Gesuchte sein! Im Laufschritt eilte Abel dem Mann nach. Doch bald ging er wieder langsamer. Mehrere Passanten hatten sich verwundert nach ihm umgedreht. Allmählich näherte er sich der Gestalt. Als der Mann kurz stehen blieb und mit einem anderen ein paar Worte wechselte, sah Abel, dass er sich geirrt hatte. Der, dem er gefolgt war, trug einen bunten Rock. Abel blieb stehen und schaute sich um.

Zwei Gestalten kamen die Straße herunter. Sie schienen ihn zu mustern. Dann kamen sie auf ihn zu.

»Na, so allein?«

Dirnen. Abel drehte sich weg.

»Schüchtern?« Eine der beiden Frauen trat von hinten an Abel heran und legte ihm die Arme um die Hüfte. Ihr Atem roch nach billigem Wein. Abel wehrte sie ab.

»Hansdappes!«, sagte die Frau und ging mit der anderen weiter.

Abel sah ein, dass er den Unbekannten verloren hatte. Nur ein letzter Versuch blieb ihm noch, an dessen Namen zu kommen: die Wache. Abel drehte sich um und ging zum Brückenturm zurück.

»Der Mann, der vorhin vor mir hier durch das Tor gekommen ist, habt Ihr den gekannt?«, fragte er die Wache.

Die Wache schwieg.

»He, ich habe Euch etwas gefragt!«

»Bin nischd zur Antwort verpflischded.«

Abel griff in die Tasche, holte das Wechselgeld seiner Passage von gerade eben hervor und hielt es der Wache hin. Der Wachhabende drehte sich ein wenig zur Seite und rief in die Stube hinein: »He, der Mann, der vorhin hier durschkomme is, wer war des?«

»Wann vorhin?«

»Na vorhin halt.«

»Warum willste des wisse?«

»Da steht aaner und fracht denach.«

»Soll verschwinne.«

Der Wachtmann drehte sich wieder um. »Ihr habbd's gehört?«

Abel knirschte mit den Zähnen. Er nahm zwei Kreuzer und gab sie dem Wachtmann. »Lasst mich wieder durch!«

»Abber gern.«

Abel hatte eine Idee. Er musste zur *Sancta Maria* und Heinrich um einen Gefallen bitten.

Er traf den Schiffsknecht noch wach. »Lust auf ein kleines Abenteuer?«, fragte Abel. Dann erklärte er seinen Plan.

Versorgt mit reichlich Geld verließ Heinrich das Schiff.

Abel legte sich auf die Pritsche. Die Arme unter dem Nacken verschränkt, lag er mit offenen Augen da und wartete. Gelang es Heinrich, etwas zu erfahren, das ihm weiterhelfen würde? Wenn nicht, was blieben dann noch für Möglichkeiten? Abel beschloss, darüber nachzudenken, wenn Heinrich zurück wäre.

»Pater!«

Abel knurrte und drehte sich zur Seite.

»Pater, ich bins, Heinrich! Uffwache!«

Abel öffnete die Augen. Er musste blinzeln. Heinrich hielt ihm die Laterne direkt ins Gesicht. Abel richtete sich auf.

»Und?«

Heinrich hatte sich Zeit gelassen. Wahrscheinlich hatte er das ganze Geld auf den Kopf gehauen.

»War net so leicht neizukomme. En Venustempel, wie Ihr es gesacht habt. Abber von de bessere Sorte.« Heinrich schnalzte mit der Zunge.

»Die vermummten Gestalten, was hast du darüber erfahren?«

»Zuerst nix«, sagte Heinrich. »Is alles so fein und verschwieche. Aber dann hab ich's doch rausbekomme. Muss die Nimpfe schwer beeindruckt ham.«

»Zur Sache!«

»Also, die treffe sich dort so ziemlich regelmäßisch. Komme vermummt durch die Hinnertür und ziehn sich sofort ins Separee zurück. Erst später lasse se die Mädsche hole. Und genauso verschwinne se widder. Des Geld losse se efach uffem Tisch liesche.«

Abel rieb sich die Nase. Das war raffiniert. Für einen Außenstehenden sah es aus, als wollten die Maskierten wegen ihres Lasters nicht erkannt werden. In Wahrheit war der Besuch bei den Freudenmädchen nur Teil ihrer Tarnung.

»Und, die Namen? Hast du irgendeinen Namen gehört?«

Heinrich schüttelte den Kopf. »Abber es solle vornehme Herrn sein. Wenn auch elende Knicker.«

»Elende was?«

»Geizhäls halt, die keen Kreuzer zu viel gebbe.«

»Es waren also vornehme Herren?«

»Wundert mich net, bei dem Lade.«

Abels Gedanken rasten. Ein offensichtlich hochgestellter Mann, der eine Uniform trägt und dessen Frau Greta heißt, der sollte sich in Frankfurt finden lassen.

»Ich muss ins Kloster zurück«, sagte Abel. »Gut gemacht. Den Rest vom Geld kannst du behalten.«

XI

Der Ruf zur *laudes* ließ Abel hochfahren. Noch halb im Schlaf versuchte er sich zu erinnern, wo er war. Richtig, er hatte jetzt schon die dritte Nacht bei den Karmelitern verbracht, es war Freitag.

Auf dem Weg zur Kapelle gab Abel dem Prior zu verstehen, dass er ihn sprechen wollte. Die Mitbrüder hatten die Gottesdienste unter der Woche schon längst von der Klosterkirche in die *St. Anna-Kapelle* verlegt. Zu klein war ihre Schar für die Klosterkirche *St. Maria*, und nur noch wenige Katholiken aus der Stadt fanden frühmorgens den Weg dorthin.

Die Karmeliter sparten bei den Kerzen. Selbst der kleine Kapellenraum war nur spärlich beleuchtet. Durch die beiden Fenster sah Abel, wie der Morgen graute. Was von dem, das er letzte Nacht beobachtet hatte, sollte er dem Prior erzählen?

Nach der Messe blieb Rüdiger von Breitstein vor dem Gnadenbild der heiligen Anna knien. Abel wartete, bis die Brüder die Kapelle verlassen hatten. Dann kniete er neben dem Prior nieder.

»Ich bräuchte noch einmal Eure Hilfe.«

Der Prior wandte den Kopf. Aus kleinen, müden Augen blickte er Abel an.

»Ich habe drei Männer beobachtet. Gestern Nacht.«

Der Prior runzelte die Stirn.

»Männer in Masken«, schob Abel nach.

Rüdiger von Breitstein drehte sich ganz zu Abel hin. »Treiben sie ihr Unwesen jetzt schon in der Stadt?«

»Drüben in Sachsenhausen.«

»Sachsenhausen? Wo? Wann?«

Abel schwieg. Was sollte er dem Prior mitteilen?

»Es gibt da so ein anrüchiges Lokal«, sagte er. »Sie treffen sich dort jeden Donnerstag.«

»Die Gleichen, die Euch überfallen haben?«

»Ist es hier üblich, dass man sich nach Einbruch der Dunkelheit maskiert?«

»Natürlich nicht. Aber sagt, woher wisst Ihr das?«

Abel schaute geradeaus auf das Gnadenbild. »War mehr ein Zufall. Vielleicht auch ein Wink Gottes.«

»Und?« Aus dem Ton, mit dem Rüdiger von Breitstein fragte, schloss Abel, dass dieser ihm nicht glaubte.

»Habe sie natürlich nicht erkannt. Aber einer von ihnen trägt eine Uniform. Und seine Frau heißt Greta. Meint Ihr, Ihr könnt herausfinden, wer das ist?«

Der Prior blickte zu Boden und zog an seinem Bart. »Greta, sagtet Ihr?«

»Ja.«

»Seid Ihr sicher?«

Täuschte sich Abel oder war Rüdiger von Breitstein verwirrt?

»Es gibt viele Uniformträger in der Stadt, die verheiratet sind«, sagte der Prior.

»Unter den gemeinen Soldaten müsst Ihr nicht suchen.«

»Wer weiß noch davon?«

Abel überlegte kurz. »Niemand«, antwortete er.

Rüdiger von Breitstein hob den Kopf. »Mal sehen, was ich tun kann«, murmelte er.

»Wie lange?«

Der Prior schien ihn nicht gehört zu haben. Doch dann fragte er: »Habt Ihr etwas gesagt?«

»Wie lange es dauert, bis ich etwas von Euch höre, wollte ich wissen.«

»Wie lange? Nun ja …«

»Es ist Messe, ich weiß«, unterbrach ihn Abel. »Da dauert alles etwas länger.«

Der Prior lächelte. »Heute noch, denke ich.«

Abel dankte und stand auf. Auch von Breitstein erhob sich. Gemeinsam gingen sie ins *refectorium*, wo die Brüder bereits auf den Prior warteten.

Gleich nach dem Frühstück verließ Abel das Kloster. Die Stadt wurde mit jedem Tag voller. Als Abel an die Mainlände kam, sah er, wie die *Sancta Maria* bereits beladen wurde. Lastknechte wuchteten die Getreidesäcke von den Karren am Ufer auf ihre Schultern und trugen sie auf das Schiff. Heinrich gab ihnen Anweisungen und notierte die Menge. Jetzt ließ er einen Träger seine Last absetzen und öffnete den Sack. Er griff hinein, holte eine Handvoll Körner heraus und ließ sie durch die Finger rieseln. Dann nickte er dem Träger zu und ließ ihn den Sack wieder schließen. Abel dankte Gottfried für die Umsicht, mit der dieser den Schiffsknecht ausgesucht hatte. Er winkte Heinrich über das Gewimmel hinweg zu. Auf der Heimfahrt würde er ihn fragen, ob er auch weiterhin auf der *Sancta Maria* fahren wollte.

Für Abel grenzte es an ein Wunder, wie die Lastknechte das Getreide mit ihren zweirädrigen Karren durch die Menschenmenge heranschafften. Kaum war ein Karren geleert, stand schon der nächste bereit. Überhaupt war es ihm ein Rätsel, wie hier auf diesem überfüllten Flecken zwischen Mainufer und Stadtmauer alles wie die Rädchen bei einem Uhrwerk ineinanderzugreifen schien. Als gäbe es da jemanden, der über all dem Treiben stehen und alles lenken würde. Es konnte nur die über Jahrhunderte hinweg gesammelte Erfahrung sein, die jeden, vom gemeinen Laufburschen bis hin zu den Fuhrleuten und Händlern, wissen ließ, was er zu tun hatte.

Nachdem Abel nochmals Heinrich gewunken hatte, wandte er sich zum Gehen. Da tauchte ein paar Schritte weiter Olbort auf. Abel fiel ein, dass er noch den Prior über diesen Händler befragen wollte.

»Werde es mir künftig dreimal überlegen, mit Euch Geschäfte zu machen«, rief Olbort ihm entgegen.

»Warum?«, fragte Abel, nachdem dieser ihm die Hand gegeben hatte.

»Es soll bis auf Weiteres kein Schiff mehr von Mainz heraufkommen. Ist vorerst nur ein Gerücht, aber die Preise sind schon erheblich gestiegen.«

Abel unterdrückte ein Lächeln. »Kein Schiff mehr den Main herauf?«, fragte er.

»Der Schultheiß hat den Magistrat einberufen.«

»Ihr seid gut informiert.«

Olbort streckte sich. »Das gehört zum Geschäft.«

»Verstehe!«, sagte Abel.

»Euer Schiff wird heute noch voll. Wann legt Ihr ab?«

»Morgen oder übermorgen.«

»Übermorgen? Warum so spät?«

»Habe noch etwas zu erledigen.«

Olbort, der schon die ganze Zeit mit den Händen die Reverse seines Rockes umklammerte, begann auf den Zehenspitzen zu wippen. »Ihr denkt an meinen Käse und die Heringe? Ich stehe in dem Ruf, gute Ware zu liefern!«

Abel deutete auf die *Sancta Maria.* »Ich lasse die Planken wässern. Da bleibt alles schön kühl.«

»Trotzdem. Es geht auch um Pünktlichkeit. Habe nicht umsonst gutes Geld für den Transport bezahlt.«

Der Händler hatte recht. Auch hatte Olbort angedeutet, künftig verstärkt mit Abel Geschäfte machen zu wollen. Dennoch, Gottfried war Abel jetzt wichtiger.

»Vielleicht klappt's ja morgen.«

»Ich verlasse mich auf Euch.« Olbort tippte mit seinem rechten Zeigefinger mehrmals an Abels Brust. Dann fuhr er mit der Hand in seinen Rock. »Doch bevor Ihr abfahrt, ich habe da noch etwas für Euch«, sagte er und überreichte Abel ein Kärtchen.

»Eine Einladung? Für mich?« Abel drehte das Billett um. »Ein Schauspiel? Heute Abend?«

»Meine Frau und ich würden uns freuen, wenn Ihr der Einladung folgt.«

Abel wusste, dass zur Messezeit auch Schausteller die Stadt aufsuchten und allerlei Kunststücke darboten. Mädchen in kurzen Röcken tanzten über aufgespannte Seile, Gaukler verrenkten ihre Glieder und Spielleute unterhielten die Menge mit Musik. Nahezu an jeder Ecke liefen Bären auf Fässern, zogen dressierte Affen den Zuschauern die Mützen vom Kopf oder Menschen mit Zwergwuchs trieben ihre Späße. Auch ganze Trupps von Schauspielern fanden den Weg nach Frankfurt und ergötzten mit ihren Aufführungen das Publikum. Durfte er eine Einladung zu so etwas Lasterhaftem annehmen? Abel blickte in den Himmel.

»Olbort, versteht mich nicht falsch, aber ich war noch nie in einem Schauspiel.«

»Dann wird es höchste Zeit, mein lieber Freund. Ihr werdet begeistert sein.«

»Wo soll die Aufführung stattfinden?«

»Komödienhaus. Ich werde Euch die Kutsche schicken!«

Das wollte Abel auf keinen Fall. Im Kloster musste niemand davon wissen.

Er schaute noch einmal auf das Kärtchen: Götz von Berlichingen mit der eisernen Hand, aufgeführt von der Großmännischen Schauspieler-Gesellschaft, Beginn sechs Uhr. Ein Degenstück, dachte Abel und gab sich einen Ruck. »Werde rechtzeitig da sein.«

Olbort legte die Linke auf seinen Rücken und deutete eine Verbeugung an. »Dann bis heute Abend.«

Der Hunger trieb Abel zu Lisbeth. Vor ihrem Stand war es im Augenblick ruhig. Sie saß auf einem Schemel und döste.

Abel griff zu einem Löffel und schlug ihn gegen den Kessel. Lisbeth fuhr hoch.

»Gott, habbd Ihr mich erschreckt, Pater!«

Abel lächelte verlegen. »Konnte nicht anders, als ich Euch so dasitzen sah.«

»Recht so, Pater. Soll net so herumlungern.«

»So habe ich das nicht gemeint, Lisbeth. Aber jetzt, wo Ihr schon mal auf den Beinen seid ...« Abel lachte und deutete auf ein ausgehöhltes Brot. »Habt Mitleid mit einem hungrigen Mönchlein!«

Lisbeth lachte ebenfalls. »Brot un Eintopf hab ich, Pater, aber kaa Mitleid.« Die Frau füllte ein Brot und reichte es Abel. »Macht drei Kreuzer.«

Abel zog seine Hand zurück. »Drei Kreuzer? Gestern waren es noch zweieinhalb!«

»Die Preise ziehn an, Pater.«

»So! Also gut.« Abel suchte nach dem Geld und legte es auf den Tisch. Dann griff er nach dem Brot und hielt es sich unter die Nase. »Hm! Ihr seid wirklich eine wunderbare Köchin.« Abel begann zu löffeln. Nach einiger Zeit fragte er: »Sagt mal, Lisbeth, Ihr kennt Euch doch in der Stadt aus. Der Händler Olbort, sagt der Euch etwas?«

Lisbeth, die gerade Holz nachgelegt hatte, stützte ihre Hände in die Hüfte und richtete sich auf.

»Magistrat Olbort? Wer kennt den net? Will unser neuer Schultheiß wern.«

»Neuer Schultheiß?«

»Im Frühjahr wird gewählt.«

»Und? Wäre er ein guter Mann?«

Lisbeth blickte zum Himmel und überlegte. Dann schaute sie Abel verschmitzt an. »Noch e Mess wär gut. Abber des schafft niemand.«

Den Nachmittag verbrachte Abel damit, die letzten Besorgungen zu machen. Die Sporen für den Abt standen noch auf der Liste. Auch den Reis durfte er nicht vergessen. Was er bisher angeboten bekommen hatte, war minderwertige Ware. Den Folioband für Felix hätte er ebenfalls gerne mitgenommen. Von allen Mitbrüdern in der Amorbacher Abtei war ihm der kleine Bibliothekar der liebste. Hoffentlich wurde Prior Rüdiger noch fündig.

Abel erkundigte sich nach dem Weg zum Komödienhaus. Es lag an der Kleinen Allee, unweit der Hauptwache, und Abel nahm sich die Zeit, kurz vorbeizuschauen. Unschlüssig stand er vor dem Gebäude und musterte es. Gab es nicht immer wieder Streit um solche Theateraufführungen mit ihren anzüglichen, gotteslästerlichen oder aufrührerischen Anspielungen? Doch das Haus mit der schlichten Fassade aus massivem Stein und den zwei übereinanderliegenden Fensterreihen sah harmlos aus. Mehrere Karren standen auf dem Vorplatz. Hin und wieder ging die Tür auf und Handwerksburschen, wahrscheinlich Zimmerleute, gingen zu einem der Wagen, zogen ein Brett oder Kantholz hervor und verschwanden damit wieder im Haus. Aus der Töpfergasse kam ein Grüppchen auffällig gekleideter Menschen. Vier Männer, barhäuptig und mit bunt gestreiften Hosen, die Arme ungeniert um die Hüften ihrer Begleiterinnen gelegt, näherten sich. Die Frauen trugen große Hüte. Grell leuchteten ihre roten Lippen darunter hervor. Eine der Frauen musste bemerkt haben, dass Abel sie anstarrte. Keck warf sie ihr schwarzes Haar zurück und hielt seinem Blick stand. Abel drehte sich weg. Erst, als das Grüppchen im Komödienhaus verschwunden war, schaute er wieder hin. »Warum nicht?«, murmelte er und verwarf den Gedanken, die Einladung zurückzugeben.

Nach einer Ruhepause in seiner Klosterzelle machte Abel sich lange vor der verabredeten Zeit wieder auf den Weg zum Komödienhaus. Er wollte vermeiden, dass sein Gastgeber auf ihn warten musste. Fast wäre er zurückgeprallt, als er die Menge vor dem Theater erblickte. Geschnürte Damen mit hochgesteckten Frisuren drängten mit ihren Herren im Festtagsrock, die meisten mit Perücke, zum Eingang. Doch es schien nicht vorwärts zu gehen. Abel schaute an sich hinunter. Die Kutte würde Aufsehen erregen. Ein Pater im Komödienhaus! Da, die Frauen gleich vor ihm, starrten ihn diese nicht schon an?

Abel versuchte, über all die Hüte, Hauben und in die Höhe gereckten Schirmchen nach vorne zu schauen. Wie sollte er hier Olbort finden? Er beschloss zu warten, bis sich die Türen des Komödienhauses öffneten. Alles Weitere würde sich ergeben.

Immer mehr Menschen füllten den Platz, sodass sich Abel schon bald inmitten der Wartenden befand. Er schien der einzige ohne Begleitung zu sein. Freunde und Bekannte begrüßten sich, Unbekannte wurden vorgestellt und die gedämpften Stimmen erzeugten ein Surren, wie er es von den Bienenstöcken des Gärtners Bruder Barnabas kannte. Niemand mehr nahm in der Enge Notiz von ihm.

Plötzlich spürte er einen Zug an seinem Ärmel. Ein Bursche sprach ihn an.

»Seid Ihr Pater Abel?«

»Der bin ich.«

»Mein Herr schickt mich. Ihr sollt mitkommen.«

Ohne eine Antwort abzuwarten, drehte sich der Junge um und begann, sich durch die Menge zu drängen. Abel zögerte. Der Junge kehrte zurück, nahm ihn am Ärmel und zog ihn mit sich fort. Ständig stieß Abel jemanden an und musste sich entschuldigen. Bald schon senkte er den Kopf, um den bösen Blicken nicht standhalten zu müssen. Der Junge hielt auf die Häuserreihe zu, die den Platz vor dem Theater begrenzte.

Unvermittelt blieb der Junge stehen.

»Da seid Ihr ja!« Olbort begrüßte Abel mit ausgestreckten Armen. Er stand auf den Stufen eines Hauseingangs und beugte sich zu Abel hinunter. Schon befürchtete dieser, der

Händler würde ihn umarmen. Doch dann zog er die Arme zurück und neigte den Kopf zur Seite.

»Wilhelmine, meine Frau.«

Olborts Gattin, etwas größer als ihr Mann, hob die Nase, schaute über Abel hinweg und begann ihr Schirmchen zu drehen. Kurz überlegte Abel, ob er ihr die Hand küssen sollte. Doch dann sagte er nur: »Hocherfreut, gnädige Frau.«

Endlich nickte diese ihm zu. Abel löste den Blick von ihrem Dekolleté und schaute ihr ins Gesicht. Wangen und Doppelkinn zeugten davon, dass ihr Gemahl sie gut zu nähren wusste. Ihr Mund war ebenso rot geschminkt wie bei den Schauspielerinnen, die Abel mittags am Komödienhaus gesehen hatte.

»Mein Beileid.« Olbort kam die Stufe herunter und drückte Abel die Hand. Dieser schaute den Händler fragend an.

»Das mit Eurem Partner. Habe es erst heute Nachmittag erfahren.«

Abel schwieg.

»Wie ist es passiert?«

Abel musste schlucken. »Ein Überfall.«

»Das habe ich gehört. Aber wie?«

»Auf der Fahrt hierher.«

»Auf der Fahrt … Heißt das, Ihr seid auf dem Wasser …«

Abel nickte.

»Gott! Und, was habt Ihr unternommen?«

Abel streckte sich. Hatte Gott seine Gebete endlich erhört und schickte jetzt jemanden, der sich für Gottfrieds Schicksal interessierte? Was hatte Lisbeth gesagt? Olbort möchte Schultheiß werden. Er war also kein unbedeutender Mann in der Stadt. Sollte er ihn um Hilfe bitten?

Abel blickte Olbort an. »Ich war in der Hauptwache. Aber sie unternehmen nichts.«

»Sieht ihnen ähnlich. Sollte ich nächstes Jahr Schultheiß werden …«

»Johann Caspar, heute Abend nicht!« Wilhelmine drohte mit dem Schirmchen. »Außerdem können wir jetzt rein.«

Abel sah, dass die Türen des Komödienhauses offen standen und die Ersten hineindrängten. Olbort legte die Hand auf Abels Schulter und flüsterte ihm ins Ohr. »Wenn ich Euch irgendwie helfen kann, lasst es mich wissen.«

Jetzt waren sie im Gedränge. Von hinten wurde geschoben. Frau Olbort hatte ihren Gemahl am Ärmel gepackt und zog ihn mit sich. Abel war bemüht, an dessen Seite zu bleiben.

»Was wird eigentlich gespielt?«, fragte er, als die Bewegung in der Menge wieder einmal stockte. Er wusste nicht mehr so recht, was auf dem Billett stand.

Olbort wandte sich an seine Frau. »Wilhelmine, Liebling, was bekommen wir zu sehen?«

Die Frau hörte auf, ihr Schirmchen zu drehen. Ihr Dekolleté hob sich, als sie Luft holte.

»Johann Caspar, zum Donnerwetter. Wie oft soll ich es dir noch sagen?«

»Tut mit leid, Liebste. Muss so viel im Kopf haben.«

Wilhelmine blickte geradeaus. »Etwas von diesem Goethe, du weißt schon, der aus dem Großen Hirschgraben.« Olbort schaute auf Abel, als könnte dieser ihm helfen. Dann hellte sich sein Gesicht auf. »War Schultheiß Textor nicht dessen Oheim?«

»Großvadder, net Oheim, du Dappes.«

»Götz von Berlichingen mit der eisernen Faust«, sagte ein Mädchen neben ihnen.

Frau Olbort sah das Mädchen an. Ihre Nasenflügel bebten. Dann stieß sie diesem ihr Schirmchen vor die Brust. »Rotznaas, sprich, wenn du gefragt wirst.«

»Wilhelmine, komm!« Vor ihnen hatte sich eine kleine Lücke gebildet und Olbort zog seine Gattin fort. Diese hob den Kopf, schniefte und begann im Davonstapfen, wieder ihr Schirmchen zu drehen.

XII

Abel musste aufpassen, die Olborts nicht zu verlieren. Am Eingang schob sich eine Gruppe fein gekleideter Bürger vor ihn. Eine Dame aus dem Pulk gebrauchte sogar den Ellenbogen. Abel ließ sich seinen Ärger nicht anmerken und lächelte. Im Treppenhaus sah er die Olborts wieder. Sein Gastgeber gab ihm einen Wink. »Unsere Loge ist oben.« Abel folgte ihm die Treppe hoch. Nach ein paar Stufen blieb Frau Olbort stehen. Sie atmete schwer. Johann Caspar Olbort stellte sich neben seine Gattin und grüßte jeden, der vorbeikam. Nach einer Weile hatte sie sich erholt und sie gingen weiter.

Olbort winkte einem Mann in Livree und zeigte ihm sein Billett. Der Diener machte eine Verbeugung und schritt voran. Dann öffnete er eine Tür und ließ sie in den Zuschauerraum eintreten. Gedämpftes Licht empfing sie. Die Stühle in der Loge schienen bereits alle belegt. Doch dann bemerkte Abel, dass in der ersten Reihe noch Plätze frei waren. Sie drängten sich nach vorne, während Olbort erneut nach allen Seiten grüßte.

Als sie ihre Stühle erreicht hatten, konnte Abel in den Saal sehen. Staunend blieb er stehen. Der Zuschauerraum war als Oval gebaut, viel größer, als es von außen zu vermuten war. An den Seiten war er begrenzt von vier übereinanderliegenden Reihen mit Logen und schloss zur Bühne mit einem roten Vorhang ab. Abel beugte sich über die Brüstung. Sie befanden sich in der dritten Etage. Der Raum wurde von einem großen Kronleuchter illuminiert. Deutlich traten hierbei auch die

Stuckornamente an den Decken und Wänden hervor. Abel musste an seinen Amorbacher Klosterbau denken. Dort waren die Handwerker gerade dabei, den Abteisaal zu verzieren. Auch da sollten Stuckfelder die Wandflächen gliedern. Freilich war hier alles größer und höher. Abel nahm sich vor, den Raum vor seiner Abreise noch einmal in Ruhe anzuschauen.

Abel beobachtete, wie unter ihm im Parkett die Zuschauer nach den noch freien Plätzen auf den Bänken drängten.

»Wollt Ihr Euch nicht setzen?« Olbort deutete auf einen Stuhl. Dankend nahm Abel an. Zu spät merkte er, dass er so zwischen dem Ehepaar zu sitzen kam. Die Stühle standen so eng, dass man sich berührte. Ein süßlicher Duft stieg Abel in die Nase, das Parfüm von Frau Olbort. Abel vermied es, tief einzuatmen.

Olbort beugte sich zu ihm hin. »Wisst Ihr jetzt, wann Ihr ablegen wollt?«

Abel wiegte den Kopf hin und her.

»Ihr denkt daran, Ihr habt Käse und Fisch geladen!«

Abel nickte.

»Wenn es wegen der Sache mit Eurem Partner ist, müsst Ihr nicht länger bleiben. Ich kann mich hier gerne für Euch verwenden.«

Abel horchte auf. »Was könntet Ihr für mich tun?«

»Nun ja, ich kenne so manchen in der Stadt. Und man kennt auch mich. Außerdem werde ich bald …«

Olbort unterbrach den Satz und stand auf. In die Loge gegenüber war Bewegung gekommen. Man erhob sich und ließ ein älteres Paar durch. Der Ehemann schob seine massige Gestalt nach vorne. Im Schimmer des Kronleuchters erkannte Abel, dass dieser eine Uniform trug. Olbort wartete einen Augenblick, bis der Offizier gegenüber ihn bemerkt hatte. Dann verbeugte er sich leicht und wartete wieder. Erst nachdem der Offizier die Begrüßung erwidert hatte, setzte er sich.

»Laubheimer, der Stadtkommandant«, flüsterte Olbort.

»Mit seiner Frau Greta. Will sich wohl höchstpersönlich davon überzeugen, dass die Auflagen der Stadt eingehalten werden.«

»Auflagen?«, fragte Abel.

»Keine Anzüglichkeiten. Vor allem nicht gegen die Obrigkeit. Bei diesen Schauspielern weiß man nie. Aber es geht wohl auch um mich.«

»Um Euch?«

Olbort hob den Kopf ein wenig und zeigte mit dem Kinn hinüber zu dem Stadtkommandanten. »Er kann gut mit dem Schultheiß. Beiden missfällt meine Umtriebigkeit. Habe dieses Haus ein wenig unterstützt.« Olbort rieb Daumen und Zeigefinger aneinander.

»Die Frau an seiner Seite, wie sagtet Ihr, heißt sie?«

Olbort schaute zu Abel hin. »Ihr interessiert Euch für die Frau des Stadtkommandanten?«

Abel spürte, wie er rot wurde. »Nein, keinesfalls«, sagte er und bemühte sich, möglichst beiläufig zu klingen. »Mir scheint nur, ich wäre ihr schon einmal begegnet.« Olbort schaute hinüber zu der Loge. »So, meint Ihr. Greta Laubheimer mischt sich eigentlich nur selten unter die Leute.«

In diesem Augenblick läutete eine Glocke. Olbort stieß ihn an und deutete nach vorne. Erst jetzt nahm Abel das Bild wahr, das den Vorhang schmückte. In der weiblichen Gestalt mit dem weißen Gewand und dem Freiheitshut auf dem Haupt erkannte er die Schutzgöttin der Stadt. Ihr zu Füßen saß der silberne Adler, den Frankfurt in seinem Wappen führte. Aber das Bild verschwand, der Vorhang ging auf.

Man sah in eine Dorfschänke. Zwei Bauernburschen saßen an einem Tisch, die Hände an ihren Bechern. Hinter ihnen, an einem weiteren Tisch, waren im Halbdunkel zwei Reiter zu erkennen. Am linken Rand spülte der Wirt Gläser.

»Hänsel, noch ein Glas Branntwein. Und mess christlich!«, rief einer der Burschen.

»Du bist ein Nimmersatt.«

»Erzähl das noch einmal, von dem Berlichingen«, sagte der zweite gedämpft zu dem Wirt, doch so, dass die beiden Reiter ihn hören mussten. »Die Kerle dort hinten sollen sich ärgern.«

Der Wirt grinste und begann zu erzählen. Doch bald schon sprang einer der Reiter auf.

»Ich glaube, Ihr sucht Händel.«

Der erste Bursche antwortete: »Kümmert Euch um Eure Sachen. Ihr habt an unserem Tisch nichts verloren.«

Der Reiter stürzte nach vorne und haute dem Burschen eins hinter die Ohren.

»Schlagt den Hund tot!«, brüllte sein Kumpan.

Der Wirt ging dazwischen und riss die Streithähne auseinander.

Wilhelmine Olbort wedelte mit ihrem Fächer. Abel wurde das Atmen schwer. Er wandte sich ab und sah hinüber zum Stadtkommandanten und dessen Frau. War es diese, von der gestern Abend in Sachsenhausen die Rede gewesen war? Das würde auch erklären, warum die Wachen am Brückenturm ihm nicht verraten hatten, wer vor ihm den Durchgang passierte. Laubheimer war deren Kommandant. Dann versuchte Abel sich vorzustellen, wie diese füllige Gestalt sich über das Freibord auf die *Sancta Maria* schwang.

»Gefällt es Euch?« Olbort schien sich nicht sonderlich für das Stück zu interessieren. Mal wackelte er mit dem Kopf, mal versuchte er, über die Balustrade nach unten zu blicken, mal rieb er sich das Handgelenk oder kratzte sich am Kopf.

Abel nickte.

Ein Raunen ging durch den Saal. Abel schaute wieder zur Bühne. Die Szene hatte sich geändert. Ein Ritter im Harnisch, den Helm unter dem rechten Arm, trat auf. »Wo meine Knechte bleiben!«, rief er aus. »Auf und ab muss ich gehen, sonst übermannt mich der Schlaf. Fünf Tage und Nächte schon auf der Lauer.«

Olbort stieß Abel erneut an. »Ist er das?«

»Wer?«

»Der Götz?«

»Ich kenne das Stück nicht.«

»Da, schaut, seine rechte Hand.«

Abel beugte sich vor. »Sie scheint aus Eisen zu sein.«

Ein Mönch betrat die Bühne. Vergeblich versuchte Abel, anhand der Kutte den Orden des Bruders zu erkennen.

»Ehrwürdiger Vater, guten Abend. Woher so spät?«, fragte Götz.

»Dank Euch, edler Herr«, entgegnete der Mönch. »Doch ich bin nur ein demütiger Bruder. Nennt mich Martin.«

Götz bot dem Klosterbruder Wein an, es entstand ein Gespräch, der Bruder erkannte in dem Geharnischten den Ritter Götz von Berlichingen und lobte ihn für seine Taten.

Abel wusste nicht so recht, was er von all dem halten sollte. Er schien sich umsonst Sorgen vor einem lasterhaften Stück gemacht zu haben. Auch der Stadtkommandant dürfte bis jetzt keinen Grund zur Klage haben. Abel schaute wieder hinüber zu Laubheimer. Ihre Blicke begegneten sich. Beobachtete ihn der Offizier? Abel schaute zurück zur Bühne. Es war schwer vorstellbar, dass der Stadtkommandant an dem Überfall beteiligt war. Eher würde von der Statur schon dessen Leutnant Weidenweber passen. Ja, warum eigentlich nicht Weidenweber? Abel grübelte. Diesen Weidenweber konnte man sich gut im schwarzen Umhang vorstellen. Jung, drahtig, forsch wäre er die ideale Besetzung für ein Überfallkommando. Abel versuchte, sich an die Stimme des Anführers zu erinnern. So viel stand fest: Weidenweber und der Anführer sprachen in leichter Frankfurter Mundart. Hatte sich Weidenweber bei ihrem gemeinsamen Ritt nach Oberrad nicht auffällig zurückgehalten, als es darum ging, den Ort des Überfalls zu bestimmen? Im Nachhinein konnte man es so deuten, als hätte Weidenweber darauf gehofft, er, Abel, würde sich für eine Stelle jenseits der Stadtgrenze entscheiden.

Auf der Bühne war heftiges Gepolter. Abel schaute nicht hin. Wenn Weidenweber an dem Überfall beteiligt gewesen war, wenn der Kommandant mit darin verwickelt war, und wenn selbst der Kerzenmeister seiner Zunft nicht traute, dann hatte die Bande ihre Verbindungen überall in der Stadt.

Abel wischte sich den Schweiß von der Stirn. Hatte er überhaupt die Möglichkeit, etwas zu erreichen? Immerhin stand jetzt fest, dass sich der Überfall auf städtischem Gebiet ereignet hatte. Vielleicht sollte er es dabei belassen, einen Juristen zu beauftragen, von der Stadt Schadensersatz für Gottfrieds Tod zu fordern. Schließlich galt der Geleitschutz auch für den Wasserweg. Die Witwe konnte jeden Kreuzer gebrauchen.

Abel schüttelte den Kopf. Nein, das war keine Lösung. Er wollte ja die *Sancta Maria* weiterhin nach Frankfurt fahren lassen. Und er war, ebenso wie Gottfried, nicht bereit, den Erpressern auch nur einen einzigen Kreuzer zu zahlen. Den Kerlen musste das Handwerk gelegt werden. Er würde mit Olbort darüber reden. Wenn sie künftig gemeinsame Geschäfte machen wollten, wäre dies auch in dessen Interesse. Und sollte Olbort wirklich Schultheiß werden, könnte dieser sicherlich mehr bewirken als die Verbindungen des Priors.

Abel hörte eine helle Stimme. Er schaute wieder zur Bühne. Zwei Frauen und ein Junge saßen in einer Stube beisammen. Abel erkannte die Schwarzhaarige vom Nachmittag. Er vergaß den Überfall, Olbort und das Parfüm von dessen Gattin.

»Ich bitte dich, liebe Tante, erzähl mir das noch einmal von dem frommen Kind. Es ist gar zu schön«, bettelte der Junge.

»Erzähl du mir's, kleiner Schelm, da will ich hören, ob du achtgibst«, erwiderte die Schwarzhaarige. Was für eine Stimme, dachte Abel.

Olbort tippte Abel an. Dieser tat, als hätte er es nicht bemerkt.

Da zog ihn der Händler an der Kutte. »Ihr habt mir noch nicht erzählt, wie genau das mit dem Überfall war.«

Abel wandte ein wenig den Kopf. »Ging alles blitzschnell.«
»Wie schnell?«, flüsterte Olbort.
Abel riss sich von der Schauspielerin los. »Die Kerle kamen wie aus dem Nichts.«
»Würdet Ihr sie wiedererkennen?«
»Sie trugen Masken.«
»Verstehe.«
»Psst!«
Abel drehte sich um. Eine Frau hinter ihnen warf ihnen böse Blicke zu.
Abel beugte sich zu Olbort hin. »Sie wollten kein Geld! Hatten es nur auf meinen Partner abgesehen.«
»Eine private Abrechnung?«
Abel stutzte. Daran hatte er noch nicht gedacht. Konnte es sein, dass sich Gottfried auf einer seiner früheren Fahrten etwas hatte zuschulden kommen lassen? Er schaute zur Decke.
»Möglich«, sagte er und setzte sich wieder gerade.
Auf der Bühne war die Schwarzhaarige mit einem Mann alleine. Maria hieß sie, wie Abel inzwischen wusste.
»Ihr liebt mich, sagt Ihr. Ich glaub es gerne und hoffe, mit Euch glücklich zu sein und Euch glücklich zu machen.«
Abel versuchte zu verstehen, worum es ging.
»Ich fühle nichts, als nur dass ich ganz dein bin.«
Der Mann umarmte Maria. Ein Seufzen ging durch die Reihen.
»Ich bitte Euch, lasst mich. Einen Kuss hab ich Euch zum Gottspfennig erlaubt; Ihr scheinet aber schon von dem Besitz nehmen zu wollen, was nur unter Bedingungen Euer ist.«
Olbort näherte sich Abels Ohr. »Egal, warum der Überfall stattgefunden hat, wenn ich Schultheiß werden sollte, werde ich alles daran setzen, dass solche Vorkommnisse …«
Patsch! Die Frau hinter ihnen hatte ihren Fächer Olbort auf den Kopf geschlagen. Dieser zog den Kopf ein wenig ein und schaute, scheinbar gespannt, auf die Bühne.

Dann betrat der Ritter Götz wieder die Szene. Abel gab es auf, dem Stück zu folgen. Er dachte darüber nach, wie er feststellen könnte, ob Weidenweber als Mittäter bei dem Überfall in Frage kam. Könnte er dies nachweisen, würde er den Prior ein letztes Mal bitten, ihm Zugang zu dessen Helfer zu verschaffen. Wüsste dieser keinen Rat, würde er sich Olbort anvertrauen. Dieser schien ihm wohlgesonnen. Er würde auch mit dem Kerzenmeister reden. Über seine Nachforschungen sollte er diesem sowieso berichten. Langsam reifte in ihm ein Plan.

Dann nahm ihn das Stück doch noch einmal gefangen. Soldaten und Ritter erschienen, im Hintergrund loderte Feuer. Die Theatermaler hatten ganze Arbeit geleistet. Dann, mitten in dem Tumult, erschien Götz und rief seinem Knappen zu: »Geschwind zu Pferde, Georg, ich sehe Miltenberg brennen. Halten sie so den Vertrag? Reit hin und sag ihnen die Meinung. Die Mordbrenner! Ich sage mich von ihnen los.«

Abel wusste, nicht nur Miltenberg, auch die Amorbacher Abtei und die Burg Wildenberg wurden damals im Bauernkrieg von den Aufständischen überfallen.

Viel zu schnell war das Stück dann zu Ende. Der Mann, der Maria umworben hatte, heiratete doch eine andere. Aber sein Weib setzte ihm Hörner auf und vergiftete ihn am Ende sogar. Abel sah dies mit Genugtuung. Götz, der Anführer der Aufständischen, wurde von kaiserlichen Truppen gefangen und in Heilbronn in den Turm geworfen.

Hier hätte sich Abel einen anderen Schluss gewünscht. Als sich der Vorhang schloss, stand er im Gegensatz zu den anderen Zuschauern zögerlich auf und klatschte auch nur verhalten Beifall.

Dann wollte er keine Zeit mehr verlieren. Er bedankte sich bei den Olborts, schlug eine Einladung zu einem Imbiss aus und beeilte sich, an die Mainlände zu kommen. Dort versuchte Heinrich gerade, den Bettler mit den Krücken zu vertreiben.

Abel ging auf diesen zu. »Willst du dir etwas verdienen?«

Der Mann zog seine Lumpen vor der Brust zusammen und schaute Abel an.

»Fünf Kreuzer, wenn du für zwei Stunden auf das Schiff aufpasst.« Abel zeigte auf die *Sancta Maria.*

»Pater!«, rief Heinrich.

»Lass nur. Ich weiß, was ich mache. Also, was ist?«

»Zehn Kreuzer«, sagte der Bettler.

»Sieben. Und etwas zu essen.«

Der Bettler nickte und hielt die Hand auf.

Abel lachte. »Erst, wenn ich zurück bin. Heinrich, komm!«

Abel ging mit dem Schiffsknecht an Bord. »Ich brauche dich«, sagte er und schloss die Tür der Kajüte.

»Es muss unter uns bleiben«, begann Abel und erklärte, was er vorhatte. Heinrich grinste. »Wird gemacht, Pater.«

»Dann, auf in die Stadt«, sagte Abel und holte ein Päckchen Tabak aus seinen Einkäufen.

Noch bevor sie den Platz vor der Hauptwache erreichten, trennten sie sich. Abel ging voraus, direkt auf den Eingang des Gebäudes zu. Wie bei seinem ersten Besuch vor drei Tagen saßen drei Soldaten am Tisch und würfelten. Der Rothaarige war nicht darunter, aber ein anderer kam Abel von seinem letzten Vorsprechen bekannt vor.

Abel fragte ihn: »Das Protokoll? Ist es fertig?«

Der Soldat hob den Kopf. »Welches Protokoll?«

»Meine Anzeige vom Dienstag.«

»Waas net.«

»Leutnant Weidenweber, ist der hier?«

»Unnerwegs.«

Abel war erleichtert. Das vereinfachte sein Vorhaben. Schon seit seinem Eintritt versuchte er, sich unauffällig umzusehen. Irgendwo musste hier der Wachplan zu finden sein.

»Also, wo ist es?«

Draußen wurde gegrölt.

»Kommt später noch emal.«

»Ich will das Protokoll jetzt!«

Abel hörte Heinrich ein unflätiges Lied anstimmen.

Der Wachsoldat warf die Würfel auf den Tisch und schob den Stuhl zurück. »Erstens waas ich nix von em Protokoll, und zwaddens, wenn ich was wüsst …«

Vor der Tür wurde jetzt richtig geschrien. Der Soldat schaute seine Kameraden an. »Guckt emal nach, was da los is!«

Abel senkte den Kopf und verbarg ein Lächeln. Der Soldat lauschte nach draußen.

»Aufhören!« Das war einer der Soldaten, die nach draußen gegangen waren.

Abel kramte den Tabak aus seiner Tasche. »Hier«, sagte er und reichte ihn dem Soldaten, »für den Herrn Leutnant.«

»He! Pfote weg von meiner Uniform!« Draußen schien ein Gerangel im Gange zu sein.

»Moment«, sagte der Soldat. »Bin glei wieder da.« Er ließ Abel stehen und verschwand durch die Tür. Abel suchte erneut die Wände ab. Nichts! Auch auf dem Tisch lag nichts außer dem Würfelspiel. Er nahm die Laterne vom Tisch und ging zur Tür, die in die Stube des Leutnants führte. Auch jetzt sah er, wie beim Besuch zuvor, nur den Schreibtisch und den Stadtplan an der Wand. Er blickte zurück zur Tür, die sich langsam schloss. In der Türnische, die sie freigab, hing eine Tafel. Abel machte einen Schritt darauf zu. Es war der Wachplan.

Er fuhr mit dem Zeigefinger über die Zeilen. Die Tage waren in drei Wachen eingeteilt. Wo war der vergangene Dienstag? Hier! Abel wusste nicht genau, wann der Überfall stattgefunden hatte. Als sie Frankfurt erreicht hatten, war die Sonne schon untergegangen. Mithin hatte er den Überfall spätestens gegen neun Uhr abends gemeldet. Da war Weidenweber in der Wache gewesen. Hier! Um zwölf Uhr mittags war Wachenwechsel. Die Nachmittagswache ging bis acht Uhr abends. Weidenweber war nicht eingetragen. Doch hier stand er. Ab acht Uhr bis vier Uhr in der Frühe. Abel dachte nach. Das war machbar, so schnell, wie die Täter mit ihrem Boot ruderten.

Plötzlich wurde die Tür aufgestoßen. Beinahe wäre sie Abel an die Nase geknallt.

»Versoffenes Pack!« Der Wachsoldat, den Abel angesprochen hatte, stürmte ins Leutnantszimmer. »Was soll des? Was macht Ihr da?«

Abel zeigte ihm das Tabakpäckchen. »Wollte es gerade auf den Schreibtisch des Leutnants legen.«

»Gebt her!« Der Soldat griff nach dem Päckchen und schob Abel in die Wachstube zurück. Seine beiden Kameraden standen am Tisch und richteten ihre Uniform.

»Wann, sagtet Ihr, ist der Herr Leutnant zurück?«

»Ich waas es net!«, schrie der Soldat mit rotem Gesicht.

Abel hob die Hände und verließ grußlos den Raum.

Wie verabredet traf er Heinrich an der Katharinenpforte. Dieser hielt sich das Kinn. »Verdammt harter Schlag, der Kerl«, meinte er.

»Lass sehen!«

Abel tastete die Stelle ab. »Scheint nichts gebrochen zu sein«, sagte er nach einer Weile. Dann musste er lachen. »Du warst hervorragend.«

»Un Ihr?«, fragte Heinrich.

Abel holte Luft. »Es wäre möglich. Weidenweber könnte an dem Überfall beteiligt gewesen sein.«

»Un, wie gehts weiter?«

»Der Prior muss veranlassen, dass Weidenweber befragt wird.«

»Hilft uns abber jetzt net viel, odder?«

Abel zog die Schultern hoch. »Wir werden sehen. Den Versuch ist es jedenfalls wert.«

XIII

Schweigend gingen Abel und Heinrich durch die Stadt. Als sie das Ende der Buchgasse erreicht hatten, bemerkte Abel, dass er zu weit mitgegangen war. Er griff in seine Tasche und gab Heinrich eine Handvoll Kreuzer. »Hier, das Auslassgeld und der Lohn für den Bettler. Und gib ihm was zu essen!« Dann bog er Richtung Karmeliterkloster in die Mainzer Gasse ein. Er sehnte sich nach seinem Bett.

Die Buden rechts und links der Straße waren mit Läden verschlossen oder leer. Wenige Stunden noch und die ersten Händler würden schon wieder einräumen. Zwei Betrunkene torkelten an ihm vorüber. Morgen ist schon Samstag, dachte Abel. Das Schiff war voll beladen und Olbort drängte. Eigentlich müssten sie ablegen, sonst kämen sie vor Montag nicht mehr aus der Stadt. Aber Gottfried war noch nicht beerdigt. Und was er in Miltenberg Gottfrieds Witwe über dessen Tod sagen sollte, wusste er immer noch nicht.

Ein Schrei ließ Abel herumfahren. Wo kam der her? Erneut wurde geschrien, hoch und lange. Es musste eine Frau sein. Die beiden Betrunkenen waren verschwunden. Abel schaute die Gasse entlang. Von dort vorne mussten die Schreie gekommen sein. Die Häuser waren im Erdgeschoss dunkel. Abel erinnerte sich, dass sie meist als Werkstätten oder Lager genutzt wurden. Nur in den oberen Stockwerken brannte hinter einigen Fenstern Licht. Hier, in der Nähe des Mains, wohnten viele Fischer und Schiffer. Diese mussten früh aus den Betten. Abel ging weiter. Aus einem Haus auf der linken Seite der Gasse vernahm er ein Wimmern. Er ging darauf zu. Die Fensterläden waren geschlossen. Doch dahinter schimmerte es. Abel spähte durch den Laden. Eine Frau im Nachthemd stand mit dem Rücken zu ihm vor dem Fenster. Sie hatte die Hände vor das Gesicht geschlagen, das Haar fiel ihr über die Schultern. Sie war es, die wimmerte. Abel drückte das Ohr an den Fensterladen. Aber er konnte nichts verstehen.

Er ging weiter zur Haustür. Diese war nur angelehnt. »Heda?« Abel traute sich nicht, laut zu rufen. Er vernahm nur unterdrücktes Stöhnen. Aus einer halb offenen Tür fiel im Gang Licht auf den Boden.

»Heda, ist da wer?« Abel hörte, dass etwas gerückt wurde.

»Wer da?« Die Stimme aus dem Zimmer klang ängstlich.

»Pater Abel. Braucht Ihr Hilfe?«

Nach einer Weile kam die Antwort: »Geht!«

Abel drückte die Zimmertür auf.

»Ihr sollt gehen!«, sagte eine Männerstimme.

Die Frau stieß Abel zur Seite und rannte aus dem Zimmer. Abel sah kurz ihr verheultes Gesicht.

Er trat ein. Der niedrige Raum war nur spärlich von einer Laterne beleuchtet. Überall hingen Reusen und Fischernetze, dazwischen lag Brennholz und in einer Ecke stand eine Kiste mit Kartoffeln. Davor saß ein Mann, auf einen Hackklotz gekrümmt, die rechte Hand in ein Tuch gewickelt. Mit der anderen wischte er die Haare aus dem Gesicht. Seine Augen waren gerötet. Mit zusammengepressten Lippen starrte er Abel an.

»Braucht Ihr wirklich keine Hilfe?«

Der Fischer zog die umwickelte Hand an seinen Körper und stützte sie mit der linken ab. »Ich brauche keinen Pfaffen!« Dann schaute er zu Boden. »Und einen katholischen schon gar nicht.«

Die Frau kehrte zurück. Sie hatte einen Kittel übergezogen und ein Kopftuch aufgesetzt. Sie hielt eine Schüssel in ihrer Hand und zitterte. Bereitwillig ließ sie sich diese von Abel abnehmen. Als Abel sich dem Mann näherte, sah er den dunklen Fleck am Boden — und mittendrin einen Finger.

Abel schluckte. Er ahnte, was passiert war. Doch sogleich wunderte er sich. Werden auch die Fischer erpresst? »Zeigt her!«, sagte er.

Aber der Mann wich zurück.

»So lasst Euch doch helfen!« Abel griff nach der umwickelten Hand.

Zögerlich gab der Mann nach. Mit spitzen Fingern packte Abel das Tuch an den Ecken und schlug es auf. Der Verletzte biss die Zähne zusammen und schaute zur Decke. Abel hatte den Anblick erwartet, musste sich aber dennoch wegdrehen. Dann gab er sich einen Ruck.

»Tut es sehr weh?«

Der Mann stöhnte.

Abel warf erneut einen Blick auf die Hand. Aus dem Stummel floss Blut.

»Der Finger muss versorgt werden.«

Die Frau holte ein Taschentuch hervor und schnäuzte sich.

Abel fragte sie: »Was ist? Worauf wartet Ihr noch?«

»Einen Physikus können wir uns nicht leisten.«

Abel wandte sich ihrem Mann zu. Der hielt den Kopf gesenkt und schwieg.

»Mutter?«

Alle Blicke gingen zur Tür. Wie Orgelpfeifen standen dort ein Bub und zwei Mädchen. Barfuß und in geflickten Hemden schauten sie verstört in das Zimmer.

Die Frau steckte das Schnäuztuch weg. »Geht wieder ins Bett. Ist alles in Ordnung.«

Das größte der Kinder, ein Junge von vielleicht zehn Jahren, starrte auf den Boden. Als der Vater dies bemerkte, stellte er seinen Fuß auf den Blutfleck. »Tut, was die Mutter sagt!«

»Geht jetzt, Kinder!« Die Frau ging zur Tür und schob die Kleinen nach draußen.

Abel zog eine Kiste heran und setzte sich zu dem Mann. »Wie heißt Ihr?«

Dieser drehte den Kopf weg.

»Hört, ich will Euch helfen.«

»Landgreber.«

»Landgreber, Ihr braucht einen Physikus.«

»Habt Ihr nicht gehört, was meine Frau gesagt hat?«

Abel stand auf. »Wo wohnt der Physikus?«

»Er wird nicht kommen. Er weiß, dass wir kein Geld haben.« Die Frau stand wieder in der Stube. »Als unser Jüngstes die Blattern hatte, ist er auch nicht gekommen.«

Abel kramte in seiner Tasche und holte zwei Gulden hervor. »Hier, das sollte reichen.«

Die Frau schaute auf das Geld in Abels Hand. »Das … das geht nicht.«

»Wieso geht das nicht?«

»Wir können es nicht zurückzahlen.«

»Sollt ihr auch nicht. Hier, nehmt es und holt Hilfe!«

Als die Frau sich nicht rührte, ging Abel auf sie zu und drückte ihr die Gulden in die Hand. »Wollt Ihr, dass Euer Mann verblutet?«

Die Frau fuhr sich mit dem Handrücken über die Augen und verließ das Zimmer.

Abel setzte sich wieder.

»Ihr seid Fischer?«

Der Mann verneinte. »Schiffer.«

Abel drehte sich nach den Reusen und Netzen um.

»Gibt immer weniger Fische. Habe im Frühjahr ein Schiff gekauft.«

»Und jetzt werdet Ihr erpresst!«

Landgreber drehte den Kopf zur Seite.

»Von wem?«

Der Mann schwieg weiter.

»Ihr könnt reden. Mir geht es ähnlich.«

»Ihr? Ihr werdet erpresst?« Landgreber hatte sich wieder umgedreht.

»Genau genommen mein Partner. Jetzt ist er tot.«

Landgreber riss die Augen auf. »Ihr seid das!«

»Ja, ich bin das. Also, was ist, habt Ihr sie erkannt?«

»Ihr kennt das ja. Es waren zwei. Sie waren maskiert. Niemand weiß, wer hinter der Verkleidung steckt.«

»Wie viel wollten sie?«

Der Mann rutschte auf dem Hackklotz hin und her.

»Wie viel?«

»Ich darf nichts sagen.«

Abel beugte sich zu Landgreber hin. »Kennt Ihr das Beichtgeheimnis bei uns Katholischen?«

Der Mann brummte.

»Also.« Abel legte den Zeigefinger auf den Mund. »Ich werde schweigen. Wie ein Grab.«

»Fünfundzwanzig Gulden.«

»Fünfundzwanzig?« Abel stieß die Luft aus. Den Ochsenknechten seiner Abtei zahlte er einen Jahreslohn von dreißig Gulden.

Landgreber wischte sich die Augen. »Wir brauchen jeden Kreuzer, die Schulden für das Schiff zurückzuzahlen.«

»Und sie haben nicht mit sich reden lassen?«

Der Schiffer schüttelte den Kopf. »Sie waren schon zum zweiten Mal hier. Beim dritten Mal wird es nicht bei einem Finger bleiben, haben sie gesagt.«

»Sie wollen wiederkommen?«

»Zwei Tage haben sie mir gegeben.«

»Wir müssen sie anzeigen.«

Landgreber fuhr hoch. Das blutige Tuch fiel zu Boden. »Nichts werde ich tun. Und Ihr auch nicht. Ihr habt versprochen zu schweigen!«

Abel stand auf und drückte Landgreber wieder auf seinen Platz. »Was wollt Ihr sonst tun?«

»Wenn ich sie verrate, wird das die ganze Familie zu spüren bekommen. Ich werde das Schiff wieder verkaufen.«

»So schnell lässt sich kein Schiff verkaufen.«

»Habe mich schon umgehört. Magistrat Olbort hat mir ein Angebot gemacht.«

»Der Olbort, der Schultheiß werden will?«

Landgreber nickte.

»Und?« Abel rieb Daumen und Zeigefinger aufeinander.

»Ich werde Geld verlieren. Wer kauft schon ein Schiff in solchen Zeiten?«

Von draußen hörte Abel Stimmen. Dann sah er Landgrebers Frau und hinter ihr einen Mann mit schwarzem Rock und schwarzem Hut. Deutlich hob sich sein weißer Bart von der dunklen Kleidung ab. Der Physikus zog den Hut vom Kopf und trat ein. Abel stand auf und machte ihm Platz.

Der Physikus stellte seine Tasche auf die Kiste. Dann griff er nach der verletzten Hand. »Zeigt her!«

Landgreber schrie auf.

»Also beim Hammelschlachten ist das passiert?«

»Das Vieh hat sich gewehrt. Da ist sein Messer abgerutscht und ratsch …« Die Frau begann zu weinen.

»Solltet lieber bei Euren Fischen bleiben, Landgreber!«, sagte der Physikus und begann, in seiner Tasche zu wühlen. Weder er noch die Landgrebers nahmen wahr, wie Abel den Kopf zum Gruß neigte und das Zimmer verließ.

Draußen blieb Abel stehen und blickte die Gasse entlang. Er dachte an die beiden Männer, die vorhin an ihm vorbeigeschwankt waren. Waren das wirklich Betrunkene gewesen? Die Gasse war dunkel und er hatte nicht genau hingeschaut. Konnte es sein, dass die beiden schwarze Umhänge getragen hatten? Abel rieb sich das Kinn. Vorhin, als er in der Wache war, hatte er Weidenweber nicht angetroffen. Wenn dieser zu der Erpresserbande gehörte, könnte er doch einer der beiden Täter gewesen sein. Und wenn Weidenweber so dreist war, sein Unwesen sogar während des Wachdienstes zu treiben, dann musste er wirklich Deckung von ganz oben haben. Abel beschloss, noch einmal zur Hauptwache zu gehen. Er wollte wissen, ob der Leutnant inzwischen zurück war.

Diesmal unterbrachen die Wachen das Spiel nicht. »Is drin«, sagte der Soldat, den Abel bereits kannte, und zeigte mit seinem Kinn zur Tür. Abel klopfte und trat ein. Weidenweber saß auf seinem Stuhl, die Füße auf dem Tisch, und schmauchte.

»Von Euch?«, fragte er und deutete auf das Päckchen, das Abel für ihn dagelassen hatte.

Abel schaute sich um. Nirgends war ein Umhang zu sehen. »Nur eine kleine Gefälligkeit«, gab er zur Antwort.

»Aber Ihr seid net gekomme, um zu schaue, ob es mir schmeckt!«

»Das Protokoll! Ich will es endlich unterschreiben.«

»Net nödisch.«

»Wie, nicht nötig?«

Der Leutnant nahm die Füße vom Tisch. »Seht, Pater, ich hab den Vorfall weitergemeldet, wie es sich gehört. Man wird tun, was nödisch is.«

»Und die Sache mit Oberrad? Wie steht es da?«

Weidenweber zuckte mit den Achseln. »Is ebenfalls weitergemeldet.«

Abel stellte sich direkt vor den Leutnant und schaute ihm in die Augen. »Ist das alles?«

Weidenweber nahm die Pfeife aus dem Mund. »Was soll ich Eurer Meinung nach noch tun?«

»Wenn Ihr es nicht wisst!«

»Lassen wir das, Pater. Ich muss jetzt weg, mei Runde mache.«

»Ihr seid zu spät.«

»Wie meinen?« Weidenweber zog wieder an seiner Pfeife und paffte eine Wolke in den Raum.

Abel hätte sich am liebsten geohrfeigt. Dem Kerl verraten,

dass er ihn beinahe ertappt hätte, war das Letzte, was er wollte. »Ach nichts!«, presste er hervor.

»Was is, Pater? Erst gackern, dann des Ei net lesche wolle?«

»Ich bin keine Henne.« Abel hatte lauter geantwortet, als er eigentlich wollte.

»Des is kei Antwort!«

»Eine Schlägerei, hier vor der Wache. Vorhin. Fragt Eure Männer.« Abel drehte sich um und verschwand grußlos.

Als Abel die Münzgasse erreicht hatte, hatte er sich wieder beruhigt. Er musste mehrmals klopfen, bevor der Bruder Pförtner ihm öffnete.

»Tut mir leid, Gangolf. Ist spät geworden.«

Der Bruder ließ sich nichts anmerken. »Man hat nach Euch gefragt, Herr Cellerar.«

»Der Prior? Das ist gut. Wollte ihn sowieso sprechen.«

»Nicht der Prior. Erst ein Mann und dann noch ein Mann und eine Frau.«

»Ein Mann und noch ein Mann und eine Frau? Seid Ihr sicher?«

Bruder Gangolf schien gekränkt. »Ich mag ja schlecht sehen, Herr Cellerar. Aber gut hören tu ich wohl.«

Abel ging auf den Bruder zu und nahm ihn am Arm. »Entschuldigt, Gangolf, ich bin ein wenig durcheinander.«

»Er stellte sich als Herr Fecher vor.«

Abel hatte den Kerzenmeister ganz vergessen. »Und?«

»Er meldet sich wieder.«

»Und der andere Mann mit der Frau?«

»Sein Name war Gutekunst. Soll ausrichten, dass sie im *Römischen Kaiser* logieren.«

Abel stieß den Bruder von sich. »Lothar? Warum sagt Ihr das nicht gleich? Und die Frau, hieß sie Marie?«

»Hat sich nicht vorgestellt.«

Abel nickte. »Wo sagtet Ihr, sind sie abgestiegen?«

»Im *Römischen Kaiser*.« Gangolf deutete Richtung Großer

Hirschgraben. »Die Straße hier hoch und dann auf Höhe der Zeil …«

»Danke, Gangolf, ich weiß.« Plötzlich spürte Abel keine Müdigkeit mehr. Aber für einen Besuch dort, jetzt noch in der Nacht, war es zu spät. Aber morgen, gleich in der Frühe, würde er die beiden aufsuchen. Was mochte sie veranlasst haben, nach Frankfurt zu kommen?

Dann wandte er sich an Gangolf: »Sagt, Bruder, meint Ihr, der Prior wäre noch zu sprechen?«

Der Pförtner schüttelte den Kopf.

»Und Bruder Culinarius?« Abel verspürte plötzlich Hunger. Und Lust auf einen Schluck Wein hatte er auch.

»Ich werde nach ihm suchen. Geht schon mal in die Küche voran.« Gangolf griff in die Brusttasche seiner Kutte, holte einen Kerzenstummel hervor, zündete diesen an seiner Laterne an und gab ihn Abel. »Aufpassen!«, sagte er und lächelte. »In den Gängen zieht's!«

Abel nickte, hielt seine freie Hand schützend vor die Flamme und machte sich auf zur Küche. Dass der Tag so endete! Morgen würde er Marie sehen. Aber zuvor würde er mit dem Prior reden und ihm von dem Überfall auf Landgreber berichten. Und er würde darauf bestehen, dass dieser den Namen seines großen Unbekannten preisgab. Er hatte einen Plan, doch für dessen Umsetzung brauchte er Hilfe.

Der Prior hatte verfügt, dass Gottfried zwischen *laudes* und *prima* beerdigt werden sollte. Abel hatte ein schlechtes Gewissen, weil er während der Zeremonie öfter an Marie als an den verstorbenen Partner dachte. Erst als Gottfrieds Leichnam ins Grab gesenkt wurde, kamen ihm die Tränen.

Beim Frühstück fehlte Rüdiger von Breitstein. Missmutig löffelte Abel seine Suppe. Nach dem Frühstück fragte er Bruder Gangolf nach dem Verbleib des Priors. Doch dieser konnte ihm keine Auskunft geben. Abel durchstreifte die Gänge in der Hoffnung, der Prior wäre dort aufzufinden. Im Kreuzgang bei den Wandgemälden blieb er vor dem Bild mit der Anbetung der Heiligen Drei Könige stehen. Aber seine Gedanken waren woanders. Mal dachte er an Marie, dann wieder an Gottfrieds Tod. Er wusste nicht weiter. Es gab da eine Verbrecherbande, die die Schiffer erpresste und auch Gottfried auf dem Gewissen hatte. Daran beteiligt waren, so wie es aussah, Leute aus den höchsten Kreisen. Möglicherweise wusste er jetzt, wo sie verkehrten und ihre Pläne schmiedeten. Einen Anführer kannte er vielleicht sogar mit Namen. Auch wenn, mit Ausnahme des Kerzenmeisters, alle so taten, als gäbe es die Erpressungen nicht, so waren doch die Beweise nicht aus der Welt zu schaffen: Gottfrieds Leiche, die abgehackten Finger einiger Schiffer. Aber was sagten diese aus? Den Stadtkommandanten überführen konnte er damit nicht. Und dass eine Befragung Weidenwebers viel bringen würde, glaubte er auch nicht. Die Schiffer könnte man vorladen, aber selbst, wenn sie reden würden, mehr als die Erpressungen könnten sie nicht bestätigen.

Abel starrte auf die Könige aus dem Morgenland.

Die Kerle auf frischer Tat ertappen, das wäre es. Genau das würde er dem Prior und seinem geheimen Helfer vorschlagen. Er hatte auch schon eine Vorstellung, wie dies gelingen könnte.

Abel war wieder an der Pförtnerloge angelangt. »Ihr wisst wirklich nicht, wo der Prior ist?«

Bruder Gangolf schüttelte den Kopf.

»Und wann er zurückkommt, wisst Ihr auch nicht?«

Wieder Kopfschütteln.

»Hört, Bruder, ich muss in die Stadt. Richtet dem Prior aus, ich muss ihn unbedingt sprechen. Ich werde um die Mittagszeit wieder hier sein.«

Abel drückte dem Pförtner die Hand, dann verließ er das Kloster.

XIV

Abel lief die Zeil entlang. Obwohl dies die breiteste Straße der Stadt war und der Tag noch nicht richtig begonnen hatte, musste er sich immer wieder vor Fuhrwerken und Kutschen in Acht nehmen. Der *Römische Kaiser* befand sich an der Ecke zur Schäfergasse. Das Gasthaus zählte zu den vornehmsten Herbergen der Stadt und war zweifelsohne das berühmteste. Hier logierten während ihrer Krönungsfeierlichkeiten die Kaiser des Heiligen Römischen Reiches Deutscher Nation samt Hofstaat. Wie es sich für eine Fürstenherberge gehörte, war das Gebäude aus massivem Stein errichtet. Die Lisenen, die mannshohen Fenster und der gewaltige dreieckige Fries über dem Portal gaben ihm ein beinahe schlossähnliches Aussehen.

Abel schaute hoch zu dem Balkon in der ersten Etage und versuchte sich vorzustellen, wie dort die Kaiser mit ihrem Gefolge standen und sich vom Volk huldigen ließen. Dass Lothar und Marie hier überhaupt noch Unterkunft bekommen hatten!

Abel durchschritt das Portal. Es blieb keine Zeit, sich umzusehen. Das Klappern von Wagenrädern verriet ihm, dass sich eine Kutsche näherte. Er sprang auf die unterste Stufe der Treppe, die auf halber Höhe des Durchgangs in das Hauptgebäude führte. Durch das Glas in der Tür sah er in den Speisesaal. Die Kutsche sauste vorüber. Abel schüttelte den Kopf. Wenigstens hier hätte er weniger Hast erwartet.

Abel ging die Stufen hoch. Er trat in den Saal und hielt inne. Die Lüster und der Stuck an der Decke, die Bilder gekrönter Häupter an den Wänden, die mit strahlend weißen Decken überzogenen Tische, alles sah sehr festlich aus. Der Saal war nur mäßig besetzt. Entweder standen die hier wohnenden Herrschaften später auf oder sie gingen bereits ihren Geschäften nach. Abel schaute über die wenigen Gäste, konnte aber weder Lothar noch Marie entdecken. Er hielt einen livrierten Diener am Ärmel fest.

»Gott zum Gruß!« Abel hatte den Diener beim Auftragen gestört. Hastig versuchte dieser, das Tablett auf seinem rechten Arm auszubalancieren. »Ihr wünscht?«

»Ich bin Pater Abel und suche den Kaufmann Gutekunst.«

Der Livrierte schaute an Abel herunter. »Seid Ihr ein Gast des Hauses?«

»Nein. Aber …«

»Seht Ihr nicht, dass ich zu tun habe?«

»Ich suche nur meinen Freund, der gestern hier mit seiner Tochter abgestiegen ist. Sagt mir, wo ich ihn finde und Ihr habt mich los.«

»Bin ich Jesus?«

Abel glaubte, sich verhört zu haben.

»Nein, seid Ihr nicht«, erwiderte er, um Fassung bemüht.

»Fragt dort drüben«, sagte der Diener und ließ Abel stehen.

In einer Nische stand ein zweiter Saaldiener und polierte Gläser. Abel ging zu ihm hin und stellte erneut seine Frage.

»Sofort, mein Herr.« Der Mann legte Tuch und Glas ab, drehte sich um und schlug ein Buch auf. »Wie war der Name?«

»Gutekunst.«

»Gutekunst, Gutekunst. Hier. Gutekunst Lothar und Marie. Zimmer Siebenundzwanzig.«

»Vergelts Gott.« Abel klopfte dreimal auf die Theke und verließ den Saal.

»Zweite Etage«, rief ihm der Diener nach.

Bestimmt ist Marie wegen mir nach Frankfurt gekommen, sagte sich Abel, als er, zwei Stufen auf einmal nehmend, die Treppe hocheilte. Er würde es ihr danken und sich Zeit für sie nehmen. Vor der Tür mit der Nummer 27 blieb er stehen und lauschte. Ihre Stimme war nicht zu hören. Er holte Luft und klopfte an. Nichts! Auch auf ein wiederholtes Pochen blieb es ruhig. Abel nahm die Klinke in die Hand und drückte sie nieder. Die Tür war verschlossen. Er trat einen Schritt zurück und schaute zur Nummer. Siebenundzwanzig, so hatte es doch der Diener gesagt! Unschlüssig blickte er sich um. Dann machte er kehrt und ging nach unten in den Saal.

»Siebenundzwanzig, natürlich«, sagte der Diener, nachdem er nochmals einen Blick in das Buch geworfen hatte.

»Beide zusammen in einem Zimmer?«

»Es war unser letztes, mein Herr. Wahrscheinlich das letzte in der ganzen Stadt.«

»Wann sind sie gegangen?«

Der Diener schlug das Buch zu. »Viele verlassen das Haus, ohne dass wir es merken.«

Abel murmelte ein »Danke« und ging.

Nachdem er den *Römischen Kaiser* verlassen hatte, lief Abel zunächst ziellos die Zeil entlang. Wenn Marie und Lothar in der Stadt unterwegs waren, wäre es reiner Zufall, sie zu finden. Doch bestimmt würden auch sie ihn suchen. »Die *Sancta Maria*«, murmelte Abel. Sie sind bestimmt zuerst zum Schiff gegangen. Auch wenn sie dort nicht auf ihn warteten, würden sie Heinrich ausrichten, wo er sie treffen könnte.

Abel sah die Turmspitze der Bornheimer Pforte. Von dort führte die Fahrgasse direkt zum Main. Er eilte durch die Krämerbuden. Inzwischen hatten Lothar und Marie bestimmt vom Tod Gottfrieds erfahren. Abel hoffte insgeheim, diese Nachricht würde das Gemüt Maries nicht zu sehr belasten. Er hatte schon einen Plan, wie er mit ihr den Nachmittag verbringen wollte. Doch was sollte er solange mit Lothar machen? Abel schob die Hände in die Ärmel seiner Kutte. Es war deutlich kühler als die letzten Tage. Das ist gut für die Ladung der *Sancta Maria,* dachte Abel. Dann hellte sich sein Gesicht auf.

Lothar war über sechzig, und wenn es kalt war, plagte ihn das Zipperlein. Vielleicht ließ er sich überreden, in seinem Zimmer zu bleiben.

Von Weitem schon sah er sie. Marie saß auf einem Fass am Ufer und schaukelte mit den Beinen. Etwas abseits von ihr kauerte der Bettler am Boden, den sie wohl nicht mehr loswerden würden. Lothar stand mit Heinrich am Fallreep und beobachtete das Treiben an der Mainlände. Abel näherte sich Marie unbemerkt und stupste ihr mit dem Zeigefinger in die Seite.

»Hee!«, rief sie, sprang vom Fass und holte mit der Rechten aus. Als sie aber sah, wer sie so erschreckt hatte, schrie sie vor Freude auf. »Du!« Dann warf sie sich ihm an den Hals. Doch noch bevor Abel ihre Hüfte fassen konnte, ließ sie wieder ab, trat einen Schritt zurück und machte einen Knicks.

Abel lachte. »Marie, lass das!« Dann ergriff er ihre Hände. Sie blickten sich an. Abel versuchte, das Zittern in seinen Armen zu unterdrücken.

»Da bist du ja!« Lothars Ruf ließ die beiden aufschrecken. Abel gab Marie frei und ging auf den Freund zu. »Was für eine Überraschung. Ihr beide hier in Frankfurt!«

Lothar breitete die Hände aus und schaute mit Unschuldsmiene auf Abel. Dann zeigte er auf Marie. »Sie wollte unbedingt einmal die Messe erleben.«

»Warum seid ihr nicht gleich mit uns mitgefahren?«

»Frag sie selbst. Ich glaube, sie wollte dich überraschen.«

Abel spürte, wie es ihm warm wurde. Dann senkte er die Stimme. »Weißt du es schon?«, fragte er den Freund. Der wies mit dem Kinn hinüber zu Heinrich. »Er hat es mir gesagt.«

»Und Marie?«

»Sie ist ein tapferes Mädchen.«

Abel nickte.

»Du gehst der Sache nach, haben sie gesagt.« Marie hatte sich inzwischen neben sie gestellt.

»Ja. Aber ich komme nicht so recht vorwärts.« Abel nahm

Marie rechts und Lothar links unter den Armen und führte sie ein Stück vom Schiff weg. Dann begann er zu berichten.

»Ich werde dir helfen«, sagte Marie, nachdem Abel geendet hatte.

»Du! Wie?« Lothar schaute Marie streng an. »Kommt nicht in Frage. Zu gefährlich!«

»Wenn schon!« Marie stampfte mit dem Fuß.

Abel schwieg. Insgeheim gab er Lothar recht, stattdessen aber fragte er ihn: »Was machen deine Knochen, alter Freund?«

»Gut. Warum?«

»Äh … ich wollte Marie die Stadt zeigen.«

»Ich komme mit, ist doch klar.«

»Aber es wird anstrengend. So voll wie heuer, glaube ich, war es hier noch nie.«

Lothar lachte und klopfte Abel auf die Schulter. »Keine Sorge, lieber Abel. Ich schaffe das!«

Abel verzog den Mund. »Also dann! Aber ich habe unterwegs noch einiges zu besorgen.«

»Ich auch, ich auch.«

Marie hüpfte vor Freude. Dann hakte sie sich zwischen Abel und ihrem Vater unter. Zusammen steuerten sie auf das Fahrtor zu.

»Den Dom besuchen wir ein andermal«, sagte Lothar zu Marie, als sie den Platz mit den Garküchen erreicht hatten. »Aber die Buden am Pfarreisen, die dürften dich interessieren.« Sie hatten sich wieder getrennt, weil ein Durchkommen anders nicht möglich war. Lothar steuerte in dem Gewühl dahin, wo sich die Krämerstände aneinanderdrängten.

»Halt, Papa! Nicht so schnell!« Marie war an einem Stand stehen geblieben. Ein Mann mit struppigem weißem Haar und rotem Gesicht sprach sie an. »Briefpapier, gnädiges Fräulein, gefälligst?« Er nahm einen Bogen aus der Auslage und hielt ihn Marie hin. »Allerfeinstes Papier. Blütenweiß, wie Ihr seht. Oder hier, mit bunten Vögeln, gefälligst?« Der Verkäufer griff nach einem weiteren Papier. Dann sah er Abel. »Aha, der Herr Pater. Bestimmt seid Ihr auf der Suche nach Pergament.« Abel lächelte und schüttelte den Kopf. »Aber Tinte für die Schreibstube? Oder Schreibzeug? Hier, die besten Federn der Stadt, gefälligst.« Er reichte Abel ein Kästchen voller Schreibfedern. Doch dieser schüttelte erneut den Kopf. Abel hatte bemerkt, dass sich Marie ernsthaft für das Papier interessierte. Auch der Verkäufer hatte dies gesehen und ließ von Abel ab.

»Extra fein, wie gesagt. Und makellos. Eines wie das andere.« Der Händler reichte Marie weitere Bögen. Auch Lothar hatte einen Bogen ergriffen und hielt ihn gegen das Licht. »Sie lernt bei den Franziskanern nicht nur das Orgelspiel, sondern auch das Notenschreiben. Komponiert schon selber kleine Stücke«, sagte der Freund. Abel verspürte einen Stich. Warum erzählte Marie ihm so etwas nicht? Er schaute ihr über die Schulter. »Wenn du willst, nimm dir das Papier«, sagte er zu Marie. »Geht heute auf meine Rechnung.«

Marie drehte den Kopf und lächelte. »Danke!«

»Die Herrschaften gehören zusammen?« Abel entging der Unterton des Händlers nicht. Marie schien es zu gefallen.

»Zwanzig Bögen«, sagte sie und wippte dabei mit der Hüfte. »Aber bitte gut einpacken!«

»Was wirst du darauf schreiben?«, fragte Abel, als sie weitergingen.

»Ich? Das bring ich Pater Gabriel mit.«

Abel schluckte. »Dein Musiklehrer?«, fragte er nach einer kurzen Pause.

»Ja!«

Für einen Augenblick versank die Welt um Abel. Maries Stimme holte ihn zurück. »Was ist, kommst du nicht mit?« Marie und Lothar waren schon weitergegangen. Abel schloss schweigend zu ihnen auf. Ohne die Richtung zu achten, ging er neben ihnen her.

»Du denkst an Gottfried, stimmt's?« Marie griff nach seiner

Hand. Abel ließ es widerstandslos geschehen. »Wie kommst du darauf?«, fragte er.

»Du siehst so traurig aus.«

Abel biss sich auf die Lippen und drehte den Kopf weg.

Nach einiger Zeit merkte Abel, wie Marie darauf achtete, dass ihr Vater immer einige Schritte voraus war. Das stimmte ihn wieder etwas versöhnlicher. Sie näherten sich dem Liebfrauenberg. Lothar wandte sich um. »Schau, Marie, da vorne, der *Braunfels*, von dem ich dir erzählt habe.«

»Wir kommen!«

Sie schoben sich weiter durch die Menge.

»Das war lieb von dir, das mit dem Papier«, sagte Marie nach einer Weile, streckte sich und gab Abel einen Kuss auf die Wange.

Abel ließ sich von Marie weiterziehen. Auch er wollte schon immer einmal das bekannte Warenhaus besuchen.

»Die Börse«, sagte Lothar und zeigte durch die Einfahrt in den Hof. »Hier findet ihr die Söhne Israels friedlich mit den Söhnen Luthers und Calvins vereint. Ihr gemeinsamer Gott ist das Geld.«

Abel sah bärtige Alte mit schwarzen Hüten, beleibte Kaufleute mit pelzbesetzten Mantelkrägen und schmalbrüstige Bankiers in goldfädendurchwirkten Westen. Er versuchte hinzuhören. »Amsterdam!«, wurde gerufen. »Kurz Amsterdam!«, »Lang London!«, schallte es zurück und »Zwei Quart, drei Quart!« kam es aus der anderen Ecke.

»Wie weiland Babylon!«, murmelte Abel und folgte Lothar und Marie die Stufen hoch ins Haus.

Das Gedränge nahm zu. Hier handelte eine Kauffrau mit Schuhen aus Paris, dort eine mit dänischen Strickwaren. Gleich daneben war ein Stand mit Ölen und Pomaden aus Italien. Marie ließ es sich nicht nehmen, an dem einen oder anderen Flakon zu riechen. Abel blieb bei dem englischen Reitzeug stehen. Aber die Sporen waren ihm zu teuer. Er verlor

Lothar und Marie aus den Augen und musste eine Weile nach ihnen suchen. An einem Seifenstand fand er beide wieder. »Originalseifen von Johnstone«, schrie der Verkäufer und behauptete, dass sie die Schönheit bis ins späte Alter erhalten würden. Abel beobachtete Marie, wie sie eine Seife nach der anderen in die Hand nahm und daran roch. Dann schien sie sich entschieden zu haben. Sie erkundigte sich nach dem Preis und wollte ihren Vater um Geld bitten. Doch Lothar war schon weitergegangen. Marie zuckte mit den Achseln, lächelte den Verkäufer an und legte die Seife zurück. Abel wartete noch einen Augenblick, dann trat er an den Stand und griff nach der Seife, die Marie zuletzt in der Hand gehalten hatte. Der Verkäufer schaute kurz auf Abel. Wieder so einer, der nichts kauft, sagte sein Blick. Abel schnupperte an der Seife. Sein Gesicht entspannte sich. Sandelholz!

»Bitte einpacken«, sagte er zu dem Verkäufer und griff nach dem Geld in seiner Tasche.

In diesem Augenblick drehte sich Marie um und winkte ihm. »Legt sie zurück«, sagte Abel. »Ich hole sie später.«

Abel winkte Marie ebenfalls und schob sich durch die Menge zu ihr hin. Ungeniert griff sie nach seiner Hand. Ihre Augen glänzten.

»So viele schöne Sachen«, sagte sie. »Hast du da vorne die Taufgarderobe gesehen?«

Abel schüttelte den Kopf.

»Weißt du, dass ich mir viele Kinder wünsche?«

Abel wurde rot. »Das hat aber noch Zeit!«

»Viele in meinem Alter sind schon Mutter.«

»Und müssen jetzt schön zu Hause bleiben, und können nicht auf die Messe!« Marie dachte nach.

Dann fragte sie: »Wo ist eigentlich Papa?«

Sie fanden Lothar bei den Uhren.

»Wir müssen ihn weglocken«, flüsterte Marie. »Jedes Jahr bringt er mindestens eine neue Uhr ins Haus.«

Abel sah einen Bauchredner mit einem bunten Stoffpapagei an der Wand lehnen. Er ging auf diesen zu, drückte ihm ein paar Kreuzer in die Hand und zeigte auf Lothar. »Wenn du es schaffst, dass er die Uhren vergisst, gibt es das Gleiche noch mal.«

Der Gaukler nickte, steckte den Papagei auf seine rechte Hand und trat hinter Lothar.

»He Alter!«, krächzte der Papagei.

Lothar wandte den Kopf.

»Kaufst du mir eine Uhr?«

Lothar starrte den Vogel an. Die Leute blieben stehen.

»Kaufen, kaufen, kaufen!«, krächzte es weiter.

Vergebens versuchte der Händler, den Bauchredner zu verjagen. Doch der Papagei war hartnäckig. Marie amüsierte sich und lachte laut. Auch Lothar hatte Spaß an dem sprechenden Vogel und ließ sich von ihm in ein Gespräch verwickeln. Inzwischen hatte sich eine Menschentraube um Lothar und den Gaukler gebildet. Und Lothar vergaß tatsächlich die Uhren.

Am Kornmarkt erfuhr Abel, dass die schlechte Qualität des Reises geblieben, der Preis aber gestiegen war.

»Wird nicht besser werden«, sagte der Händler. »Vorerst jedenfalls nicht.«

»Warum?«

»In Mainz liegen die Schiffer mit den Amsterdamer Händlern im Streit. Kommt nichts mehr durch.«

Ein Lächeln huschte über Abels Gesicht. »So Gott will, wird sich dieses Problem sicher bald lösen.«

Der Händler hob nur die Schultern.

An einem Stand am Rossmarkt fand Abel preiswerte Sporen. Er beauftragte den Verkäufer, sie zur *Sancta Maria* bringen zu lassen. Abel fiel auf, dass Marie immer stiller geworden war. Daher schlug er vor, zum Römerberg zurückzugehen. Unter den Arkaden des Rathauses gab es Dinge, die Frauenherzen höher schlagen ließen. Sie betraten den Platz von der Kräme her. Wenn es in Frankfurt so etwas wie ein Zentrum des Markttreibens gab, dann war es hier. Marie versuchte, über die Menschenmenge zu schauen. Ihr Blick ging am Justitiabrunnen vorbei hinüber zur Nikolaikirche.

»Und wo ist jetzt dieser Römer?«, fragte sie.

»Hier, rechts«, antwortete Abel und deutete auf die drei stattlichen Gebäude mit den Treppengiebeln.

»Dann lasst uns nicht warten«, sagte Marie, nahm Abel bei der Hand und zog ihn mit sich. Abel genoss es, von Marie geführt zu werden. Mehrmals verloren sie Lothar aus den Augen. Als sie unter den Arkaden vor einem Modemagazin standen, nahm Abel seinen ganzen Mut zusammen. »Nachts ist alles noch viel interessanter«, sagte er.

Marie wandte den Kopf und schaute Abel an. »So!«, sagte sie und lächelte.

Abel räusperte sich. »Also, wenn du willst, ich würde dich herumführen. Alleine!«

Marie presste die Lippen zusammen und blickte zu Boden. Einige Schritte weiter drehte sie den Kopf erneut zur Seite und flüsterte. »Papa will immer früh ins Bett. Ich könnte es vielleicht einrichten …«

»Gut. Bei Einbruch der Dunkelheit hole ich dich ab.« Auch Abel hatte die Stimme gesenkt.

Marie schüttelte den Kopf. »Nein, nicht abholen. Ich weiß nicht, wann er einschläft. Ich komme zu dir. Auf das Schiff.«

»Marie!« Abel blickte zu Lothar. Der war an einem Stand mit Schnupftabaksdosen stehen geblieben. »Das geht nicht, Marie. Ein Mädchen, nachts alleine durch die Stadt!«

»Ich glaube, dort gibt's Uhren.« Lothar hatte sich zwischen die beiden gedrängt und nach vorne gezeigt.

»Ein andermal, Papa.« Marie nahm ihren Vater am Arm und zog ihn nach draußen.

Als sie wieder auf der Straße standen, klopfte jemand Abel auf die Schulter.

XV

Abel drehte sich um. Zwei Messewachen standen hinter ihm.

»Seid Ihr Pater Abel?«, fragte der eine Soldat.

»Warum?«

»Ihr sollt mitkomme.«

»Ich? Wer sagt das?«

Die Wache neigte den Kopf. »Net so laut, Pater.«

»Wohin soll ich mitkommen?«

»Zur Wache.«

»Und was soll ich dort?«

»Wir ham den Auftrag, Euch mitzunehme, wenn mer Euch sehe. Mehr wisse mir net.«

»Hat das nicht Zeit?« Es ging sicherlich um den Überfall. Eigentlich war Abel froh, dass sich endlich etwas tat. Aber ausgerechnet jetzt …

»Pater, Ihr müsst!«

Abel sah, wie Marie zur Seite blickte. »Kann sie mit?«, fragte er die Wache. Der Soldat wiegte den Kopf hin und her.

Marie legte ihre Hand auf Abels Arm. »Ist gut. Geh nur.«

»Wirklich? Marie, du musst nicht alleine …«

»Lass nur, Papa ist ja auch noch da.«

Abel senkte die Stimme. »Du bleibst dabei und willst alleine zum Schiff kommen?«

Marie nickte. Abel sah ihr an, dass er sie nicht umstimmen konnte. »Dann, los!«, sagte er zu den Wachsoldaten.

Diese gingen Abel bis zur Hauptwache voran. Doch sie führten ihn nicht durch die Tür, die Abel schon kannte, sondern durch eine zweite daneben. Dahinter lag ein kleiner Raum, von dem weitere Türen abgingen. Eine Holzbank an der Wand war die einzige Einrichtung.

»Bitte warten«, sagte der eine Soldat, ging zu einer gegenüber gelegenen Tür und klopfte.

»Ja!«

Der Wachsoldat gab Abel ein Zeichen, öffnete und ließ ihn eintreten. Er selbst blieb draußen und zog die Tür wieder zu.

Alles hätte Abel erwartet, nur das nicht. Vor ihm, an einem großen Tisch, saß Laubheimer, der Kommandant. Abel erkannte ihn sofort, obwohl dieser den Kopf über einen Stapel Papiere beugte. Als Laubheimer Abel bemerkte, stand er auf.

»Aha, der Herr Pater … äh …?«

»Abel. Aus Amorbach.«

»Richtig. Benediktiner, stimmt's?«

Abel wich zurück. Einem, der möglicherweise Schuld an Gottfrieds Tod hatte, würde er nicht die Hand geben.

»Prior Rüdiger hat mir von Euch erzählt und Eurem …«, Laubheimer räusperte sich, »… sagen wir Schicksal.«

Was nichts Neues für dich war, dachte sich Abel. Doch dann biss er sich auf die Unterlippe. War der Kommandant jener Helfer, dem sich Prior Rüdiger anvertraut hatte?

Laubheimer ging nun mit ausgestreckter Hand auf Abel zu. »Mein aufrichtiges Beileid, Pater. Und mein allergrößtes Bedauern über die …, sagen wir, widrigen Umstände, die Ihr in unserer Stadt habt erfahren müssen.«

Abel ergriff zögerlich die Hand des Stadtkommandanten. »Prior Rüdiger hat Euch von mir berichtet?«

»Aber ja!«

»Ihr wisst also schon eine Weile von dem Überfall?«

»Sicher!«

»Und Ihr habt nichts unternommen?«

Der Kommandant kreuzte die Hände hinter dem Rücken und ging wieder zu seinem Tisch. »Pater, ich verstehe Eure Ungeduld«, sagte er. »Aber so ist es nicht. Immerhin habe ich veranlasst, dass Leutnant Weidenweber mit Euch …«

»Ach Ihr wart das!«

»Ja, ich war das.« Auf dem Tisch stand ein Globus. Laubheimer begann, ihn zu drehen.

»Und weiter?«

»Wie, weiter?«

»Ist das alles? Was habt Ihr bisher erreicht? Wer ist schuld am Tod meines Partners? Wie helft Ihr den Schiffern?«

Laubheimer gab dem Globus einen Stoß. Quietschend drehte sich die Kugel mehrmals um ihre Achse und blieb dann stehen. »Ich habe erst von Prior Rüdiger erfahren, dass Ihr überfallen worden seid. Ich habe umgehend den Schultheiß unterrichtet. Wir waren uns einig, keinen Staub aufzuwirbeln, solange Messe ist. Aber wir wollten die Zeit trotzdem nutzen und dem Vorfall mit aller Sorgfalt nachgehen.«

Abel verzog den Mund. »Ihr habt mich noch nicht einmal befragt.«

Laubheimer schaute ihn an. »Wir wollten Euch heraushalten. Diese Leute sind gefährlich. Ihr habt's doch erfahren. Außerdem haben wir Weidenwebers Bericht.« Der Kommandant begann umherzugehen. »Und mit den Schiffern haben wir ein Problem«, fuhr er fort. »Wir wissen zwar, dass sie erpresst werden, aber mehr nicht. Kein Schiffer hat bisher Anzeige erstattet, keiner ist bereit, mit uns zu reden. Selbst der Zunftmeister hält sich bedeckt. Die haben alle Angst. Wir wollten den Eindruck vermeiden, wir würden uns um die Auswärtigen mehr kümmern als um die eigenen Leute.«

Lügner, dachte Abel.

»Die Kerle auf frischer Tat erwischen, das wär's«, fuhr Laubheimer fort. »Aber das will bedacht sein. Wir können nicht alle Schiffer gleichzeitig überwachen. Und schon gar nicht während der Messe. Das fällt auf und schafft Unruhe. Von den vielen Wachen, die dazu nötig wären, ganz zu schweigen.«

Der Kommandant hegt den gleichen Plan wie ich, dachte sich Abel. Jedenfalls tut er so. Aber bestimmt würde er dafür sorgen, dass die Kerle rechtzeitig gewarnt werden.

Laubheimer machte einen Schritt auf Abel zu. »Pater, was ist gestern Abend in der Mainzer Gasse passiert?«

Tu nicht so, dachte Abel. »Ihr wisst davon?«, fragte er zurück.

»Prior Rüdiger war heute früh bei mir.«

Der Bruder Culinarius hatte also geplaudert. Nur ihm hatte Abel etwas erzählt. Würde der Schiffer Landgreber jetzt noch mehr in Schwierigkeiten kommen? »Ich habe nichts gesehen.«

»Pater, bitte. Nicht auch Ihr!«

»Wenn ich's sage. Ich gehe die Straße hinunter, es war dunkel, da höre ich einen Schrei und finde den verletzten Schiffer in seiner Stube.«

»Und weiter?« Laubheimer wedelte mit der Hand.

»Nichts weiter. Er und seine Frau sagten, sie hätten einen Hammel zerlegen wollen. Da sei er mit dem Messer ausgerutscht und ...« Abel fuhr sich mit der Handkante über seinen rechten kleinen Finger.

»Beim Prior hat sich die Geschichte aber anders angehört.«

»So! Wie denn?«

»Pater, uns hat der Schiffer das Gleiche erzählt. Wir haben aber keinen zerlegten Hammel gefunden.«

»Ihr wart bei Landgreber?«

Laubheimer tat, als hätte er die Frage nicht gehört. »Kurz bevor die Frau geschrien hat, habt Ihr da jemanden gesehen?«

»Ihr meint, ob jemand aus dem Haus gekommen ist?«

Laubheimer nickte. »Oder sonst etwas Verdächtiges.«

Er will wissen, ob ich seine Männer erkannt habe. Abel tat, als müsse er überlegen. »Zwei Betrunkene«, sagte er dann.

»Betrunkene? Wie sahen die aus?«

»Es war dunkel. Sie hatten kein Licht dabei und ich hatte keinen Grund, genauer hinzusehen.«

Der Kommandant drehte sich um und kehrte hinter seinen Schreibtisch zurück. Abel kratzte sich am Kopf. Hatte Laubheimer erfahren, was er wissen wollte?

Der Kommandant setzte sich. Er nahm einen Stift und stieß damit immer wieder auf den Tisch. Dann, nach einer Weile, deutete er auf einen Stuhl. »Wollt Ihr nicht Platz nehmen?«

Abel zog den Stuhl heran, setzte sich Laubheimer gegenüber und wartete.

»Am Donnerstagabend«, begann Laubheimer ohne aufzusehen, »da habt Ihr in Sachsenhausen … wie soll ich sagen … so eine Beobachtung gemacht!«

»Ich?«

Laubheimer sprang auf. »Pater, tut nicht so. Prior Rüdiger hat mir auch darüber berichtet.«

Natürlich. Deswegen hatte er es ihm ja auch erzählt. Aber da wusste er noch nicht, dass Laubheimer einer der drei Männer war. »Dann wisst Ihr ja alles.«

»Drei Freunde, die sich ab und an … sagen wir einmal … etwas gönnen. Na und!«

»Eben. Na und!«

Der Kommandant starrte Abel an. Dann begriff er. »Wie seid Ihr überhaupt darauf gekommen?«

»Ich habe einen Hinweis erhalten.«

»Von wem?«

»Kommandant!«

Laubheimer nahm seinen Stuhl, trug diesen um den Tisch herum und stellte ihn vor Abel ab. Dann nahm er rittlings darauf Platz und legte die Arme über die Lehne. »Na schön, behaltet den Namen für Euch.« Laubheimer rückte mit dem Stuhl auf Abel zu. »Dies hier ist meine Stadt. Und ohne meine Erlaubnis schleicht hier niemand unbescholtenen Bürgern nach. Auch Ihr nicht, Pater. Haben wir uns verstanden?«

»Kommandant, es geht um Gottfrieds Tod! Wenn ich …«

»Ein für alle Mal, Pater, ein wenig Zerstreuung zu suchen

ist nichts Strafbares. Eure Beobachtung hat nichts, aber auch gar nichts mit den Überfällen zu tun. Ist das klar?«

Abel vergrub sein Gesicht in den Händen. Und dafür hatte er die halbe Nacht hungrig und frierend in Sachsenhausen verbracht? Er hob den Kopf. »Ihr habt in diesem Haus also nur … ein wenig Vergnügen gehabt?«

Laubheimer breitete die Hände aus und grinste.

»Hört, Pater, ich sehe keinen Grund, mich Euch zu erklären. Aber glaubt mir, ich will Euch helfen.«

»Und das soll ich Euch glauben?«

»Wie bitte?«

»Nun ja, woher soll ich wissen, dass das stimmt, was Ihr mir soeben gesagt habt?«

Laubheimer lehnte sich zurück. »Heißt das, Pater, Ihr bezichtigt mich der Lüge?« Laubheimer hatte leise gesprochen, fast geflüstert.

Abel spürte, dass er einen Fehler begangen hatte. Warum sollte er bezweifeln, dass Laubheimer mit anderen …

Abel blickte Laubheimer an. Er traute diesem immer noch nicht. Aber was sollte er tun? Gäbe es eine bessere Hilfe als die des Stadtkommandanten? Zudem hatte er für teures Geld ein Schiff bauen lassen, um mit Frankfurt Geschäfte zu machen und zwar möglichst lange. Da war es besser, es sich mit der Obrigkeit nicht zu verderben. Er würde Prior Rüdiger vertrauen, der Laubheimer besser kannte als er. Die ganze Zeit über spukte ihm schon ein Gedanke im Kopf herum.

»Ich hätte da einen Vorschlag«, sagte er leise.

Der Kommandant schaute auf. »Ich wusste, mit Euch kann man reden.«

Abel winkte ab. »Ihr habt doch davon gesprochen, die Kerle bei der Tat erwischen zu wollen.«

»Das wäre das Beste.«

»Der Landgreber. Sie haben ihm zwei Tage Zeit gegeben, das fällige Geld zu besorgen. Ich hatte vor, ihnen aufzulauern.«

Der Kommandant schaute zur Decke. Dann blickte er wieder auf Abel. Alle Anspannung war von ihm gewichen. »Pater, Ihr solltet in meinen Dienst treten.« Dann drehte er sich zur Tür. »Ich werde meine Leute instruieren.«

»Es gibt da nur ein Problem, Herr Kommandant.«

Laubheimer hielt inne und wandte den Kopf. »Ich weiß, die Kerle dürfen nichts merken. Keine Angst, Pater, wir machen das nicht zum ersten Mal.«

»Ich meine etwas anderes. Ihr habt den Schiffer befragt. Sie werden es bereits wissen und sich vielleicht doch nicht sehen lassen.«

»Glaube ich nicht. Ich sagte ja bereits, wir machen das nicht zum ersten Mal.«

Abel fragte: »Wie können wir ihnen auflauern, ohne dass sie etwas bemerken?«

»In der Mainzer Gasse gibt's reichlich Stände, die nach Einbruch der Dunkelheit nicht mehr besetzt sind. Da kann man sich gut verstecken.« Der Kommandant rieb sich die Hände. »Wir lassen sie ungehindert hinein, und wenn sie wieder herauskommen, dann …«

»Wie? Vom Fleck weg verhaften?«

»Warum nicht?«

»Wäre es nicht besser, ihnen unbemerkt zu folgen, um so herauszufinden, wer ihr Auftraggeber ist?«

»Das lasst nur meine Sorge sein. Ich habe noch jeden zum Reden gebracht.«

»Und bis dahin sind die Hauptschuldigen über alle Berge.«

Laubheimer lehnte sich zurück.

»Ich denke, ein Mann möglichst nahe am Haus von Landgreber, dazu jeweils einer in einigem Abstand davor und dahinter, das müsste reichen«, sagte er.

»So können wir es machen«, gab Abel zurück.

»Wieso wir?«

»Ich bin dabei.«

Der Kommandant schaute Abel an. Doch er schien mit seinen Gedanken weit weg. »Meinetwegen«, sagte er. »Aber Ihr haltet Euch zurück!«

Abel nickte der Form halber.

»Ich möchte, dass Weidenweber nicht teilnimmt!«, sagte er.

»Ich weiß, Ihr könnt ihn nicht leiden.«

»Er ist ein Verdächtiger.«

»Wie bitte? Wie kommt Ihr darauf?«

Abel berichtete von seinen Nachforschungen.

»Ihr irrt Euch, Pater«, sagte der Kommandant, nachdem Abel geendet hatte. »Einer meiner Leute Mitglied der Bande? Unmöglich! Weidenweber wird seinen Grund gehabt haben, dem Dienst fernzubleiben. Werde ihn mir vornehmen, wenn das hier vorbei ist. Also morgen um die gleiche Zeit, hier. Dunkle Kleidung und keine genagelten Schuhe!«

Abel wunderte sich, wie rasch der Kommandant über den Vorwurf gegen den Leutnant hinwegging. Erst wollte er nachfragen, doch dann sagte er: »Es sollte niemand etwas davon erfahren.«

Laubheimer sah Abel an. »Pater, für wen haltet Ihr mich?«

»Gut, ich werde da sein. Und inzwischen werde ich dafür sorgen, dass der Schiffer auch Geld hat.«

Laubheimer räusperte sich. »Noch etwas, Pater. Kann es sein, dass ich Euch gestern im Komödienhaus gesehen habe?«

»Ihr habt richtig gesehen.«

»Mit diesem Olbort?«

»Er hat mich eingeladen. Wir sind Geschäftspartner.«

»Geschäftspartner. So so.«

»Habt Ihr ein Problem damit?«

»Auch er sollte davon nichts erfahren.«

»Von was?«

»Von dieser … Sache in Sachsenhausen.«

Abel legte die Hand auf die Brust.

»Es wird Euer Schaden nicht sein.«

XVI

Nachdem Abel die Hauptwache verlassen hatte, überlegte er kurz, ob er nicht doch Marie suchen und mit ihr den Bummel durch die Stadt fortsetzen sollte. Doch dann entschied er, dass er aufs Schiff gehen und sich dort ein wenig hinlegen würde. Die letzten Nächte waren sehr kurz gewesen.

Am Ufer saß der Bettler und hielt ihm die ausgestreckte Hand entgegen. Abel musste schmunzeln. Der Bettler war Teil seines Plans. Er ging auf ihn zu und drückte ihm fünf Kreuzer in die Hand. »Ich möchte, dass du heute Abend ein wenig auf mein Schiff aufpasst«, sagte er.

Der Bettler nickte. »Wie lang?«

Abel überlegte. Er wusste nicht, wann Marie kommen würde. Heinrich jedenfalls würde er freigeben. Wenn er aber mit Marie durch die nächtliche Stadt streifen wollte, konnte er das Schiff nicht unbeaufsichtigt lassen.

»Bis Mitternacht«, sagte Abel und betrat die *Sancta Maria*.

»Heinrich, wo bist du?«

Keine Antwort. Abel beschloss, ein ernstes Wort mit dem Schiffsknecht zu reden. Dieser hatte an Bord zu sein und Schiff und Ladung zu bewachen. So hatte er es angeordnet. Doch als er die Kajüte betrat, sah er ihn am Tisch mit einem anderen Schiffsknecht würfeln.

»Ich muss mich ein wenig aufs Ohr legen«, sagte er zu Heinrich. »Du hast frei bis Mitternacht. Hier!« Abel schob ein paar Kreuzer über den Tisch. Heinrich dankte und packte die Würfel zusammen.

»Der Olbort war do«, sagte er. »Wollt wisse, wann mer endlich abfohrn.«

Abel nickte. »Morgen noch nicht.«

Heinrich schaute Abel an. »Des Schiff ist voll!«

»Ich weiß. Aber Gottfried wird erst morgen beerdigt.«

»Also, dann nicht vor Montag.« Heinrich schien nichts dagegen zu haben. Schon im Gehen drehte er sich noch einmal um: »Noch eener wor do«, sagte er. »Der Kerzemeschter von de Schiffer. Will später noch emol vorbeigugge.«

Abel fuhr es heiß den Rücken hinunter. Das musste er verhindern. »Alles zurück«, sagte er zu den Schiffsknechten. »Ich muss noch einmal weg.«

Abel traf den Kerzenmeister in dessen Haus. Er berichtete ihm von der missglückten Verfolgung in Sachsenhausen. Laubheimer zuliebe verschwieg er aber, was er über die Beobachteten wusste. Auch den Überfall auf Landgreber und das Gespräch mit Laubheimer behielt er für sich. Der Kerzenmeister machte ein unzufriedenes Gesicht und wollte Abel weiter ausfragen. Aber diesen zog es zurück aufs Schiff.

Als Heinrich Abel kommen sah, griff er nach seiner Jacke, tippte kurz an die Mütze und verließ mit dem anderen Schiffsknecht die *Sancta Maria*.

Abel blieb an der Bordwand stehen und schaute eine Weile ins Wasser. Dann begann er eine Runde auf dem Schiff zu drehen. Die *Sancta Maria* war jetzt randvoll beladen. Heinrich hatte recht. Es würde doch Montag werden, bis sie ablegen könnten. Länger wäre Olbort nicht mehr hinzuhalten. Er hatte schon überlegt, einen Helfer zu verdingen und Heinrich mit diesem früher abreisen zu lassen. Aber Heinrich hatte sich rundweg geweigert, die schwierige Fahrt flussaufwärts nur zu zweit anzutreten. Dieser hatte gemeint, einen zusätzlichen Mann bräuchten sie sowieso, das schwere Schiff zusammen mit den Leinreitern sicher nach Miltenberg zu bringen. Und einen zweiten fremden Mann anheuern, das wollten beide nicht. Außerdem war es fraglich, ob jetzt, während der Messe, überhaupt halbwegs brauchbare Schiffsknechte zu finden waren.

Abel blickte zum Himmel. Die Nacht würde nicht mehr so klar sein wie die letzten, aber es würde frisch bleiben. Er konnte damit rechnen, dass auch morgen der Himmel bedeckt wäre. Käse und Fisch würden kühl bleiben, ohne dass er die Planken wässern lassen müsste. Abel ging zum Bug und zündete die Schiffslampe an. Es war zwar noch etwas früh, aber sollte er wirklich einschlafen und nicht rechtzeitig aufwachen, war dies jedenfalls erledigt. Dann zog er sich in die Kajüte zurück.

Er setzte sich an den Tisch und lehnte sich an die Wand der Kajüte. Er dachte an den morgigen Abend. Es ging nicht nur darum, diejenigen zu finden, die für Gottfrieds Tod verantwortlich waren, man musste den Erpressern generell das Handwerk legen. So, wie Gottfried sich gewehrt hatte, so würde auch er widerstehen. Zu hoch waren die Abgaben und Zölle, die jetzt schon erhoben wurden. Jeder Gulden zusätzlich würde die Fracht verteuern und den Gewinn schmälern. Dann dachte er an Marie. Er merkte nicht, wie ihm die Augen zufielen.

Plötzlich schreckte er hoch. Es war dunkel. Sacht schaukelte die *Sancta Maria*. Draußen näherten sich Schritte. Marie! Abel zündete die Laterne an. Gerade wollte er aufstehen, da wurde vor der Tür geflüstert. Er hielt inne. Die Tür flog auf. Zwei maskierte Gestalten drängten herein. Abel fuhr zurück. Er blieb an der Tischkante hängen und die Laterne drohte umzustürzen. Er fing sie rasch. Da traf ein Tritt sein Schienbein. Abel schrie auf. Ein Tritt an sein zweites Bein ließ ihn zu Boden stürzen. Dann wurde ihm etwas über den Kopf gezogen. Einer der Eindringlinge stellte seinen Fuß auf Abels Nacken und presste dessen Gesicht auf die Bretter. Wollte der Kerl ihm die Nase eindrücken?

»Was soll die Schnüffelei, hä?«

Abel stöhnte. Der Druck im Nacken wurde etwas schwächer und er drehte den Kopf zur Seite.

»Na, Pfaffe, was is?«

Abel achtete auf die Stimme. War das der gleiche Kerl, der Gottfried ins Wasser hatte werfen lassen? Schwer zu sagen, der Sack über Abels Kopf dämpfte die Stimme zusätzlich. Der Stiefel drückte stärker. Speichel lief Abel aus dem Mund.

»He, gib Antwort!«

Abel versuchte zu sprechen, aber es kamen nur undeutliche Worte hervor. Der Stiefel im Nacken gab wieder etwas nach.

»Weiß nicht, was Ihr meint«, quetschte er hervor.

»Uns nachstelle!«

»Verstehe nicht.«

Der Stiefel trat wieder fester zu. »Tu net so!«

Abel stöhnte. Der Bursche würde ihm das Genick brechen!

»Moje früh legst du ab! Verstanne?« Abel erhielt einen Tritt in die Seite. Das musste der zweite Maskierte sein. Dann hörte er, wie Dinge herumgeworfen wurden.

Die Stimme befahl: »Hinknien!«

Der Stiefel zog sich zurück. Abel holte Luft. Die Beine schmerzten. Er versuchte sie zu bewegen.

»Uff die Knie!« Der zweite Maskierte trat erneut zu. Abel überlegte. Derjenige, der die Befehle gab, befand sich neben ihm. Er müsste nur aufspringen, sich den Sack vom Kopf reißen, den Kerl zur Seite stoßen und der Weg nach draußen wäre frei. Wenn er ins Wasser sprang, würde er mit der Kutte schwimmen können?

»Du sollst hinknien!«

Abel richtete sich auf. Etwas schlug vor ihm hart zu Boden.

»Die Bordbibel. Nemm se und schwör!«

»Ich soll schwören? Was?«

»Dass wir net da waren. Dass du nix gesehe hast un dass du moje verschwindst.«

»Hört, ich …«

»Net predische, schwörn! Hier!« Abel hörte einen Stiefel am Boden kratzen. Dann spürte er das Buch an seinen Knien. Er versuchte, den Sack vom Kopf zu ziehen. Der Bewacher neben ihm schlug ihm die Hand weg.

»He, lass des!«

Abels untere Gesichtshälfte war frei. Der Kerl roch nach Pferd und Schweiß. Abel schnupperte. Da war noch ein Geruch, den er kannte.

»Was is?« Die Bibel wurde ihm erneut an die Knie gestoßen.

Abel beschloss, es zu riskieren. Jetzt oder nie! Er riss den Sack ganz vom Kopf, griff nach der Bibel, sprang hoch und schlug zu. Der Kerl neben ihm schrie auf. Abel hatte dessen Gesicht getroffen und die Maske zerbrochen. Abel stieß ihn zur Seite und stürzte an ihm vorbei zur Tür — und erschrak. Es war die falsche Richtung. Er wirbelte herum. Im Schein der Laterne sah er eine Gestalt am Boden kauern, die Hände auf das Gesicht gedrückt.

Dahinter stand breitbeinig der zweite Eindringling und versperrte ihm den Weg. Abel sprang auf ihn zu. Der Kerl wich zur Seite. Abel flog an ihm vorbei und krachte mit dem Kopf an die Tür. Er rappelte sich auf und suchte die Türklinke. Da war es, als schlüge ein Blitz ein. Gleißendes Licht breitete sich aus. Dann kamen der Schmerz und die Nacht.

Das Erste, was Abel spürte, als er wieder zu sich kam, war ein Knistern. Wo war er? Er versuchte, sich zu bewegen. Wo waren die Hände? Auf dem Rücken. Gefesselt! Auch die Füße waren zusammengebunden. Er schwitzte. Warum war es so hell und so heiß? Plötzlich begriff er. Es brannte. Er lag in der Kajüte der *Sancta Maria* und überall war Feuer. Er wollte schreien. Doch er konnte nur noch gurgeln. Er war geknebelt! Abel wälzte sich auf dem Boden. Er bekam kaum noch Luft. Wenn er nur wüsste, wo die Tür war. Der Atem wurde kürzer. Heilige Mutter Gottes, hilf! Die Haut glühte. War so die Hölle?

Er musste sich in die Flammen werfen. Auf gut Glück. Er zog die Beine an und versuchte, auf die Knie zu kommen. Gott, tat der Kopf weh. Abel musste husten. Ihm wurde übel. Da spürte er einen Luftzug. Hände packten ihn und rissen ihn fort. Die Hitze ließ nach. Er wurde abgelegt und Schritte eilten davon. Abel sah in einen dunklen Himmel. Kurz darauf wurde er mit Wasser begossen.

Eine Gestalt beugte sich über ihn und löste den Knebel.

Abel schluckte. »Du?«

Der Bettler nickte.

Da hörte Abel seinen Namen rufen. Andere Stimmen wurden laut. Dann hörte er Getrampel und Schreie: »Feuer! Feuer auf dem Schiff!«

Er wurde aufgehoben und vom Schiff getragen. »Ein Messer! Hat jemand ein Messer?« Abel spürte, wie man seine Arme ergriff. Er wurde losgeschnitten. Dann wurde sein Kopf angehoben und auf etwas Weiches gebettet. Hände strichen über sein Gesicht. Frauenhände. Dann sah er ihre Augen und ihre Lippen. »Marie«, flüsterte er und fiel erneut in Ohnmacht.

Als er wieder erwachte, blickte er in das Gesicht von Prior Rüdiger. Dessen knochige Hand tätschelte seine Wange.

»Lieber Abel, was macht Ihr für Sachen?«

Es roch nach Essig und Weihrauch. Abel erkannte seine Zelle bei den Karmelitern. Hinter dem Prior entdeckte er jetzt auch Lothar. Er versuchte ein Lächeln. Der Druck am Kopf störte ihn. Er hob die Hand und spürte den Verband. Langsam kam die Erinnerung wieder.

»Ist es schlimm?«, fragte er.

»Du wirst deinem Dickschädel ein paar Tage Ruhe gönnen müssen«, sagte Lothar.

Abel hob den Kopf. »Marie! Ich habe doch Marie …!«

Lothar schob den Prior zur Seite und drückte Abel wieder in die Kissen. »Sie freut sich, dass du noch lebst und lässt dich grüßen.«

Abel versuchte, sich ein zweites Mal aufzurichten. Diesmal wurde ihm schwindelig. Der Prior reichte Abel einen Becher mit Wasser, doch Abel lehnte ab.

»Das Feuer?«, fragte er.

»Ist gelöscht. Der Ladung ist nichts passiert.«

Abel sank zurück. Dann schaute er Lothar an. »Warum bist du eigentlich hier?«

Der Freund schaute betrübt. »Marie hat mich geweckt und von dem Feuer erzählt. Das Kind macht mir Sorgen. Stell dir vor, sie war alleine unterwegs, mitten in der Nacht.«

Der Prior drängte sich wieder nach vorne. »Ihr müsst etwas trinken«, sagte er und reichte Abel nochmals den Becher.

Abels Hals brannte. Prior Rüdiger hob Abels Kopf an und führte ihm den Becher an die Lippen. Abel kostete und verzog den Mund.

»Nur Wein mit etwas Wasser«, sagte der Prior. »Und etwas zum Schlafen«, fuhr er fort, nachdem Abel den Becher geleert hatte.

»Was ist eigentlich passiert?«, fragte Lothar.

»Ich bin überfallen worden«, sagte Abel, bemüht, die Augen offen zu halten.

»Haben wir uns schon gedacht. Warst ja gefesselt. Wer war es?«

Der Prior drehte sich zu Lothar um. »Mein lieber Freund«, sagte er, »lassen wir ihn etwas zur Ruhe kommen. Morgen könnt Ihr wieder nach ihm schauen.«

Lothar nickte. »Pass auf dich auf!«, sagte er, tätschelte Abel den Arm und verließ mit dem Prior die Zelle. Kurz danach schlief Abel ein.

Weit entfernt läuteten Glocken. Abel öffnete die Augen und hob den Kopf. Die Decke begann sich zu drehen. Abel krallte die Hände in die Pritsche. Nur langsam ließ der Schwindel nach. Verschwommen nahm er den Raum wahr. Durch das Zellenfenster schien die Sonne und zeichnete ein schmales

Rechteck an die Wand. Stumm schaute ihn der Heiland vom Kruzifix herab an. Der Schmerz hatte etwas nachgelassen. Abel tastete an seinem Kopf herum und fand die verletzte Stelle. Sofort tat es wieder weh. Er ließ von dem Verband ab, schlug die Zudecke zurück und richtete sich auf. Jetzt schmerzten Rücken und Beine. Auf der Bettkante sitzend, verharrte er eine Weile.

Was für ein Tag war heute? Richtig, es war Sonntag. Gestern hatte man ihn zum zweiten Mal überfallen. Zwei Maskierte waren in die Kajüte der *Sancta Maria* eingedrungen. Abel hatte wieder diesen Geruch in der Nase, den er zu kennen glaubte. Doch auch jetzt wusste er nicht, woher. Er stützte den Kopf in seine Hände. Kurz schreckte er zurück, als er an den Verband stieß. Der Kerl schien kräftig zugeschlagen zu haben. Was hatten die beiden von ihm gewollt? Abel schloss die Augen und versuchte sich zu erinnern. Er sollte schwören. Was? Nichts gesehen zu haben und zu verschwinden. Die Kerle wussten also, dass er ihnen auf den Fersen war. Woher? Es kamen viele in Frage. Schließlich hatte er seine Nachforschungen offen betrieben. Abel blickte zum Fenster. Es schien später Vormittag zu sein. Er hatte Hunger. Abel stand auf. Zunächst würde er sich bei Lisbeth eine Portion Eintopf holen.

Der Bruder Pförtner starrte ihn mit großen Augen an. »Herr Cellerar, Ihr sollt doch …«

Abel legte ihm die Hand auf die Schulter. »Bruder Gangolf, es geht schon wieder. Aber tut mir einen Gefallen und sagt dem Prior nichts.«

Das Essen tat gut. Die Übelkeit verflog und die Kopfwunde schmerzte nur noch wenig. Er war gerade dabei, das letzte Stückchen Fleisch aus dem Brot zu löffeln, als ihm einfiel, dass er sich beim Kommandanten einfinden sollte. Der Ablauf des heutigen Abends sollte besprochen werden. Doch Laubheimer musste warten. Zunächst wollte Abel Marie sehen. Er blickte an sich hinunter. Ob sie die angesengte Kutte störte?

XVII

Wie erhofft, traf Abel Marie und Lothar in ihrem Zimmer im *Römischen Kaiser*. Sie warf sich ihm um den Hals. Abel genoss einen Augenblick ihre Umarmung, dann löste er sich von ihr und wischte sich über die Augen. Knapp beschrieb er den Überfall der vergangenen Nacht. Nachdem er Marie überzeugt hatte, dass seine Verletzung weniger schlimm sei, schlug diese vor, den Rundgang durch die Stadt fortzusetzen.

»Später vielleicht«, sagte Abel und drückte ihr die Hand. Dann berichtete er von seinem gestrigen Gespräch mit Laubheimer und dem Vorhaben für den heutigen Abend.

Marie versuchte Abel zu überreden, die Überwachung den Wachsoldaten Laubheimers zu überlassen. Als Abel ablehnte, bestand sie darauf, ihn zu begleiten. Nur mit Mühe gelang es ihm und Lothar, sie davon abzuhalten. Erst als Abel sagte, sie könnte in anderer Form mithelfen, und sie darum bat, ihm dunkle Kleider für den Abend zu besorgen, willigte sie ein.

Laubheimer hatte schon von dem Feuer auf dem Schiff erfahren. Abel musste gewissenhaft berichten. Dann versuchte Laubheimer, Abel zu überreden, der Überwachung fern zu bleiben. Auch diesmal lehnte Abel ab.

Die anschließende Besprechung zog sich hin. Der Kommandant hatte drei Wachsoldaten ausgewählt. Abel war zufrieden. Weidenweber war nicht darunter, auch keiner seiner Männer. Auf dem Stadtplan erklärte Laubheimer, wo sie sich postieren sollten. Immer wieder ging er mit ihnen die möglichen Wege durch, die die Erpresser nach dem Verlassen von Landgrebers

Haus nehmen könnten. Es war später Nachmittag, als Abel endlich die Hauptwache verlassen konnte.

Abel überlegte. Mit Marie noch einmal in die Stadt zu gehen, dafür war es zu spät. Jedoch war es zu früh, in der Mainzer Gasse Position zu beziehen. In das Kloster wollte Abel auch nicht zurück. Er beschloss, in den *Römischen Kaiser* zu gehen, die Kleider zu wechseln und noch einige Besorgungen zu machen.

Abel hatte mit einem erneuten Versuch Maries gerechnet, ihn zu überreden, an der Überwachung teilzunehmen. Doch sie übergab ihm nur wortlos die Kleidung und stellte sich so lange vor die Tür, bis Abel sich umgezogen hatte.

Sie hatte sogar daran gedacht, ihm eine Mütze zu besorgen, damit er seinen Verband darunter verbergen konnte. Da Marie auch weiterhin wortkarg blieb, verabschiedete er sich von ihr und Lothar und verließ das Hotel.

Abel hatte gerade die Zeil verlassen und war in die Hasengasse eingebogen, als er am Ärmel festgehalten wurde. Er drehte sich um. »Marie?« Sie trug die Haube einer Dienstmagd und hatte einen braunen Umhang übergeworfen. Sie kreuzte die Arme hinter ihrem Rücken und begann auf den Zehenspitzen zu wippen. »Ich komme doch mit«, sagte sie. Abel sah nur noch die Grübchen in ihren Wangen. Er überlegte. »Wir müssen vorsichtig sein«, sagte er und beschloss, die Besorgungen auf den nächsten Tag zu verschieben.

Nebeneinander gingen sie die Gasse hinunter. Marie bemühte sich, an Abels Seite zu bleiben. Schon bald berührte seine Hand die ihre. Sie wich nicht aus. Ein paar Schritte weiter griff Abel ganz nach ihrer Hand. Er hielt die Luft an. Sie ließ es geschehen. Abel blickte Marie an und sah, dass sie lächelte. »Komm, ich zeige dir den Dom«, sagte er.

Kurz darauf standen sie vor dem Eingang zu *St. Bartholomäus*. Vom Turm schlug es halb acht. Bald würde es dunkel werden. Sie mussten sich beeilen. Als sie den Dom betraten, war Abel enttäuscht. Der Kirchenraum lag bereits in einem düsteren Halbdunkel. »Schade«, sagte er, »wir werden nicht mehr viel sehen.« Selbst der Blick in den Chorraum mit dem hohen Kreuzrippengewölbe und dem Chorgestühl an den Seitenwänden war wenig beeindruckend. Das Dämmerlicht schluckte die gewaltigen Dimensionen. »Alles Steine aus Miltenberg!«, sagte Abel. Er verzichtete darauf, mit seiner Rechten auf die Mauern und Säulen aus Sandstein zu zeigen. Er hätte sonst Maries Hand loslassen müssen.

Maries Augen folgten den in dunklem Rot gehaltenen Jochbögen nach oben. Dann schaute sie hinein in den Chorraum. »Irgendetwas ist sonderbar«, sagte sie.

»Ich weiß, was du meinst. Der Dom ist breiter als lang.«

»Ungewöhnlich, meinst du nicht?«

»Der Dom ist mehrfach vergrößert worden. Man hat aber nicht in die Länge bauen können, weil der Platz dazu gefehlt hat.«

Marie ließ Abels Hand los und lief einige Schritte nach vorne. Mitten in der Vierung blieb sie stehen und schaute zuerst in das Lang- und dann in das Querhaus. »Du hast recht«, sagte sie.

Erst jetzt nahm Abel das Gerüst an der Ostwand des nördlichen Querhauses wahr. Fast ein wenig bedrohlich, dachte er, als er das Gewirr von Stangen und Streben betrachtete. Ausgerechnet jetzt musste hier auch noch eine Baustelle sein. Marie raffte ihren Umhang und zog das Genick ein. »Es zieht«, sagte sie.

Abel deutete auf das Gerüst. »Sie reparieren die Fenster«, sagte er. »Schau, man kann die Stadt sehen.«

Doch Marie war mit ihren Gedanken schon woanders. »Und wo werden die Kaiser gekrönt?«, flüsterte sie.

Abel schaute sich um. Die Kirche war menschenleer. »Da!«, sagte er und deutete auf eine Tür in der südlichen Wand des Chorraumes. »Dahinter ist die Wahlkapelle. Eigentlich ist es die Stiftsbibliothek. Aber für die Wahl werden die Büchergestelle mit Gobelins abgedeckt.«

Marie kicherte. »Mögen die Kaiser keine Bücher?«

»Einer, der es werden wollte, liegt sogar hier im Chorraum begraben, Graf Günther von Schwarzburg.«

Marie schaute Abel an. »Woher weißt du das alles?«

Abel lächelte. »Prior Rüdiger hat mich einmal hierher geführt und alles gezeigt. Das Stiftskapitel mag er nicht, den Dom umso mehr.«

»Was hat er gegen die Stiftsherren?«

»Sie wetteifern mit den Karmelitern um die wenigen Katholischen in der Stadt. Außerdem sind vermögende Leute darunter. Die Brentanos zum Beispiel oder die Guaitas, wohlhabende Kaufmannsfamilien aus Italien, die heute in Frankfurt leben. Sie haben das Geld, das er nicht hat.«

Marie nickte. »Hier scheint sich alles nur ums Geld zu drehen.«

»Und um die Ehre. Die Frankfurter sind stolz auf ihre Kaiserwahl. Und am stolzesten ist das Bartholomäusstift hier.«

Marie ging hinüber zur Wahlkapelle. Vergebens rüttelte sie an der Tür.

Abel schüttelte den Kopf und lachte. »Nur die Kurfürsten und der Kaiser dürfen hier herein.« Beinahe hätte er angefügt »Liebes«. »Und die Stiftsherren natürlich.«

Marie ging zu Abel zurück, lehnte ihren Kopf an seinen Oberarm und seufzte. »Das würde ich auch gerne einmal erleben, so eine richtige Krönung.«

»Die erste Amtshandlung des neuen Kaisers war es, verdienten Personen den Ritterschlag zu erteilen. Also, wenn ich Kaiser wäre, dann wärest du die Erste, die ich zum Ritter schlagen würde.«

Marie stellte sich vor Abel, legte ihre Hände auf seine Brust und blickte ihn an. »Ich wäre aber lieber deine Kaiserin«, flüsterte sie. Abels Herz blieb stehen. Marie umfasste seinen Kopf, zog ihn zu sich und küsste ihn auf den Mund. Abel unterdrückte den Schmerz unter seinem Verband und dankte Gott, dass es inzwischen dunkel geworden war.

Eine Tür fiel ins Schloss. Marie erschrak und löste sich von Abel. »Was war das?« Abel lauschte. Er hörte Schritte, dann sah er auch das Licht im Langhaus. »Der Dom wird geschlossen. Alle das Gotteshaus verlassen!« »Verlassen, verlassen«, hallte es von den Wänden zurück. Abel legte den Arm um Maries Schulter. »Der Kustos. Gehen wir.«

Auf dem Weg in die Mainzer Gasse kämpfte Abel mit der Versuchung, sich von den Wachen zu verabschieden.

Doch als er am Eingang zur Mainzer Gasse die Soldaten erkannte, die sich an der Überwachung beteiligen sollten, schob er diese Gedanken beiseite. Die Wachen trugen ebenfalls dunkle Kleider. Abel ließ Maries Hand los und gab sich zu erkennen.

»Kleine Änderung«, sagte er und deutete auf Marie. »Wir beide übernehmen Landgrebers Haus, ihr verteilt euch in der Straße.« Der Konstabler, der den Einsatz leiten sollte, wollte protestieren. Doch Abel fiel ihm ins Wort. »Wollt Ihr, dass man auf uns aufmerksam wird? Ihr könnt Euch beruhigen, ist alles mit dem Kommandanten besprochen.« Abel spürte, wie Marie ihn anblickte. Er schob den Konstabler weg. »Los, auf eure Positionen!«

Abel wartete, bis sich die Wachen verteilt hatten. Dann ging auch er mit Marie in die Straße hinein. Einige Händler standen noch hinter ihren Theken, andere waren bereits dabei, ihre Buden auszuräumen. Im Gegensatz zu den Waren auf den Plätzen der Stadt zogen die groben Tücher, Sackleinen und einfachen Werkzeuge, die hier angeboten wurden, nach Einbruch der Dunkelheit niemanden mehr an.

In der Nähe von Landgrebers Haus hielt Abel Ausschau nach einem geeigneten Versteck. »Dort«, sagte er zu Marie und deutete mit einer Kopfbewegung zu einer leeren Bude. Er schaute sich um. Es waren nur noch wenige Menschen auf der Straße. Niemand interessierte sich für sie. Abel nahm Marie bei der Hand und verschwand mit ihr hinter dem Brettergestell. Der Verschlag ließ sich leicht öffnen. Marie zog die Nase hoch und blickte nach oben. Die Tuchbespannung roch muffig. Abel versuchte, durch die Ritze der Bretterwand nach draußen zu schauen. Endlich hatte er Landgrebers Haus gut im Blick.

»Versuch du eine Stelle zu finden, von wo aus du möglichst viel von der Straße siehst«, raunte Abel Marie zu.

»Hab ich schon«, flüsterte sie. »Aber viel dunkler darf es nicht werden.«

»Sie werden ohne Laterne kommen. Doch wir haben Glück. Der Himmel ist nur leicht bewölkt. Achte vor allem auf die Betrunkenen.« Die Zeit verging und immer weniger Menschen waren auf der Straße. Ein paar Betrunkene zogen vorüber.

»Dein Orgellehrer, dieser Franziskaner, wie lange willst du eigentlich noch zu ihm gehen?«, fragte Abel nach einiger Zeit und musste dabei schlucken.

»Warum?«

»Du beherrschst das Orgelspiel doch schon längst.«

»Beherrschen? Ich?« Marie hatte sich umgedreht.

»Psst! Nicht so laut!«

»Ich spiele gut. Ja. Aber die Orgel beherrschen, das ist etwas ganz anderes. Wenn du ihn spielen hörst, dann weißt du, was ich meine.« Marie schaute wieder durch den Bretterspalt nach draußen.

Abel löste sich von der Wand. »Natürlich weiß ich, was du meinst. Du könntest doch aber auch zu uns nach Amorbach kommen. Wir haben die bessere Orgel … und die besseren Lehrer.«

»Psst!«

»Was ist?«

»Zwei Betrunkene!«

Abel schaute wieder durch seinen Spalt. Zwei Gestalten kamen herangewankt. Er hielt die Luft an. Kichernd und lallend gingen sie vorüber.

»Falscher Alarm«, flüsterte Abel. Doch dann stutzte er. Die beiden Schatten waren stehen geblieben. Nun hörte er sie nicht mehr kichern. Niemand sonst war auf der Straße. Abel zog den Umhang enger. Jetzt bewegten sich die Schatten. Rasch liefen sie auf die Haustür Landgrebers zu. Diese war verschlossen. Eine der beiden Gestalten ging zum nächsten Fenster, schlug die Scheibe ein, öffnete das Fenster und stieg ein. Die zweite Gestalt folgte. Ehe sich Abel versah, war alles wieder ruhig.

»Sind sie das?« Marie hatte sich von ihrem Platz entfernt und war hinter Abel getreten. Sie stützte sich auf seinem Rücken ab und versuchte, über seine Schultern durch den Bretterspalt zu sehen. Abel spürte ihren warmen Atem im Nacken. Er machte ihr ein Zeichen zu schweigen.

Im Haus ging Licht an. Jetzt kam eine weitere Gestalt herangeschwankt. Sie verschwand in einem Nachbarhaus.

Plötzlich ertönte ein Schrei. Dann hörte man Schläge. Ein Mann fluchte.

»Wir sollten helfen!« Abel fühlte Maries Lippen an seinem Ohr. Er schluckte. Er konnte doch jetzt nicht … Wieder hörte man Schläge und Schreien, dann: »Suffkopp, loss mich!«

Abel atmete tief durch.

»Das ist der Betrunkene«, flüsterte Marie.

»Psst!« Abel drehte sich um und drückte seine Hand auf Maries Mund.

Die Haustür Landgrebers knarzte. Abel glaubte zu erkennen, wie sich eine Gestalt umsah. Etwa dreißig Schritte entfernt kam jemand mit einer Laterne die Gasse herunter. Die Gestalt verschwand im Haus und die Tür wurde zugezogen. Kaum war der Passant vorüber, öffnete sich die Tür erneut. Wieder erschien ein Kopf und inspizierte die Straße. Alles war ruhig. Eine Person trat hervor und gab einer weiteren ein Zeichen zu folgen. Beide schienen etwas vom Kopf zu ziehen. Abel presste sich an die Bretterwand. Vergebens, er konnte nichts erkennen. Dann machten sich die beiden Schatten auf den Weg.

»Komm!«, raunte Abel Marie zu, nahm sie bei der Hand und verließ mit ihr die Bude. Sie hatten sich darauf verständigt, als Paar die Verfolgung aufzunehmen, weil dies am wenigsten Verdacht erregen würde. Abel hatte es vorgeschlagen, und Marie hatte zugestimmt.

Vom Eingang der Gasse näherte sich erneut eine Laterne. Die beiden Halunken begannen zu schwanken und sich lallend zu unterhalten. Die Passanten mit der Laterne machten einen Bogen um sie und kamen auf Abel und Marie zu. Es war ebenfalls ein Paar. »Widder welche ohne Lischt«, knurrte der Mann.

Die beiden Gestalten nahmen den Weg durch die Saalgasse zum Dom. Abel und Marie folgten in sicherem Abstand. Je näher sie dem Garküchenmarkt kamen, umso lauter und heller wurde es. Trotz der vorgerückten Stunde war der Platz belebt.

Abel blickte sich um. Endlich sah er die Wachen. Sie folgten in sicherem Abstand. Abel gab ihnen ein Zeichen, etwas aufzuschließen. Wenn die Halunken vorhatten, den Markt zu queren, war äußerste Vorsicht geboten. Zu leicht könnten sie die beiden in dem Gewirr der Buden verlieren.

Abel und Marie gingen rascher. Hier konnten sie ohne Gefahr den Abstand verringern.

Die Halunken fühlten sich sicher. Sie hatten es inzwischen aufgegeben, Betrunkene zu mimen. Abel und Marie verkürzten den Abstand noch mehr. Doch dann blieben die beiden plötzlich stehen und blickten sich um. Für Abel und Marie war es nun zu spät, sich zu verstecken. Abel senkte den Kopf und zog Marie zu sich heran. Langsam gingen sie so weiter.

Abel war klar, dass die beiden an den Überfällen auf ihn beteiligt gewesen sein könnten und ihn womöglich erkennen würden, trotz Mütze und bürgerlicher Kleidung. Er legte seinen Kopf auf Maries Schulter und versteckte sein Gesicht hinter ihrer Haube. Eng umschlungen passierten sie die beiden. Außer Hörweite flüsterte Abel: »Wir dürfen sie nicht aus den Augen verlieren!«

Marie blieb stehen und zog Abel so zu sich, dass er über ihre Schulter zurückschauen konnte. »Siehst du etwas?« Abel deutete ein Nicken an. Er sah, dass die beiden die Wegrichtung gewechselt hatten.

Abel spürte die Wärme Maries und schloss für einen Augenblick die Augen. Als er sie wieder öffnete, waren die beiden Halunken verschwunden. Abel ließ Marie los. »Sie sind weg!«

Marie drehte sich um. Auch sie sah nichts. Sie ging zum nächsten Stand und stieg auf einen Karren.

»Dort sind sie!«

»Wo?«

Marie deutete zum Dom.

»Bist du sicher?«

Marie sprang vom Karren und eilte durch die Menge. Abel holte sie ein.

»Warum gehen sie zurück?«

So wie Abel und Marie ein paar Stunden zuvor stiegen jetzt die beiden Halunken die Stufen zum Südportal hoch. Abel schaute Marie an. »Was wollen die dort? Die Tür ist doch zu!« Doch die beiden hielten weiter auf das Portal zu. Oben angekommen blickten sie sich kurz um, zogen die Tür auf und verschwanden in der Kirche. Abel blickte Marie ungläubig an.

»Was jetzt?«, fragte Marie.

Abel zuckte mit den Schultern. Er eilte durch die Buden, stieg ebenfalls zum Portal hoch und zog an der Tür. Als er spürte, dass sie nachgab, drückte er sie wieder zu.

Er drehte um und ging die Treppe wieder hinunter, wo inzwischen Marie und auch der Konstabler warteten. Die beiden anderen Wachen hielten sich im Hintergrund.

»Die Kerle sind in der Kirche verschwunden«, erklärte Abel. »Hat keinen Sinn, ihnen zu folgen. Wir warten!«

Der Konstabler nickte. »Wir sollten aber nicht so auffällig herumstehen. Kann sein, dass sie gleich wieder herauskommen.«

»Gut möglich. Aber was soll das alles?«

»Vielleicht übergeben sie drinnen das Geld«, sagte der Konstabler.

Abel griff nach seinem Arm. »Ihr habt recht. Da sind noch welche drinnen.«

»Oder sie kommen noch«, meinte der Konstabler.

»Wir müssen uns verstecken. Los, los!«

Abel nahm Marie am Arm und ging am Fuß der Treppe hinter einer Bude in Deckung. Der Konstabler folgte.

Es dauerte nicht lange und das Kirchenportal ging wieder auf. Abel, Marie und der Konstabler drückten sich hinter die Bude. Zwei Gestalten erschienen und verschwanden die Treppe hinunter in die Nacht.

»Meine Leute werden den beiden folgen«, sagte der Konstabler. »Wir bleiben und warten, wer noch kommt.«

Abel überlegte: Würde noch jemand kommen, oder waren derjenige oder diejenigen schon drinnen? Die Tür war nach wie vor offen. Also ist noch jemand drin, entschied Abel.

»Warum warten?«, sagte er zu dem Konstabler. »Ich gehe hinein, scheuche ihn auf und Ihr nehmt ihn fest, wenn er herauskommt.«

»Ich gehe mit«, sagte Marie.

Abel zögerte. Doch dann gab er ihr ein Zeichen zu folgen. Sie stiegen beide die Treppe hoch und schlüpften durch die Tür.

XVIII

Abel und Marie standen im südlichen Flügel des Querhauses. Der Innenraum des Doms lag im Dunkeln. Das Ewige Licht im Chor war nicht mehr als ein roter Punkt. Abel konnte nicht einmal die drei Joche weit bis zur Vierung blicken. Die beiden Halunken hatten keine Laterne dabeigehabt. Offensichtlich kannten sie sich hier aus.

Der Dom als geheimer Platz für die Übergabe der Gelder, die den Schiffern abgepresst wurden: Das war raffiniert. Nur, wer hatte das Geld entgegengenommen? Wo war der Auftraggeber? Oder waren es gar mehrere? Abel wurde unsicher, ob sein Einfall, in den Dom zu folgen, so klug war. Was geschah, wenn der Unbekannte oder die Unbekannten durch ein Schlupfloch verschwanden?

»Komm mit!«, flüsterte er zu Marie.

In diesem Augenblick hörten sie ein Geräusch. Es war, als würde weit entfernt eine Tür ins Schloss gedrückt. Abel nahm Marie, zog sie aus der Mitte des Ganges und versteckte sich mit ihr hinter einer Säule. Schritte hallten durch den Raum. Sie wagten kaum, zu atmen.

»Der kommt hierher«, flüsterte Abel. Er hielt Marie an der Hand und spürte, wie sie zitterte. Jetzt sah Abel auch ein Licht. Eine Gestalt ging mit festen Schritten an ihnen vorüber. Abel spähte hinter der Säule hervor. Doch der Unbekannte hatte die Laterne so abgedeckt, dass Licht nur auf den Boden fiel. Die Gestalt ging weiter bis zum Südportal. Abel machte sich bereit, ihr zu folgen.

Ein leises Knirschen war zu hören. Dann drehte sich der Unbekannte um und ging den Weg zurück, den er gekommen war.

»Was war das?«, flüsterte Marie, als die Gestalt außer Hörweite war.

»Er hat die Tür von innen verschlossen«, gab Abel ebenso leise zurück. Er rieb sich das Kinn. Was jetzt?

Abel hörte, wie sich die Schritte weiter entfernten. Von der Laterne war nur noch ein Punkt zu sehen. Der Unbekannte ging direkt in das nördliche Querhaus. Er verschwindet durch die andere Tür, schoss es Abel durch den Kopf. Er rang mit sich. Sollte er versuchen, den Unbekannten zu überwältigen? Ohne Kopfverletzung wäre ihm die Entscheidung leichter gefallen. Außerdem war da noch Marie. Er durfte sie nicht gefährden. Aber sie könnten versuchen, der Gestalt zu folgen. »Komm«, flüsterte er Marie zu. »Er darf uns nicht entwischen!«

Auf Zehenspitzen schlichen sie dem Unbekannten nach. Sie waren noch keine zehn Schritte weit gekommen, als sie ein leises Klimpern vernahmen. Der hat die Frechheit und wirft auch noch Geld in den Opferstock, dachte sich Abel. Dann hörten sie, wie eine Tür geöffnet wurde und wieder ins Schloss fiel.

Abel hastete zum Nordportal. Er wunderte sich, wie sicher er die Mitte des Ganges halten konnte und nirgends anstieß. Am Portal angekommen, versuchte er die Tür zu öffnen — und sah seine Befürchtungen bestätigt.

Inzwischen war auch Marie nachgefolgt. »Die Tür ist zu, Marie. Wir haben uns einschließen lassen wie kleine Kinder.« Abel trat gegen das Holz. Marie sagte nichts. Stumm suchte sie nach seiner Hand und drückte sie. Abel schwieg. Hand in Hand gingen sie zurück zur Vierung und tasteten sich weiter zum Südportal.

»Die Wache wird uns herausholen«, sagte Marie nach einiger Zeit.

»Aber der Hauptverbrecher ist über alle Berge. Marie, der Kommandant wird mich in Stücke reißen.«

Marie lehnte den Kopf an Abels Schulter. »Niemand konnte das vorhersehen.«

»Ich hätte ihn überwältigen sollen!«

»Und wenn er stärker ist? Vergiss nicht, du bist verletzt!«

»Ein Versuch wäre es wert gewesen.«

»Und wenn er entkommen wäre, wäre er jetzt gewarnt.«

Abel schwieg.

»Noch ist er nicht wirklich entwischt. Sie werden die beiden anderen Kerle verhaftet haben und sie zum Reden zwingen.«

»Es wird nichts nützen, Marie. Sie werden nur gestehen, was wir schon wissen. Das hier diente alles nur dazu, den oder die Hintermänner zu schützen. Die Halunken kamen mit dem erpressten Geld zu der einen Tür herein, ihr Auftraggeber zur anderen, das Geld wird übergeben und …«

»Warum der Aufwand?«

»Der Auftraggeber will unerkannt bleiben. Vielleicht hat er sogar den Dom jedes Mal durch eine andere Tür betreten und wieder verlassen, damit ihm niemand nachschleicht. Ich jedenfalls hätte es so gemacht.«

»Und woher hat er den Schlüssel?«

»Ich weiß es nicht. Jedenfalls … Moment!« Abel nahm Marie am Arm. »Das könnte ein Weg sein. Es sollte nicht schwer sein, herauszufinden, wer Zugang zu den Schlüsseln hat.«

»Der Kustos?«

»Möglich. Oder jemand vom Stiftskapitel.«

Marie blieb stehen. »Du meinst, einer von den Stiftsherren oder den Kanonikern? Sind das nicht alles honorige Herren?«

»Wenn schon!« Abel zog Marie weiter.

»Schlüssel kann man auch nachmachen.«

»Wir sollten den Weidenweber fragen.«

Endlich waren sie am Portal angelangt. Abel schlug mit der flachen Hand mehrmals an die Tür.

»Pater Abel! Seid Ihr's?«

»Wir sind eingeschlossen.«

»Ich hab's gemerkt.«

»Schafft uns hier raus!«

»Ich werde den Kustos holen.«

Kurze Zeit später hörte Abel gedämpft Stimmen. »Ihr werdet sehen, Ihr habt Euch getäuscht. Ich habe …«

»Überzeugt Euch selbst.«

Dann drehte sich der Schlüssel im Schloss und die Tür wurde geöffnet.

»Ha! Wie kommt ihr hier herein?«

Abel und Marie traten ins Freie. Vor ihnen stand der Kustos, schwarz gekleidet und eine Laterne in der Hand, dahinter der Konstabler.

Der Kustos hielt Abel die Laterne vors Gesicht. »Wollt Ihr mir bitte schön erklären, wie Ihr hier hineingekommen seid?«

Abel blickte zum Konstabler. Dann legte er dem Kustos den Arm auf die Schulter.

»Wir waren oben auf dem Turm und haben die Zeit vergessen. Als wir gehen wollten, waren die Türen verschlossen.«

Der Kustos blinzelte. »Auf dem Turm? So lange?«

»Nein, nicht so lange«, entgegnete Abel. »Es hat nur so lange gedauert, bis jemand unser Rufen gehört hat.«

»Ihr lügt. Ihr wolltet den Opferstock plündern!« Der Kustos drehte sich um und schrie: »Wache!«

Im gleichen Augenblick kam Kommandant Laubheimer die Treppe heraufgestürmt, hinter ihm ein Wachsoldat. Schnaufend blieb Laubheimer vor ihnen stehen. Die Knöpfe seiner Uniform blinkten im Kerzenlicht.

Der Kustos schaute ungläubig. »Herr Kommandant, Ihr kommt gerade richtig.«

»Hat alles seine Ordnung. Geht nach Hause, guter Mann!« Laubheimer trat einen Schritt zurück und gab die Treppe frei.

»Aber … Herr Kommandant … die beiden …«

»Geht, Kustos! Ich kümmere mich darum.«

Der Kustos verschloss umständlich die Tür des Südportals.

Abel trat hinter Laubheimer und flüsterte ihm etwas zu.

Der Kommandant sah ihn nur stumm an.

»Es ist wichtig!«, flüsterte Abel.

Laubheimer wendete sich um. »Einen Augenblick noch, Kustos«, sagte er. »Wer hat einen Schlüssel für den Dom?«

Der Kustos blieb stehen. »Warum?«

»Antwortet!«

»Nur noch der Propst.«

»Und wo werden die Schlüssel aufbewahrt?«

»Der Propst hat die seinen in seinem Sekretär, ich habe sie immer bei mir.« Der Kustos klopfte auf seine Brusttasche.

»Und kein Dritter hat Zugang?«

Der Kustos schüttelte den Kopf.

Abel dachte an die Abteikirche in Amorbach. Auch dort hatten nur der Abt, der Sakristan und er einen Schlüssel. Aber manchmal kam es vor, dass einem Handwerker oder einem Musikus, der von auswärts zum Orgelspiel kam, für kurze Zeit ein Schlüssel überlassen wurde.

»Ihr habt also noch nie einen Schlüssel verliehen?«, fragte er den Kustos.

»Ich stelle hier die Fragen!« Laubheimer wurde laut. Dann wandte er sich etwas leiser an den Kustos. »Also, antwortet!«

Dieser schüttelte erneut den Kopf.

»Ihr könnt gehen.«

»Meldet Euch, falls Euch doch noch etwas einfällt«, rief ihm Abel nach.

»Und?«, fragte Laubheimer Abel, nachdem der Kustos verschwunden war.

Kleinlaut berichtete Abel von seinem Missgeschick. Mit unbewegter Miene hörte der Kommandant zu. Auch den Weg zurück zur Hauptwache schwieg er. Erst als sie in seinem Zimmer standen, begann er zu sprechen.

»Was soll das?«, blaffte Laubheimer und deutete auf Marie.

Ehe Abel antworten konnte, trat Marie auf Laubheimer zu. »Wir kennen uns von Miltenberg«, sagte sie sanft und legte ihre Hand auf dessen Arm. »Er und mein Vater sind Freunde. Ich habe ihn zufällig heute Abend getroffen.«

Laubheimer schluckte und wich ihrem Blick aus.

»Ich hatte Angst mich zu verlaufen, Herr Kommandant«, sprach Marie weiter. »Er kann nichts dafür, dass ich ihm nicht mehr von der Seite gewichen bin.«

Laubheimer drehte sich um und ging hinter seinen Schreibtisch. »Gleichviel«, sagte er und schaute Abel an. »Ihr habt Euch also einschließen lassen!«

Abel war froh, dass in dem Dämmerlicht niemand merkte, wie er rot wurde.

Laubheimer wartete einen Augenblick. Als Abel nicht antwortete, fuhr er fort. »Die beiden Kerle haben also nicht gelogen.«

Abel hob den Kopf. »Ihr habt sie gefasst?«

»Was habt Ihr gedacht?«

»Und?«

»Die Erpressungen haben sie gestanden, mehr nicht. Zu ihrem Auftraggeber wissen sie nichts — sagen sie. Passt also zu Eurer Geschichte. Im Beichtstuhl hätten sie das Geld übergeben und dort auch ihre Anweisungen erhalten. Nie hätten sie jemanden zu Gesicht bekommen.«

In diesem Augenblick pochte es an der Tür.

»Jetzt nicht!«, bellte Laubheimer.

Doch die Tür ging auf und ein Kopf streckte sich herein.

»Ihr?« Laubheimer richtete sich auf.

Die Tür wurde ganz aufgestoßen und der Kustos trat in die Stube.

»Mir ist doch noch etwas eingefallen, zu dem Schlüssel«, sagte er leise. Abel sah, wie die Laterne in seiner Hand zitterte.

»Ich höre.« Laubheimer kam hinter seinem Tisch hervor.

»Vor einem Jahr etwa, da habe ich eine Ausnahme gemacht.«

»Wer?« Laubheimer und Abel fragten gleichzeitig.

Der Kustos zögerte.

»Was ist?« Laubheimer machte einen Schritt auf ihn zu.

»Ich weiß nicht, ob ich es sagen soll. Ist doch schon so lange her.«

»Wer?« Der Kommandant baute sich vor dem Kustos auf.

Dieser senkte den Kopf und sagte: »Olbort.«

Laubheimer wich einen Schritt zurück. »Der Olbort?«

»Es war nur für kurze Zeit und ist, wie gesagt, schon lange her.«

»Warum?«

»Warum ich den Schlüssel überlassen habe?«

»Spreche ich so undeutlich?« Laubheimer tat wieder einen Schritt nach vorne.

»Er wollte ein Gelübde einlösen. Seine Frau war von einer schweren Krankheit genesen. Aus diesem Anlass hatte er eine Kreuzigungsgruppe gestiftet. Die Handwerker haben Tag und Nacht gearbeitet. Ich überließ ihm deswegen für einige Tage den Schlüssel.«

»Kann mich nicht erinnern, dass Olborts Frau so schwer gelegen haben sollte.«

»Der Gekreuzigte hat auch schnell geholfen.«

»Für alle Türen?«

»Wie, für alle Türen?«

»Für welche Tür genau hatte er einen Schlüssel?«

»Für alle Türen, die nach außen gehen, gibt es nur einen Schlüssel.«

Wie zum Beweis hielt der Kustos seine Brusttasche mit dem Schlüssel hoch.

Abel legte ihm die Hand auf die Schulter. »Danke«, sagte er. »Ihr könnt wieder schlafen gehen.«

IXX

Abel wartete, bis der Kustos gegangen war. Dann fragte er Laubheimer: »Wo wohnt Olbort?«

Laubheimer entgegnete: »Ihr wollt doch nicht zu ihm, jetzt, mitten in der Nacht?«

»Warum nicht?«

Marie, die sich bisher im Hintergrund gehalten hatte, stellte sich neben Abel. Laubheimer blickte sie an. Dann wandte er sich an Abel.

»Warum sollte Olbort Euch einschließen?«

»Wer sonst soll es gewesen sein? Er hat das mit seiner Frau nur vorgetäuscht, um an den Schlüssel zu kommen. Er hat ihn nachgemacht. Habt doch selbst gesagt, Ihr wüsstet nichts von einer schweren Krankheit.«

Laubheimer richtete seinen Rock. »Weiß ich auch nicht. Was aber nicht heißt, dass sie nicht trotzdem krank gewesen sein kann.«

»Dann bleibt nur noch der Propst. Sollen wir den aus dem Bett holen?«

Laubheimer stellte sich vor Abel. »Pater, glaubt mir, nichts würde ich lieber tun, als diesen Olbort zu verhaften. Aber der Mann will Schultheiß werden. Er hat eine zwar kleine, aber dafür umso mächtigere Schar von Unterstützern. Wenn wir uns täuschen …«

Laubheimer griff sich an den Kopf. »Ich mag gar nicht daran denken.« Er beugte sich zu Abel. »Dann fällt nicht nur der jetzige Schultheiß, sondern auch ich bin die längste Zeit Stadtkommandant gewesen. Nehmen wir uns die Verhafteten noch einmal vor. Die verschweigen uns etwas.«

»Kommandant, ich habe Euch doch berichtet, wie hier alles abgelaufen ist. Die wissen nichts. Die können nichts wissen.«

»Und wie stellt Ihr Euch das mit Olbort vor? Einfach hingehen, ihn herausläuten und abführen? Und dann wird er uns alles brav erzählen? Was, bitte schön, können wir ihm nachweisen?«

»Er war es. Er hat das erpresste Geld, und wir werden es bei ihm finden!«

»Natürlich werden wir Geld bei ihm finden. Aber wie sollen wir beweisen, dass es aus der Erpressung stammt?«

»Kommandant, Ihr oder einer Eurer Leute waren doch inzwischen bei Landgreber, oder?«

»Natürlich.«

»Haben die Kerle das Geld dort geholt?«

»Ja, warum?«

Abel stützte sich auf eine Stuhllehne.

»Ich habe das Geld, das ich für den Schiffer besorgt habe, markieren lassen.«

Laubheimer stand der Mund offen. Marie blickte Abel von der Seite an.

»Markiert?«, fragte Laubheimer nach einer Weile.

»Eine Einkerbung am Rand. Klein genug, dass sie nicht auffällt, wenn man nichts davon weiß.«

Doch dann richtete sich Abel auf. »Ich Idiot!«, sagte er und schlug sich an die Stirn. »Der Kustos, wir müssen in den Dom!«

Laubheimer hob die Hände. »Was jetzt? Olbort, Kustos, Dom?«

Abel sagte leise. »Es ist nur so eine Vermutung, aber unser Unbekannter hat vorhin eine Münze in den Opferstock geworfen. Gut möglich, dass sie aus der Erpressung stammt.«

»Und Ihr meint, dass ...« Laubheimer stieß einen Seufzer

aus, doch dann nickte er. »Ihr bringt mich nur noch mehr in Schwierigkeiten.« Dann rief er »Wache« und, nachdem zwei Soldaten gekommen waren, sagte er: »Wir müssen noch einmal zum Kustos.«

Die Straßen waren leer geworden. Abel ging eine Weile schweigend mit Laubheimer und Marie hinter den Wachen her. Dann begann er: »Wenn wir im Dom in einem Opferstock eine meiner Münzen finden, steht fest, dass dort auch das Geld übergeben worden ist. Sollte ich …«, Abel blickte zu Marie, »sollten wir recht behalten, willigt Ihr ein und lasst uns zu Olbort gehen, das Geld suchen.«

Laubheimer wackelte mit dem Kopf.

»Kommandant, es ist unsere einzige Möglichkeit.«

Laubheimer schwieg. »In Gottes Namen, Pater«, sagte er dann. »Ich hoffe inständig, Ihr werdet mich nicht zum Gespött machen.«

Bald standen sie erneut vor dem Dom. Der Kustos, den die Wachen geholt hatten, schloss auf und betrat mit der Laterne in der Hand das Gotteshaus.

»Wo überall steht hier ein Opferstock?«, fragte Abel den Kustos.

»An jedem Ausgang einer.«

»Gut. Er hat den Dom durch das Nordportal verlassen. Schauen wir da zuerst nach.«

»Ihr habt mir immer noch nicht gesagt, was Ihr dort wollt!«

»Bitte schließt den Opferstock auf«, sagte Abel, als sie am Nordportal angelangt waren.

Der Kustos fuhr zurück. »Ihr wollt uns berauben?«

»Aufschließen!«, sagte Laubheimer bestimmt.

Ohne weitere Einwände öffnete der Kustos nun den hölzernen Kasten, der mit Eisenbändern an einer Säule befestigt war.

»Bitte«, sagte er dann und trat einen Schritt zurück. Abel ließ sich von ihm die Laterne geben und leuchtete in den Kasten. Auf einem kleinen Häufchen Kupfermünzen lag ein Gulden. Er holte diesen heraus und hielt ihn unter das Licht. Seine Hände zitterten. Doch dann wurde er ruhig und lächelte. Er zeigte Laubheimer und Marie die kleine Kerbe am Rand des Geldstückes. Laubheimer blickte kurz darauf, brummte etwas, das Abel nicht verstand, und steckte den Gulden ein.

»Das ist Geld der Kirche!«, protestierte der Kustos.

»Beschlagnahmt«, knurrte der Kommandant und ging in Richtung Südportal.

»Wartet!«, sagte Abel zu dem Kustos. Er griff in seine Tasche. Doch da er die Kleidung gewechselt hatte, trug er kein Geld bei sich.

»Ihr habt nicht zufällig einen Gulden für mich?«, rief er Laubheimer nach.

»Für die Katholischen?«, antwortete dieser spitz.

»Hier«, sagte Marie und reichte dem Kustos einen Gulden.

»Morgen bekommst du ihn zurück«, sagte Abel und zog sie zum Portal, durch das Laubheimer bereits verschwunden war.

»Also, wo wohnt er?«, fragte Abel, als sie Laubheimer und die Wachen wieder eingeholt hatten.

»Kannengießergasse. Sind gleich da.«

»Hier«, sagte der Kommandant und blieb mit den Wachen vor einem Haus stehen. Es war zu dunkel, um allzu viel zu erkennen. Aber die Bürger, die in dieser Gasse wohnten, mussten zu den vermögenderen gehören. Nirgends standen Messebuden, und außer den Pferdeäpfeln, die Abel mehr roch, als sah, schien kein Unrat auf der Straße zu sein. Die Untergeschosse der Häuser waren aus bossierten roten Sandsteinen gemauert oder mit Kalkputz versehen. Hohe, große Fenster nahmen bisweilen die gesamte Giebelbreite ein. Im Schein von Laubheimers Laterne sah Abel, dass die Fenster im Erdgeschoss von Olborts Haus mit schmiedeeisernen Gittern gesichert waren. Abel zuckte zusammen, als der Kommandant die Glocke zog. Noch zweimal musste dieser läuten, bis sich Schritte näherten.

Ein Bediensteter im Schlafrock öffnete. In der einen Hand hielt er eine Laterne, mit der anderen rieb er sich die Augen.

»Laubheimer, Stadtkommandant«, sagte Laubheimer, noch bevor der Diener fragen konnte. »Wir wollen den Hausherrn sprechen!«

Der Diener hielt die Laterne hoch. »Stadtkommandant? Was? Wieso?«

»Ich verhandele nicht auf der Straße. Aufmachen!«

»Verzeiht, Herr, wisst Ihr, wie spät es ist?«

»Eben. Wir wollen nicht die ganze Nacht hier stehen bleiben.«

»Kann das nicht warten bis morgen früh?«

Laubheimer trat zwei Schritte zurück und machte den Wachen Platz.

»Nicht doch! Haltet ein!«

»Anton! Was ist los?« Olborts Stimme hallte aus dem Haus.

»Herr, da ist der Stadtkommandant und begehrt Einlass.«

»Wer ist da?«, schrie Olbort.

Laubheimer senkte die Stimme. »Wollt Ihr, dass die ganze Straße wach wird?«

Der Diener drehte sich um und blickte ins Haus.

Von dort kam Olbort mit einem Licht.

»Wer will etwas von mir?«, fragte er, immer noch laut.

Auch Olbort war im Schlafrock. Doch dieser war nicht geschlossen. Wie eine Kugel ragte Olborts Bauch hervor.

»Laubheimer«, sagte der Kommandant. »Lasst uns hinein!«

»Was ist passiert?«

Im Haus gegenüber ging ein Fenster auf.

»Wollen wir hier auf der Straße verhandeln?«, fragte Laubheimer laut.

Olbort schaute auf den Kommandanten, dann sah er Abel. »Ihr? Und wer ist diese Frau da?«

»Was ist?«, sagte Laubheimer. »Soll ich den Wachen befehlen …?«

»Lasst sie herein, Anton«, sagte Olbort, drehte sich um und verschwand im Haus.

Der Diener wich zur Seite und ließ den Kommandanten eintreten. Abel, Marie und die Wachen folgten. Der breite Flur endete in einem Treppenhaus. Abel sah Olbort bereits auf der obersten Stufe. Die Hand am Treppenlauf stürmte er hinterher. Beinahe wäre er über die dunklen Stufen gestolpert. Olbort verschwand hinter einer hohen Tür. Abel folgte, und als er durch die Tür trat, sah er Olbort an einem Tisch stehen, die Arme vor der Brust gekreuzt. Mittlerweile erschienen auch Marie, Laubheimer und die Wachen.

In der Mitte des Tisches stand ein Leuchter. Anton kam herein und begann die Kerzen zu entzünden. Seine Hände zitterten. Als alle Kerzen brannten, schickte Olbort den Diener weg. Die Wachen schlossen die Tür.

»Ja, schaut Euch nur um«, sagte Olbort, als er sah, wie Abel, Marie und die Wachen die Bilder an den holzgetäfelten Wänden musterten. »Alles hart erarbeitet. Hart und ehrlich. Also, was wollt Ihr?«

Laubheimer räusperte sich. »Ihr seid vor Mitternacht im Dom gesehen worden. Was habt Ihr dort gemacht?«

»Ich? Im Dom? Heute Nacht?« Olbort lachte. »Das frage ich Euch, was ich dort gewollt haben soll. Sagt Ihr es mir!«

»Wart Ihr dort? Ja oder nein.«

»Natürlich nicht! Rechtschaffene Menschen wie ich arbeiten oder liegen um diese Zeit im Bett.«

»Zeugen?«

Olbort lachte erneut. »Zeugen?«

Dann wurde er ernst. »Das heißt, Ihr glaubt mir nicht? Kommandant, passt auf, dass Ihr nicht zu weit geht!«

Abel sah, wie Laubheimer schluckte. Er ergriff das Wort. »Eure Frau wird das sicherlich bestätigen.«

Olbort wandte sich Abel zu. »Wilhelmine? Wir schlafen getrennt.«

»Und der Diener?«

»Anton? Ja, natürlich. Ich werde ihn holen, auch wenn ich Euren Zweifel als Affront ansehe, Kommandant, als einen unglaublichen Affront.« Olbort griff zur Laterne und entfernte sich. Laubheimer gab einer Wache das Zeichen, dem Händler zu folgen.

»Der Diener wird alles bestätigen, was sein Herr von ihm verlangt«, sagte Marie.

Laubheimer winkte ab. »Lasst mich nur machen.«

Die ganze Zeit hatte Abel überlegt, wo Olbort das Geld verwahrte. Der Raum, in den sie geführt worden waren, schien Wohn- und Arbeitszimmer gleichermaßen zu sein. In der Mitte stand die Tafel, der Fensterfront gegenüber befand sich ein Aufsatzschrank aus Nussbaum, und in der Ecke gleich neben der Tür ein Kabinettschränkchen.

Marie zupfte Abel am Ärmel und zeigte auf eine eisenbeschlagene Truhe in der Fensternische. Abel ging hin und zog an ihren Schlössern.

Schritte näherten sich und Olbort betrat, gefolgt von seinem Diener und der Wache, wieder den Raum.

»Anton, sag ihnen, dass ich den ganzen Abend hier war.«

»Halt«, rief Laubheimer. »Die Fragen stelle ich! Also, wo war Euer Herr bis jetzt?«

Der Diener schien verwirrt. Er schaute auf den Kommandanten, dann auf Olbort. Dieser hob die Hand. »Los, sag ihnen, dass ich hier war.«

»Olbort, ich frage!« Laubheimer befahl den Wachen, Olbort hinauszuführen. Als die Tür hinter ihnen geschlossen war, fragte er den Diener erneut: »Also, wo war Euer Herr heute Abend?«

Anton deutete eine Verbeugung an. »Herr Olbort ist gegen sechs Uhr heute Abend ins Haus gekommen, hat mit seiner Gemahlin zu Abend gespeist und dann hier gearbeitet.« Anton deutete auf den Kabinettschrank.

»Wie lange?«, fragte Laubheimer.

»Gegen neun Uhr hat er noch einmal Tee verlangt, danach habe ich mich zurückgezogen.«

»Und er hat das Haus nicht mehr verlassen?«

»Nein.«

Abel schob sich nach vorne. »Wo ist Euer Zimmer?«

»Nach hinten hinaus, zum Garten.«

»Bemerkt Ihr dort, ob jemand das Haus verlässt?«

»Sicher, Herr.«

»Auch im Schlaf?«

Anton zögerte, dann nickte er erneut. Laubheimer gab ihm ein Zeichen, sich zu entfernen.

Olbort kam wieder ins Zimmer. »Na bitte«, sagte er scharf. Er schien Laubheimer mit Blicken durchbohren zu wollen.

Abel versuchte, ruhig zu bleiben. Er zeigte auf die Truhe. »Bewahrt Ihr hier Euer Geld auf?«

Der Händler fuhr herum. »Was soll das jetzt? Was geht Euch das an? Und wer ist diese Frau hier?«

Laubheimer hieb mit der Hand auf den Tisch. »Ich stelle hier die Fragen. Also, wo habt Ihr Euer Geld?«

Olbort wandte sich wieder Laubheimer zu. »Das muss ich nicht sagen!«

»Doch! Wir können auch das Haus auf den Kopf stellen.«

»Warum? Ich will wissen, warum!«

In diesem Augenblick ging die Tür auf und Wilhelmine Olbort streckte den Kopf herein. »Raus!«, schrie Olbort sie an und wandte sich wieder an Laubheimer. »Ich warte!«

Laubheimer stellte die Füße zusammen, zupfte ein wenig an seiner Uniform und räusperte sich. »Johann Caspar Olbort«, sagte er dann, »Euch wird vorgeworfen, der Kopf der Bande zu sein, die die Schiffer erpresst. Außerdem wird Euch zur Last gelegt, mitverantwortlich für den Tod von Gottfried Wolter zu sein, dem Kompagnon von Pater Abel aus Amorbach.« Laubheimer deutete auf Abel.

»Und mich wolltet Ihr auch umbringen.«

Der Kommandant bedeutete Abel, zu schweigen.

»Wir vermuten das Geld aus der Erpressung hier bei Euch.«

»Ha!« Olbort stellte sich direkt vor den Kommandanten hin und schaute ihm in die Augen. »Laubheimer, das ist ein hundsgemeines Komplott! Ihr und Euer sauberer Schultheiß wollt mich schikanieren. Ihr wollt meinen Ruf zerstören und meine Kandidatur vereiteln. Was heißt hier überhaupt Erpressung? Seit wann werden die Schiffer erpresst?«

»Eure Helfer sind bereits verhaftet!«

Olbort wich einen Schritt zurück. »Verhaftet? Wer?«

»Fecher zum Beispiel, der Kerzenmeister der Schifferzunft.«

Abel fuhr sich mit der Hand ins Gesicht. Der Kerzenmeister ein Gauner? Und er hatte sich ihm anvertraut.

»Na und?« Abel hörte Olbort wie durch eine Nebelwand.

»Er hat gestanden.«

»Gestanden? Was? Dass ich der Kopf einer Erpresserbande sein soll? Laubheimer, macht Euch nicht lächerlich!«

»Er hat gestanden, die Schiffer erpresst zu haben. Und er hat gestanden, im Dom seine Weisungen erhalten und dort das Geld übergeben zu haben.«

»Schön. Und was habe ich damit zu tun?«

»Ihr wart heute Nacht im Dom und habt wieder Geld in Empfang genommen.«

»Hab ich nicht!«, schrie Olbort Laubheimer ins Gesicht.

Abel hatte sich wieder gefasst. Warum sprach der Kommandant nur von einer Person? Die Kerle waren doch zu zweit! Sollten die Wachen den anderen verloren haben? Mit einem Male wusste Abel, wer der zweite Mann war. Der Tabak — der Geruch, der ihm beim Überfall in der Kajüte so bekannt vorgekommen war, es war Tabakgeruch. »Weidenweber«, flüsterte er.

»Wie?« Laubheimer sah ihn an.

»Nichts«, sagte Abel.

»Bitte schön. Ich habe nichts zu verbergen.« Olbort ging plötzlich ganz ruhig zu seinem Kabinettschrank. Er stellte sich so, dass niemand sah, was er tat. Abel hörte, wie eine Schublade aufsprang. Olbort drehte sich um und warf zwei Schlüssel auf den Tisch. Die beiden Wachen wuchteten die eisenbeschlagene Truhe in die Zimmermitte. Abel öffnete die Schlösser und hob den Deckel. Silbern und golden glänzten ihm die Geldstücke entgegen. Er sah Gulden, Louisdor und weitere, ihm unbekannte Währungen. Abel hatte sich vom Bankier Speyer ausschließlich Gulden präparieren lassen.

»Marie, bitte das Licht.«

Marie nahm den Leuchter und hielt ihn über das Geld. Abel fischte die obersten Gulden heraus. Er hielt die Luft an. Er drehte die Geldstücke hin und her, doch er entdeckte nichts. Auch alle weiteren Gulden waren ohne Markierung. Er breitete das Geld auf dem Tisch aus, legte alle Gulden auf einen kleinen Haufen und überprüfte sie erneut. Nichts. Dann schaute er den Kommandanten an und schüttelte den Kopf.

Laubheimer drehte sich weg und starrte zur Wand. Eine Weile blieb er so stehen und sprach kein Wort. Dann drehte er sich um. Abel erschrak, als er das versteinerte Gesicht sah. Der Kommandant deutete auf den Aufsatzschrank. »Und dort drin?«, fragte er Olbort.

»Jedenfalls kein Geld.«

»Alles durchsuchen!«, sagte Laubheimer kalt und riss als Erster an den Schubladen des Aufsatzschrankes.

Sie stellten das ganze Haus auf den Kopf. Abel hatte den Eindruck, als machten die Wachen so etwas nicht zum ersten Mal. Selbst das Zimmer von Olborts Frau blieb nicht verschont. Marie sah sich dort unter der Aufsicht Laubheimers um. Doch sie fanden nichts. Laubheimer gab ein Zeichen, die Suche einzustellen.

»Er bewahrt das Erpressergeld woanders auf«, sagte Marie.

»Nur wo?« Abel packte Marie an beiden Armen. »Du hast recht«, sagte er lauter als gewollt. Erschrocken blickte er um sich. Keine fünf Schritte entfernt stand Olbort und schaute zu Boden. Seine Fußspitzen spielten mit den Fransen des Teppichs. Er hatte ihr Gespräch gehört, da war sich Abel sicher.

Laubheimer sagte laut: »Schluss für heute.«

Kurz nach Mitternacht standen sie wieder auf der Straße.

Laubheimer schickte die Wachen nach Hause. Dann hob er seine Laterne vor Abels Gesicht. »Das war es also.«

Abel schwieg.

»Morgen bin ich das Gespött der ganzen Stadt.«

»Er war's«, sagte Abel.

»Er war's, er war's. Das hilft mir nicht, Pater. Gute Nacht.«

»So wartet doch!«

»Warten? Auf was?«

»Er wird kommen.«

»Wer? Olbort?«

»Wenn er das Geld nicht im Hause hat, dann …«

»Es reicht!«, zischte der Kommandant. »Ich habe die Nase voll.« Dann drehte sich Laubheimer um und stapfte davon.

Abel und Marie standen in der Mitte der Gasse und blickten sich an.

»Er wird kommen, Marie. Glaub mir«, begann Abel.

»Und uns hier stehen sehen.«

Abel blickte sich um. Die Straße war leer. Laubheimer hatte die Laterne mitgenommen und sie standen im Dunkeln. Marie hatte recht. Hier konnten sie nicht bleiben. Er nahm Marie bei der Hand und ging mit ihr an Olborts Haus vorbei Richtung Dom bis zum nächsten Geräms. Dort stellte er sich mit ihr in eine Ecke. Abel genoss ihre Nähe.

Marie lehnte den Kopf an seinen Oberarm. »Ich bin müde«, flüsterte sie.

Abel legte den Arm um ihre Schulter. »Nicht mehr lange, Marie. Er wird kommen.«

Marie war kurz davor einzuschlafen. Einmal sackte sie zusammen und Abel musste sie auffangen. Auch er kämpfte gegen die Müdigkeit. Immer wieder schreckte er hoch, als Spätheimkehrer an ihnen vorüberstolperten.

Endlich ließ ein Knarren Abel aufhorchen. Tatsächlich, jemand trat aus Olborts Haus. Abel stieß Marie an. Sie pressten sich an das Geräms. Die Gestalt hatte die Laterne in ihrer Hand abgedunkelt und schaute kurz die Gasse hinauf und hinunter. Dann huschte sie über die Straße und lief an der Hauswand entlang Richtung Dom. Abel wagte nicht zu atmen, als die Gestalt an ihnen vorbeikam.

»Olbort«, flüsterte er, als der Schatten vorüber war. »Los hinterher!«

Vor dem Domplatz blieb Olbort stehen. Auch Abel und Marie hielten an. Zwei Männer kamen vom Garküchenmarkt herauf. Sie überquerten den Platz und verschwanden in der Borngasse. Dann war es ruhig. Olbort wartete noch eine Weile, dann lief er hinüber zum Nordportal des Domes. Nur schemenhaft sah Abel, wie sich dort die Tür öffnete und wieder schloss.

»Hab ich's nicht gesagt«, flüsterte Abel.

»Und jetzt?«, fragte Marie.

»Die Kreuzigungsgruppe«, sagte Abel leise. »Warum bin ich nicht gleich daraufgekommen? Olbort hat doch nicht den ganzen Aufwand betrieben, nur um an den Schlüssel für das Portal zu kommen. Er hat sich dort sein Geldversteck gebaut.«

»Sicher?«, fragte Marie.

Abel nickte. »Von woher kam das Geräusch, das wir heute Abend im Dom gehört haben?«

Marie überlegte. »Aus dem Chorraum, glaube ich.«

Wieder nickte Abel. »Genau genommen aus der Magdalenenkapelle. Dort befindet sich auch Olborts Kreuzigungsgruppe.«

Abel und Marie hasteten über den Domplatz. Am Domportal drückte Abel gegen die Tür. Sie ließ sich öffnen.

»Was meinst du?«, fragte Abel. »Sollen wir ihm folgen?«

Marie überlegte einen Augenblick. »Drinnen wird es noch dunkler sein«, antwortete sie. »Wir haben kein Licht dabei.«

»Olbort will zur Kreuzigungsgruppe. Wir wissen, wo wir ihn suchen müssen.«

»Und dann? Sollten wir nicht lieber Hilfe holen?«

»Zu spät. Er darf nichts verschwinden lassen. Komm!«

Sie schlüpften durch die Tür.

Der Schein des Ewigen Lichtes half ihnen, sich zu orientieren. Trotzdem blieb Abel an einer Bank hängen. Er biss die Zähne aufeinander und rieb sich den Oberschenkel.

Ein Knarzen ließ sie innehalten. Abel hörte Marie hinter sich atmen. Hoffentlich hatten sie sich nicht falsch entschieden. Draußen vor der Tür war sich Abel noch sicher gewesen, Olbort überwältigen zu können. Doch was, wenn es nicht gelang und dieser ihnen wieder entkam?

Marie zupfte Abel am Ärmel. Aus der Magdalenenkapelle schimmerte Licht, das heller zu werden schien.

»Er kommt«, hauchte Marie Abel ins Ohr.

Wenn ich wenigstens einen Stecken dabei hätte, dachte sich Abel. Im Schein einer Laterne sah er eine Gestalt näher kommen. War das Olbort? Der Unbekannte schien viel größer und breiter zu sein. Abel hörte ihn schnaufen. Kein Irrtum, die Gestalt kam auf sie zu. Jetzt waren es keine fünf Schritte mehr. Abel richtete sich auf.

»Halt! Stehen bleiben!«, rief er.

»Halt, halt, halt«, schallte es aus dem Dom zurück.

Der Unbekannte erstarrte. Doch dann rannte er los, an Abel und Marie vorbei. Für einen Augenblick fiel der Schein der Laterne auf das Gesicht der Gestalt. Es war tatsächlich Olbort. Er trug etwas Sackähnliches über den Schultern.

»Olbort, Ihr seid verhaftet!«, rief Abel.

Olbort drehte sich um und lief zurück. Abel setzte nach. Olbort wich nach links aus. Er will einen Bogen schlagen, dachte

Abel und machte kehrt. Auf keinen Fall durfte Olbort zum Ausgang gelangen. Doch dann stieß Abel mit Marie zusammen. Nur mit Mühe konnte er einen Schrei unterdrücken. Die Kopfwunde schmerzte höllisch.

»Zurück!«, presste er hervor. »Wir müssen ihm den Weg zum Ausgang versperren!« Abel schob Marie zur Seite und hastete los.

Ein Schlag ließ Abel innehalten. Dann hörte er ein Rasseln und Klimpern und einen Fluch. Vergeblich hielt er Ausschau nach dem Licht. Olbort schien gestürzt und seine Laterne verlöscht zu sein. Abel starrte in die Dunkelheit. Vor den Fenstern der gegenüberliegenden Wand zeichnete sich das Gerüst ab. Irgendwo dort musste Olbort sein. Ein Knarzen ließ Abel aufhorchen. Dann hörte er Schritte auf Holz. Täuschte er sich, oder bewegte sich da etwas auf dem Gerüst? Er flieht über das Gerüst, schoss es Abel durch den Kopf. Er versuchte sich zu erinnern. Es hatte die gesamte Länge der östlichen Wand hier im Nordflügel eingenommen, mehrere Etagen hoch. Er will durch eines der offenen Fenster, vermutete Abel. Olbort war zwar schwer gebaut, aber neun oder vielleicht auch zwölf Fuß in die Tiefe zu springen, sollte ihm gelingen.

»Er will durch ein Fenster fliehen!«, rief Abel so laut, dass Olbort ihn hören musste. »Zwei Mann nach draußen, die anderen mir nach!« Aber Olbort lief auf den Bohlen weiter und ließ sich von Abels Finte nicht aufhalten.

Noch im Rufen hatte sich Abel vorangetastet, dorthin, wo er den Anfang des Gerüstes vermutete. Dort müsste die Leiter stehen. Unter seinen Sohlen knirschte es. Beinahe wäre er ausgerutscht. Ein Lächeln huschte über sein Gesicht. Olbort hatte im Sturz Geld verloren. Das waren Geldsäcke gewesen, die er über den Schultern hatte. Mindestens einer schien aufgeplatzt zu sein. Als Abel weitergehen wollte, stieß er an etwas Hartes. Es ließ sich bewegen. Es war Olborts Laterne.

In diesem Augenblick war ein Krachen zu hören, ein Schrei

folgte, dann weiteres Gepolter und Getöse. Danach war es ruhig. Abel stand da und bewegte sich nicht. Plötzlich vernahm er ein Wimmern. Abel war unsicher. Was sollte er tun? Wo war Marie? Er spürte Staub in der Nase und musste niesen.

»Abel, bist du das?« Das war Marie.

Abel unterdrückte ein Husten. »Ja. Hier bin ich.«

Kurz darauf legte sie ihm ihre Hand auf die Schulter. Abel war erleichtert.

»Er ist vom Gerüst gestürzt«, flüsterte er ihr zu.

Das Wimmern wurde lauter.

»Wir sollten ihm helfen«, sagte Marie.

Abel war unschlüssig. Wäre es nicht besser, erst Hilfe zu holen? Doch Marie alleine durch die nächtliche Stadt schicken, wollte er nicht — und sie bei Olbort alleine zurücklassen, wollte er auch nicht. Zusammen Hilfe zu holen, war aber auch nicht möglich, solange er nicht wusste, wie schwer Olbort gestürzt war. Dass er sich in ihrer Abwesenheit auf und davon machte, konnte er nicht riskieren.

»Gut«, sagte er. »Schauen wir ihn uns an.«

Abel zündete die Laterne an. Seine Hände zitterten ein wenig. Trotz des Staubes in der Luft sah Abel die Geldstücke blinken. Er hielt die Laterne hoch und ging an dem Gerüst entlang. Marie folgte. Dann entdeckten sie die herabgestürzten Bohlen. Abel ging darauf zu. Jetzt sah er auch ein Bein. Es bewegte sich nicht. Auch das Wimmern hatte aufgehört.

»Wir müssen die Bohlen zur Seite schaffen«, sagte er zu Marie und machte die Laterne an einer Gerüststange fest. Dann legten sie Olbort frei. Dessen Augen waren geschlossen, sein rechtes Bein stand merkwürdig verrenkt vom Körper ab. Neben ihm lagen drei Geldsäcke.

»Komm, wir holen Hilfe«, sagte Abel. »Der läuft uns nicht mehr davon.«

XX

Abel fuhr hoch. Hatte er richtig gezählt? Die Kirchturmuhr hatte zehnmal geschlagen! Er blickte zum Fenster. Draußen schien die Sonne. Abel schlug die Bettdecke zurück, setzte sich auf und war froh, dass die Brüder ihn hatten schlafen lassen.

Er war noch lange mit Marie auf der Wache gewesen. Olbort war nicht vernehmungsfähig. Aber Fecher und der rothaarige Soldat aus Weidenwebers Mannschaft, der zweite Mann, den die Wachen gefasst hatten, waren geständig. Der Dom war der heimliche Treffpunkt der Bande. Im Beichtstuhl versteckt, hatte Olbort seine Anweisungen erteilt. Dort hatte dieser auch das Geld aus der Erpressung entgegengenommen und seine Helfer entlohnt. Neben dem Kerzenmeister und dem Rothaarigen zählten dazu noch vier weitere Soldaten der Stadtwache. Weidenweber war nicht darunter. Abel hatte ihn zu Unrecht verdächtigt. Im Gegenteil, auch der Leutnant war den Verbrechern auf der Spur gewesen. Nur um sich nicht zu verraten, hatte er sich Abel gegenüber so abweisend gezeigt. Abels Verdacht mit dem Tabak beim Überfall auf das Schiff war keine falsche Spur gewesen, denn Weidenweber hatte Abels Tabakpäckchen an den Rothaarigen weitergegeben. Die genannten sechs Bandenmitglieder waren es auch, die die *Sancta Maria* überfallen hatten. Der Zöllner in Hanau war bestochen worden, das Schiff so lange aufzuhalten, bis der Verkehr auf dem Main nachgelassen hatte. Der Rothaarige, der Anführer der Bande, hatte abgestritten, es auf Gottfrieds Tod angelegt zu haben. Dieser sei nur von allen Schiffern der widerborstigste gewesen und sollte deswegen ein wenig härter herangenommen werden. Alle Mitglieder der Bande und Olbort würden ihren Prozess und ihre Strafe erhalten. Die Erpressungen der Schiffer würden nun aufhören. Noch in der Nacht hatte Laubheimer den Altar unter der Kreuzigungsgruppe auseinandernehmen lassen. Geld war keines mehr in dem Versteck unter der Altarplatte gewesen, aber drei blaue Masken, von der gleichen Art, wie sie beim Überfall auf die *Sancta Maria* verwendet worden waren.

Danach hatte man den Schultheiß benachrichtigt. Zum Dank hatte dieser zu einem gemeinsamen Mittagessen eingeladen.

Es war bereits hell geworden, als Abel endlich die Wache verlassen und Marie zurück zum *Römischen Kaiser* bringen konnte. Lange noch waren sie vor der Eingangstüre gestanden. Erst als sie bemerkt hatten, dass drinnen die Bediensteten bereits zu arbeiten begannen, hatten sie voneinander abgelassen. Marie war einverstanden, gleich nach dem Mittagessen beim Schultheißen zusammen mit ihrem Vater an Bord der *Sancta Maria* zu gehen. Danach wollte Abel ablegen.

Abel sah sich in der Zelle um. Fast wehmütig nahm er Abschied von dem kargen Raum. Sosehr ihn der Tod Gottfrieds bedrückte, sosehr hatte er die beiden letzten Tage mit Marie auch genossen. Wann würden sie sich wieder für so lange so nah sein können? Abel suchte seine Reisetasche. Er fand sie, unter seiner Kutte verborgen, auf dem Stuhl. Bruder Gangolf musste die Ordenstracht noch in der Nacht gereinigt und zurückgebracht haben; sie war etwas feucht, aber sauber. Abel legte die Kutte auf die Pritsche und kramte in der Tasche. Wo war die Seife? Richtig, er hatte sie ja zurücklegen lassen. Gleichviel, er würde sie auf dem Weg zum Schultheiß mitnehmen. Und diesmal würde er sie Marie auch überreichen. Ob er etwas dazu schreiben sollte? Doch was? Vielleicht fielen ihm ja noch ein paar passende Worte ein.

Abel ging die Liste der Einkäufe durch. Außer dem Reis hatte er nahezu alles Wichtige besorgt und verladen lassen. Nur der Folioband für Felix fehlte. Der Bibliothekar hatte ihm schon so oft geholfen, er durfte ihn nicht enttäuschen.

Abel verließ die Zelle und suchte den Prior. Er fand ihn im Kreuzgang.

»Ausgeschlafen?« Rüdiger von Breitstein strahlte. »Ihr wart heute Nacht sehr erfolgreich, wie ich höre.«

»Geht so«, sagte Abel. Der Prior hatte seine Ohren wirklich überall.

»Nicht so bescheiden, mein Freund. Nicht umsonst gehen wir nachher zum Schultheiß.«

»Ihr seid auch eingeladen?«

»Freilich. Aber wir haben noch Zeit.«

Abel wechselte das Standbein. »Seid Ihr mir böse, wenn ich Euch alleine gehen lasse? Ich muss noch etwas besorgen.«

Der Prior zog an seinem Bart. »Immer noch nicht alles beisammen? Euer Schiff muss doch schon überquellen.«

»Nur noch eine Kleinigkeit, für meinen Abt. Ihr versteht?«

Rüdiger von Breitstein nickte. Dann räusperte er sich. »Ihr habt doch gegenüber dem Kommandanten erwähnt, dass Ihr Ware für Olbort geladen habt?«

Abel, der gerade gehen wollte, blieb stehen. »Ich wollte von ihm wissen, was damit geschehen soll.«

»Ich soll Euch sagen, die Ladung ist konfisziert.«

»Gut. Und wer holt sie ab? Ich will nach dem Mittagessen Frankfurt verlassen.«

Der Prior räusperte sich erneut. »Nun, Ihr sollt alles zu uns ins Kloster schaffen lassen.«

»Die Ware ist verderblich. Ihr könnt sie nicht so lange lagern, bis das Gericht entschieden hat.«

»Dafür wird sich eine Lösung finden«, sagte Breitstein und nahm seinen Rundgang wieder auf. »Bis nachher.«

Abel ließ sich von Bruder Gangolf den Weg zum Haus des

Schultheißen erklären, dann sagte er dem Pförtner Lebewohl und trat auf die Straße. Abel blickte zum Himmel. Es würde warm werden. Besonders im Herbst liebte er solche Tage. Er atmete tief durch, warf einen Blick die Münzgasse hinunter und machte sich auf den Weg.

Kurz vor Mittag stand Abel vor dem Haus des Schultheißen. Er hatte ein dem Amt entsprechendes, stattliches Haus erwartet. Aber das Gebäude war, wie viele hier in der Friedberger Gasse, recht schmal. Unten aus festem Stein, waren die beiden Stockwerke darüber aus Fachwerk errichtet und kragten jedes eine Elle tief in die Straße hinein. Auch hier war ein Geräms angebaut. Als Abel nach der Haustür griff, wurde sie von innen geöffnet. Ein Diener, in den Farben der Stadt gekleidet, legte seine Rechte auf den Rücken seines weißroten Rockes und neigte den Kopf zum Gruß.

»Willkommen im Haus des Stadtschultheißen.«

»Vergelts Gott«, sagte Abel, weil ihm nichts anderes einfiel.

»Bitte, folgen Sie mir.«

Der Diener ging Abel durch einen geräumigen Gang voran zu einer Treppe. Abel staunte über die Breite, in der die gewendelten Stufen nach oben führten. Erst jetzt erkannte er, dass das Gebäude aus zwei Häusern bestand. Man hatte die Fassaden belassen und nur das Innere umgebaut. Abel ließ beim Aufstieg seine Linke über den Handlauf gleiten und musterte dabei die Schmiedearbeit des Geländers. Er hätte eine ähnliche Arbeit für die Abtei zu vergeben und war immer noch auf der Suche nach einem geeigneten Schmied.

Die Treppe führte direkt auf eine Doppeltüre zu. Ein Flügel stand offen. Abel hörte Maries helles Lachen. Neben Lothar waren auch Prior Rüdiger und Laubheimer schon da. Eine ihm unbekannte Person stand bei Marie. Dies musste der Schultheiß sein. Er war etwas kleiner als Marie, hatte schmale Schultern und ein hageres Gesicht. Die schwarze, faltige Samtmütze und die breite, weißrote Schärpe über seinem schwarzen Rock sorgten jedoch dafür, dass er auffiel. Er schien sich prächtig mit Marie zu unterhalten. Mit einem lauten »Gott zum Gruß, alle zusammen« machte Abel auf sich aufmerksam.

Der Schultheiß sah zur Tür. Dann neigte er entschuldigend sein Haupt vor Marie und eilte mit ausgestreckten Armen auf Abel zu.

»Lieber Abel!«, rief er mit einer erstaunlich kräftigen Stimme. »Ich darf Sie doch so nennen? Ihr wisst nicht, wie sehr ich mich freue, Euch endlich einmal zu treffen. Ihr habt Euch nicht geschont, wie ich sehe.« Der Schultheiß deutete auf Abels Kopfverband. »Und in welch reizender Gesellschaft Ihr Euch dabei befunden habt.« Der Schultheiß neigte sich Richtung Marie. Marie lächelte.

Sieh an, dachte Abel, und schaute über den Schultheiß hinweg.

»Aha, Ihr interessiert Euch für Malerei?«, sagte dieser und folgte Abels Blick zu den Bildern an der Wand.

»Hm.« Abel betrachtete ein Landschaftsbild mit Wiesen und Wäldern im Hintergrund.

»Hirt«, sagte der Schultheiß, »berühmter Frankfurter Maler. Genauso wie Trautmann.« Der Schultheiß deutete auf ein zweites Bild. »Fast wie ein Rembrandt, findet Ihr nicht auch?«

Abel nickte.

In diesem Augenblick trat ein weiterer Besucher in den Saal. Alles an der schmalen, hoch aufgeschossenen Gestalt wirkte vornehm: die Perücke, die Halsbinde, der abstehende Kragen des Rocks, die Schuhe mit den glänzenden Schnallen. Nur die Nase des Unbekannten war ein wenig zu spitz und zu lang. So, wie der Schultheiß diesem zuwinkte, schienen sich die beiden gut zu kennen.

Der Schultheiß trat nach vorne und klatschte in die Hände. »So, jetzt sind wir komplett«, rief er in die Runde. »Gnädiges Fräulein!« Er legte seinen rechten Arm auf den Rücken und machte vor Marie eine Verbeugung. Dann wandte er sich den anderen zu. »Meine Herren! Ich freue mich, Sie in meinem Hause willkommen heißen zu dürfen. Den ehrwürdigen Prior Rüdiger muss ich ja nicht mehr vorstellen. Auch Kommandant Laubheimer ist allen bekannt. Soeben eingetroffen ist auch unser Oberstrichter, Carl Wilhelm Körner.«

»Und das Fräulein willst du nicht vorstellen?« Der Bass des Oberstrichters ließ Abel aufhorchen. Diese Stimme hatte er am Brunnen in Sachsenhausen gehört.

»Der dritte Mann«, entfuhr es Abel.

Der Schultheiß drehte sich nach ihm um. »Bitte?«

»Ach, nichts!« Abel senkte den Kopf.

»Äh, natürlich, lieber Carl Wilhelm. Das ist Marie. Äh, aus Miltenberg.«

Abel ging auf Marie zu und legte ihr den Arm um die Schulter. »Marie Gutekunst. Die Tochter meines Freundes Lothar.« Abel wies mit seiner freien Hand auf Lothar.

»Und Ihr seid Pater Abel, nehme ich an?« Der Oberstrichter grüßte Abel mit einer Verbeugung.

»Der Wein wartet.« Der Schultheiß reckte den Arm und aus dem Hintergrund trat der Diener mit einem Tablett voller Gläser.

»Ich hoffe, Ihr mögt Madeirawein. *Mademoiselle, Messieurs,* greifen Sie zu!«

Abel nahm Maries Arm und griff nach einem Glas. Dunkel schimmerte der Wein darin. Er beugte sich über das Glas. Ein fruchtiger, süßer Duft stieg ihm in die Nase.

»*À votre santé*«, sagte der Hausherr in die Runde, aber seine Blicke galten Marie. Abel presste die Lippen zusammen. Doch dann trank Marie auch ihm zu.

Der Schultheiß hob erneut das Glas. »*Mademoiselle* Marie, meine Herren, ich darf Ihnen verkünden, Olbort hat gestanden. *Tout*. Alles.« Er blickte auf Laubheimer. »*Mon cher ami,* lieber Freund, gönne mir die Freude. Olbort ist tatsächlich der Kopf der Bande. Er wollte nicht nur das Geld der Schiffer, sondern er wollte den gesamten Handel auf dem Main kontrollieren — und mein Amt wollte er auch, *l'escroc*, der Gauner. Doch gemeinsam ist es uns, dank Gottes Hilfe, gelungen, dem Burschen das Handwerk zu legen. Die Schiffer können aufatmen und wir können wieder ruhig schlafen. Das muss gefeiert werden. *Ma chère* Marie, *Messieurs*, ich bitte zu Tisch.«

Abel kratzte sich an seinem Kopfverband. Hatte er etwas verpasst? Was hatten der Schultheiß und der Oberstrichter dazu beigetragen, dass …

»Darf ich bitten?« Der Schultheiß stand neben Marie und bot ihr den Arm an. Marie blickte zu Abel, dann legte sie ihre Hand auf den Arm des Schultheißen und ließ sich von diesem zum Tisch führen. Abel wollte folgen, doch der Diener hielt bereits einen Stuhl für ihn bereit und nötigte Abel, sich zwei Plätze entfernt von Marie zu setzen. Widerwillig nahm Abel Platz. Mit zusammengepressten Lippen, die Hände auf der Tischkante abgelegt, saß er da und blickte geradeaus.

Die Diener trugen das Essen auf. Unter anderen Umständen hätte Abel das Mahl genossen. Die in Teig ausgebackenen Schnecken waren sicherlich köstlich, aber jedes Mal, wenn Abel nach Marie sah und bemerkte, wie der Schultheiß ihren Arm tätschelte, ballte er die Hände zur Faust. Viel zu oft griff er zum Weinglas.

Der Diener machte ein beleidigtes Gesicht, als Abel auch die Wachteln in Speck unberührt zurückgehen ließ. Nicht einmal das Pflaumenkompott rührte Abel an. Nur am Rande bekam er den Bericht des Schultheißen mit — wie Olbort seine Helfer, die Wachen und den Kerzenmeister, angeworben hatte, wie Letzterer den Zunftmeister unter Druck gesetzt, Gegenmaßnahmen der Schiffer verraten und falsche Spuren gelegt hatte. Hier horchte Abel auf. Aber der Schultheiß beließ es bei einer Andeutung. Kein Wort von dem Ausflug nach Sachsenhausen. Abel überlegte, ob er nicht danach fragen sollte. Doch wäre dann nicht auch offenkundig geworden, dass er, Abel, sich von dem Kerzenmeister hatte täuschen lassen? Am Ende würde der Schultheiß ihn noch dem Gespött preisgeben.

Jetzt war Abel auch klar, warum Olbort ihm die gesamte Ladung Wein abgenommen und auch den Käse und Fisch zum Transport anvertraut hatte. Der Händler hatte gehofft, ihn damit bald loszuwerden.

Der Schultheiß klatschte in die Hände. »Aber was rede ich denn immerzu. Es ist an der Zeit, dem Mann zu danken, dem es gelungen ist, den Schurken das Handwerk zu legen.«

Abel streckte sich und schaute auf den Schultheiß. Dieser gab dem Diener ein Zeichen. Der Mann machte eine Verbeugung, verschwand im Nebenzimmer und kam wenig später mit einem Samtkissen in der Hand zurück. Unübersehbar prangte darauf ein Orden. Der Schultheiß winkte den Diener zu sich. Wie ein Priester beim Segen nahm er die Hände auseinander, führte sie über dem Kissen wieder zusammen, ergriff mit spitzen Fingern den Orden an seinem weißroten Band und zeigte ihn der Gesellschaft. Ehrfürchtig schauten die Gäste auf das glänzende Metall. Abel wartete auf ein Zeichen.

Der Schultheiß zögerte noch ein bisschen. Dann begann er: »Lieber Freund, sehr geehrter Stadtkommandant Laubheimer«. Nach kurzem Innehalten fuhr er fort: »Deinen profunden Kenntnissen der Stadt und ihrer Menschen, deinem Gespür dafür, schon im Ansatz zu erkennen, wenn die geheiligte Ordnung der Stadt in Gefahr ist, deinem energischen Eingreifen, als es galt, die Verbrecher …«

Abel fiel in seinen Stuhl zurück. Ihm dröhnten die Ohren. Plötzlich wurde ihm übel. Er schaute zur Tür. Aber er konnte doch jetzt, während der Rede, nicht aufstehen und die Gesellschaft verlassen. Und Marie mitnehmen konnte er auch nicht. Er schloss die Augen.

Die Kopfwunde schmerzte wieder. »… und lade ich daher Sie, *ma chère amie,* ein, unser schönes Frankfurt bald wieder zu besuchen.« Abel öffnete wieder die Augen. *Ma chère amie!*

Meine liebe Freundin! Ging der Schultheiß nicht ein wenig zu weit? Soeben stieß er mit Marie an. Dann streckte er Abel sein Glas entgegen. »Und Euch natürlich auch, Pater. *À votre santé.*«

Die Gesellschaft begann zu klatschen. Abel rührte die Hände nur wenig. Endlich stand er mit Lothar und Marie wieder draußen auf der Straße. »Vorzüglich, das Essen«, sagte Lothar und rieb sich den Bauch.

»Wirklich«, stimmte ihm Marie zu. »Vor allem das Pflaumenkompott. Abel, meinst du, du könntest mir das Rezept besorgen?«

Abel schwieg.

»Was hast du?«

»Ach nichts. Bin nur ein wenig müde.«

»Ihr solltet Euch noch etwas ausruhen und Eure Abreise auf morgen verschieben«, sagte der Prior, der nachgekommen war.

»Kommt nicht in Frage«, entgegnete Abel. »Die Leinreiter sind angeheuert und dem Hafenmeister liegen wir sowieso schon zu lange am Kai.« Dann schaute er Lothar und Marie an. »In zwei Stunden legen wir ab.«

»Dann lasst uns unsere Sachen packen«, sagte Lothar und ging mit Marie davon.

»Ich habe noch etwas für Euch«, sagte der Prior zu Abel, als sie alleine waren.

»Für mich?«

»Genau genommen für Euren Bibliothekar.«

Abels Gesicht hellte sich auf. »Ihr habt wirklich …?«

Rüdiger von Breitstein lächelte.

»Ich komme mit«, sagte Abel.

Abel saß in der Kajüte der *Sancta Maria*. Es roch nach verkohltem Holz. Er schaute durch die offene Tür nach draußen. Auf dem Tisch lag der Folioband für Felix, daneben ein kleines

Päckchen. Abel hatte die Seife in ein mit Blumenmustern bedrucktes Papier verpacken lassen. Er würde es Marie geben, heute noch. Auf ein Begleitschreiben hatte er verzichtet. Er würde ihr sagen, was ihn zu dem Geschenk bewogen hatte.

Abel hörte Schritte auf dem Deck. Schnell schob er die Seife unter das Kissen auf der Bank. Marie trat ein.

Abel stand auf und schaute an ihr vorbei durch die Tür. »Wo ist Lothar?«

»Papa hat sich hingelegt. Es geht ihm nicht gut.«

Marie machte ein betrübtes Gesicht.

»Wie, nicht gut?«

»Der Magen. Er scheint das Essen nicht vertragen zu haben.«

»Schlimm?«

»Er kann unmöglich reisen.«

»Wir bleiben noch einen Tag.«

Marie schüttelte den Kopf. »Papa will dies auf keinen Fall. Du sollst ohne uns fahren. Wir kommen mit der Kutsche nach.«

»Es macht mir wirklich nichts aus, bis morgen zu warten.«

Abel versuchte, sich die Enttäuschung nicht anmerken zu lassen. Er dachte an das Päckchen unter dem Kissen.

Marie nahm ihn bei den Händen. »Fahre!«, sagte sie. »Ich weiß nicht, ob es Papa morgen besser geht.«

Am liebsten hätte sich Abel wortlos umgedreht. Marie streckte sich und gab ihm einen Kuss auf die Wange. Abel rührte sich nicht. »Ich muss wieder zurück«, sagte Marie und wandte sich zum Gehen.

Noch bevor sie das Schiff verlassen hatte, lief Abel ihr nach. »Halt, ich habe da etwas«, sagte er. »Für deinen Vater. Eine Kleinigkeit. Sag ihm, ich wünsche ihm gute Besserung.«

Maries Miene hellte sich ein wenig auf. Sie nahm das Päckchen mit den Blumenmustern, hob die Hand zum Gruß und verließ das Schiff.

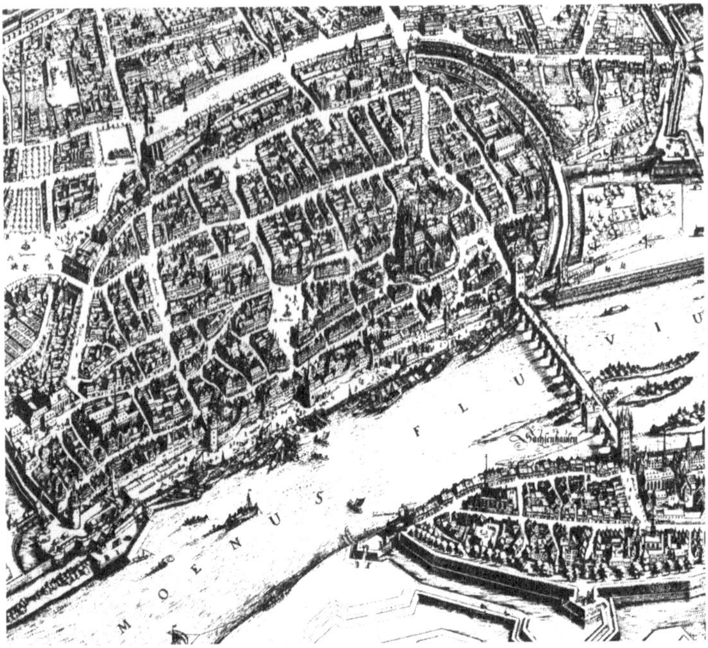

Matthäus Merian, Vogelschauplan von Frankfurt am Main (Ausschnitt), 1628

Dank

Autor und Verlag bedanken sich für die historische Beratung bei Dr. Roman Fischer, Institut für Stadtgeschichte, Frankfurt am Main.
Die Fachberatung zur jüdischen Kultur übernahm dankenswerterweise Dr. Johannes Wachten, Jüdisches Museum der Stadt Frankfurt am Main.

Zum Autor

Roman Kempf, geboren 1953, stellt mit *Frankfurter Messe* den dritten Band seiner Krimireihe um den Benediktinerpater Abel aus Amorbach vor. Der Cellerar Abel ermittelt Ende des 18. Jahrhunderts spannende Kriminalfälle im Gebiet von Rhein, Main und Neckar.
Roman Kempf, ein diplomierter Gärtner, lebt in Großheubach am Main.

Impressum

Bibliografische Information Der Deutschen Bibliothek
Die Deutsche Bibliothek verzeichnet diese Publikation
in der Deutschen Nationalbibliografie;
detaillierte bibliografische Daten sind im Internet
über http://dnb.ddb.de abrufbar.

ISBN 978-3-939462-16-3
Erste Auflage 2011
Erstes bis drittes Tausend

Rosenstraße 6
D-63785 Obernburg am Main
Telefon (06022) 71988, Fax (06022) 206941
E-Mail: info@lvee.de, Website: www.lvee.de

Covergemälde: © Christoph Haußner, München
Ch.Haussner@muenchen-mail.de

Druck: AZ Druck und Datentechnik, Kempten
Printed in Germany

Roman Kempf
Schöner Wein
Pater Abels erster Criminalfall

Broschur, 208 Seiten, 5. Auflage
ISBN 978-3-939462-04-0

Hörbuch, 4 CD, ca. 279 Minuten
ISBN 978-3-939462-15-6

Abel ermittelt nach einem rätselhaften Ritualmord im Miltenberger Felsenmeer. Unter Verdacht steht ein von ihm protegierter Baumpelzer, der versucht, den darbenden Winzern am Main zu helfen.

»... unterhaltsamer Kriminalroman ...« Bayerischer Rundfunk
»Eine sehr bekömmliche Lektüre.« Rhein-Neckar-Zeitung
»... ein spannendes Buch ...« Frankfurter Allgemeine

Roman Kempf
Roter Stein
Pater Abels zweiter Criminalfall

Broschur, 208 Seiten
ISBN 978-3-939462-09-5

Beim Bau des Amorbacher Klosterkonvents verliert Abel seinen jungen Bauleiter durch Mord. Die Spuren des Verbrechens führen in die raue Welt von Bau, Betrug und Macht. *Roter Stein* spielt in Steinbrüchen, in Ruinen und auf Baustellen des Maingebietes.

»... wunderbare Beschreibungen ...« Rhein-Neckar-Zeitung
»... fesselnde Geschichte ...« Fränkische Nachrichten
»... ausgezeichnet recherchiert ...« Main-Echo